Lars Quittkat
Ein Quantum Himmel

Lars Quittkat

Ein Quantum Himmel

Noch ein schräger Kirchenroman

neukirchener aussaat

FSC
www.fsc.org
MIX
Papier aus verantwortungsvollen Quellen
FSC® C014138

Dieses Buch wurde auf FSC©-zertifiziertem Papier gedruckt. FSC (Forest Stewardship Council ©) ist eine nichtstaatliche, gemeinnützige Organisation, die sich für eine ökologische und sozialverantwortliche Nutzung der Wälder unserer Erde einsetzt.

Bibliografische Information der Deutschen Nationalbibliothek

Die Deutsche Nationalbibliothek verzeichnet diese Publikation in der Deutschen Nationalbibliografie; detaillierte bibliografische Daten sind im Internet über http://dnb.d-nb.de abrufbar.

Umschlaggestaltung: Andreas Sonnhüter, www.sonnhueter.com unter Verwendung der Bilder von valzan, Hanka Steidle, Ollyy, Fine Art Imaging, Sappachoats, maradon 333, dinozzaver, vilax, Brian A Jackson, Liliya Kulianionak, Mykola Mazuryk, Eric Isselee © Shutterstock.com
Lektorat: Johanna Oehler, Neukirchen-Vluyn
DTP: Breklumer Print-Servie, www.breklumer-print-service.com
Verwendete Schrift: Adobe Garamond Pro, Futura
Gesamtherstellung: FINIDR, s.r.o.
Printed in Czech Republic
ISBN 978-3-7615-6261-1 Print
ISBN 978-3-7615-6262-8 E-Book

www.neukirchener-verlage.de

1962

Anfang April

Ganz friedlich sah er aus, so als würde er schlafen. Das Mondlicht, das durch die schmutzigen Scheiben auf sein Gesicht fiel, machte seine Züge weich. Seine Augen waren geschlossen, die Lippen entspannt. Behutsam nahm sie seine kleine Hand. Wie winzig die Finger waren!

Wie lange hielt sie ihn schon im Arm? Zwei Stunden, oder drei? Sie wusste es nicht. Sie hatte jegliches Zeitgefühl verloren. Und Tränen hatte sie auch keine mehr.

Sie fing an zu summen und wiegte ihren Oberkörper vor und zurück, vor und zurück. Das beruhigte sie. Und ihn bestimmt auch, oder? Er war doch noch bei ihr, und sie bei ihm. Niemals wollte sie ihn wieder loslassen, niemals!

Gut, dass sie diese Scheune gefunden hatte. Niemand hatte sie bemerkt, als sie bei Einbruch der Dunkelheit mit letzter Kraft die Tür im großen Scheunentor öffnete, hineinschlüpfte und stöhnend im Heu niedersank. Sie war so weit gelaufen, vom Bahnhof hinaus aus der Stadt, über die Brücke und weiter durch die Felder. Dann waren die ersten Wehen über sie gekommen wie dunkle

Wellen voller Schmerz. „Oh Gott, hilf mir!“, betete sie immer wieder. „Ich weiß, du bist zornig auf mich, aber bitte, hilf mir, oder wenigstens meinem Baby! Das hat doch noch keine Sünde begangen, das kann doch nicht auch von dir verworfen sein!“

Ihre Mutter war da anderer Meinung, das wusste sie. Bei jeder Gelegenheit hatte sie es verstanden, mit ihren Vorwürfen einen Berg an Schuldgefühlen anzuhäufen. „Wie kann ein Mädchen aus einem anständigen, frommen Elternhaus nur so tief sinken?“, hatte sie immer wieder gejammert. „Das hätte ich nie von dir gedacht! Du hast nicht nur uns enttäuscht, deine Eltern, sondern auch den Herrn Jesus! *‚Wohl dem, der nicht wandelt im Rat der Gottlosen'*, wie Psalm 1 sagt. Aber du wolltest ja offenbar nicht auf den Herrn hören! Was haben wir für dich gebetet, was haben wir uns für dich aufgeopfert, und alles nur, damit du dich jetzt vom Heiland abwendest? Du wirst schon sehen, wo du landest, wenn du so weitermachst – in der ewigen Gottesferne, du und dein Balg!“ Und dann war meist eine nicht enden wollende Klage über die Schande gefolgt, die sie über die Familie gebracht hatte. Darüber, was die Leute von ihnen denken sollten und wie sie in ihrer Gemeinschaft jetzt dastanden. Ihr Vater hatte sie nicht beschimpft, aber umso härter bestraft. Als ihr Bauch unübersehbar war und ihr daraufhin im Büro gekündigt wurde, hatte er ihr verboten, das Haus zu verlassen. Von da an hatte er nicht mehr mit ihr gesprochen. Sobald sie sich begegnet waren, hatte er sich abgewendet. Sein breiter Rücken war wie eine Mauer, die sie trennte, und die eisige Kälte, die von ihm ausgegangen war, hatte ihr langsam immer mehr das Herz abgeschnürt.

Die letzten Monate waren ein langer dunkler Tunnel voller Verzweiflung und Leere gewesen, bis sie vor zwei Tagen mit einer seltsamen inneren Klarheit aufgewacht war. Plötzlich hatte sie gewusst, was zu tun war. Sie hatte alles verloren: ihre Arbeit als Sekretärin, ihren Ruf und alle Beziehungen, von denen sie geglaubt hatte, dass sie ihr Leben lang tragen würden. Selbst Werner war auf Nimmerwiedersehen verschwunden. Sein Wehrdienst in der nahen Kaserne war gerade zu Ende, als er von ihrer Schwangerschaft erfuhr. „Ich melde mich“, hatte er gesagt. „Ich fahr nur kurz nach Hause und muss ein paar Dinge regeln. Dann hol ich dich natürlich …“ Sie hatte es seiner Stimme angehört, dass sie ihn nie wiedersehen würde.

Mit gerade einmal zwanzig Jahren war sie allein, auf sich gestellt; das war ihr auf einmal klar. Hier hatte sie keine Zukunft mehr. Nicht im Dorf, nicht in der engen „Gemeinschaft“ und schon gar nicht in ihrer Familie. Und auch nicht bei Gott! Ihre Mutter hatte Recht – sie hatte Gott enttäuscht. Das hatte sicherlich auch der Prediger gesagt, als er neulich zu ihnen kam und die Eltern sprechen wollte. Mit ihr hatte er nicht gesprochen. Doch als er das Haus wieder verlassen hatte, war ein neuer Wasserfall von Vorwürfen, Schuldzuweisungen und Klagen auf sie niedergegangen. Die Worte, die in ihr nachklangen, waren immer die gleichen: Schande – Hure – Sünde …

Die Eltern, der Prediger, die Gemeinschaft, die Leute – alle hatten sie verworfen. Keine Zukunft. Aber – ihr Kind sollte leben! Ihr Kind sollte eine Zukunft haben!

An jenem Morgen hatte sie eine neue Kraft in sich gespürt und heimlich ihre Vorbereitungen getroffen. Der kleine Lederkoffer hatte genügt. Und die Schatzkiste musste mit, die große Blechkiste, die sie von ihrer Großmutter geschenkt bekommen hatte. Längst waren keine Lebkuchen mehr darin, sondern alles, was ihr persönlich unendlich wichtig war: ihre Bibel, ihr Stickzeug, ihre wenigen Schmuckstücke und die Briefe von Werner. Sie passten so gerade in ein Einkaufsnetz, das eigentlich ihrer Mutter gehörte.

Das war alles, was sie an Gepäck mitnahm. Ihre Ersparnisse steckten in der Manteltasche. Ihr Mantel musste offen bleiben; er ließ sich über ihrem gewölbten Leib nicht mehr schließen. Zum Glück war es ein milder Tag, als sie behutsam die Haustür hinter sich schloss. Ihr Vater war schon früh zur Arbeit gegangen und ihre Mutter besuchte eine Nachbarin.

Es war nicht weit zum Bahnhof. Niemand hatte sie anscheinend auf dem Weg bemerkt, und doch hatte sie das Gefühl gehabt, als sähen ihr hinter jeder Gardine böse Blicke hinterher. Als der Zug sich endlich ruckelnd in Bewegung gesetzt hatte, war ihre Anspannung langsam gewichen.

Und jetzt war sie hier. Sie hatte es geschafft, sie hatte ihren Sohn bekommen! Jetzt war sie nicht mehr allein. Summend wiegte sie ihn hin und her, hin und her. Doch ihre Bewegungen wurden langsamer. Ein Gedanke drängte in ihrem Bewusstsein nach vorn – ein Gedanke, den sie in den letzten Stunden immer weggeschoben hatte. Jetzt konnte sie ihn nicht mehr verdrängen, jetzt war er da mit der dunklen Macht seines Schmerzes: Sie war doch allein.

Ihre Blicke tasteten das kleine Gesicht ab. Gab es nicht doch irgendein Lebenszeichen? Gleich nach der Geburt hatte sie die Nabelschnur so schnell von seinem Hals gewickelt, wie sie nur konnte. Und gebetet hatte sie, zum Herrn gefleht! Aber es war kein Schrei gekommen, kein Atemzug, keine Bewegung.

Den Jüngling zu Nain hatte Jesus damals wieder zum Leben erweckt; ihren Sohn nicht. Sie konnte sich denken, warum.

Tränen liefen ihre Wangen hinab und tropften auf die Wange ihres Babys – keine Reaktion.

Kaum hatte sie ihn geboren, musste sie ihn wieder loslassen. Der bittere Schmerz drohte sie zu überwältigen. Doch dann wurde er niedergerungen durch eine Kraft, die sie erst seit zwei Tagen in sich spürte: eine feste Entschlossenheit. Ihr Sohn sollte eine Zukunft haben, das hatte sie sich geschworen! Und wenn nicht in dieser Welt, dann in der nächsten! Mag sein, dass Gott sie strafen wollte – ihr Kind sollte es nicht treffen!

Bald würde es dämmern; sie musste handeln. Ihre Augen wanderten durch die Scheune. Das Mondlicht, das durch die Scheiben fiel, ließ sie vieles nur schemenhaft erkennen: das Stroh, die landwirtschaftlichen Geräte, den alten Trecker, die Werkzeuge in der Ecke ... auf einmal stutzte sie. Ihr Blick blieb an einem Spaten hängen. Konnte sie das schaffen, in ihrem Zustand? Reichte ihre Kraft dafür?

Wie eine innere Antwort spürte sie wieder diesen Willen in sich. Alle Zweifel, alle Erschöpfung und Schmerzen waren verschwunden. Was zählte, war nur noch dieses eine Ziel: eine Zukunft für ihren Sohn. Den Himmel!

Vorhin hatte sie einen Kirchturm in der Nähe gesehen. Wo eine Kirche war, war auch ein Friedhof. Langsam stand sie auf. Sie spürte ihren Körper nicht mehr, nur noch den kleinen Körper in ihren Armen. Entschlossen machte sie sich ans Werk.

Teil 1

Vier Wochen vor Ostern

Sonntag, den 27. März, Ende der ersten Pilgeretappe

Mann, bin ich kaputt! Warum bin ich bloß auf diese blöde Idee gekommen? Im Internet schreiben anscheinend nur Leute über das Pilgern, deren Hirn so mit Begeisterung vernebelt ist, dass sie die Körperteile am anderen Ende gar nicht mehr spüren. Meine Fußsohlen haben jedenfalls das Aussehen und die Konsistenz eines Leberkäs, dessen Haltbarkeitsdatum schon lange abgelaufen ist. Als ich die Wanderschuhe auszog, haben sie auch so gerochen. Jetzt natürlich nicht mehr, nach vorsichtiger Reinigung, Kamillenfußbad und andächtiger Salbung.

Aber etwas stimmt schon mal, was man über das Pilgern so liest: Man spürt sich ganz neu. Ich dachte nur, das wäre irgendwie spiritueller gemeint.

Jetzt sitze ich hier auf meinem Bett, vor mir dieses Notizbuch. „Pilgertagebuch Josef Thoma" steht vorne drauf. Tja, vor meinem Aufbruch hatte ich das noch voller Enthusiasmus in Schönschrift hingeschrieben; jetzt ist meine Schrift schon krakeliger. Sieht nicht so gut aus, geht aber auf diesem Bett nicht anders, und bis zu diesem kleinen Tisch in der Ecke wollen meine Füße heute nicht mehr gehen.

Aber sei's drum. Genug gejammert. Denn schließlich mach ich das Ganze ja nicht nur zum Spaß. Ich wusste, dass es nicht einfach werden würde. Und wenn der äußere Weg mir mühsam vorkommt – der innere, den ich mir vorgenommen habe, wird es erst recht. Das hatte ich schon gestern gemerkt, als ich mich von Rita verabschieden musste. Ich hasse Abschiedsszenen, aber diese war besonders schwer. Sie hatte mich mit ihrem Auto zum Bahnhof gefahren, und als wir auf dem Bahnsteig standen und auf den Zug warteten, war da diese große Verlegenheit zwischen uns. Wir wussten nicht, wie wir uns verabschieden sollten: Wie zwei gute Freunde, wie „Bruder" und „Schwester" aus der Gemeinde, oder ist da mehr zwischen uns?

Natürlich ist da mehr. Aber – schon oder noch nicht?

Wenn's nach ihr ginge: gern schon. Und von mir aus: noch nicht. Oder eher: Gern schon, aber es geht noch nicht.

Geht's denn überhaupt?

Natürlich spüre ich, was Rita will, ich bin ja nicht blöd. Und sie ist es auch nicht und spürt mein Zögern, das sie auf Abstand hält und verletzt. Ich will sie nicht verletzen, sie ist in ihrem Leben mehr als genug seelisch verwundet worden. Aber ich hatte mir geschworen: nie wieder! Ich bin extra aus Bayern weit in den Norden gezogen, um alles hinter mir zu lassen und neu anzufangen.

Allein.

Hat ja auch geklappt, fünfzehn Jahre lang. Bis zum letzten Sommer, als wir begonnen hatten, uns näher kennenzulernen. Bis dahin hatten wir uns jede Woche am Sonntag in der Kirche gesehen, am Eingang, wo sie als Küsterin immer die Gesangbücher verteilt. Und dann dieser Tag im Juni, als ich sie völlig aufgelöst in der Kirche antraf. Es war mitten in der Woche und ich suchte einfach ein wenig Stille, wollte für mich allein sein, nachdenken und beten …

Beim Schreiben merke ich: Da ist es schon wieder, dieses Wort „allein" …

In den letzten Monaten war ich dann kaum allein. Und es war schön, natürlich war es schön! Monate voller erfüllter Stunden und Augenblicke, die ich schon lange nicht mehr kannte … zusammen essen, ins Kino gehen, mit einem Glas Wein vor dem Kamin sitzen und reden, zaghafte Berührungen, wachsende Vertrautheit …

Aber auch immer die unausgesprochene Frage, die seitdem zwischen uns steht: schon – oder noch nicht? Und irgendwann dieser sehnsuchtsvolle Schmerz in ihren Augen, der nicht mehr verschwinden wollte und der fragte: Was hält dich zurück?

Wir haben über vieles gesprochen, aber darüber nicht. Und ich weiß, es liegt an mir, ich kann diese Grenze nicht überschreiten. Noch nicht. Nicht, bevor ich diese eine Sache geklärt habe …

Dabei wollte ich sie eigentlich gar nicht klären. Ich dachte, ich hätte sie hinter mir gelassen, ein für alle Mal. Aber mit Rita holte mich alles wieder ein.

Klar war ich damals weggelaufen. Ich weiß das. Rita weiß es nicht. Noch nicht.

Für sie bin ich der starke Held, der sie im Sommer gerettet hat. Einerseits gefällt es mir, wenn ich merke, dass sie mich so sieht und nicht wie alle anderen als den dicken Obelix aus Bayern. Aber ich weiß, dass ich kein Held bin. Im Gegenteil, ich bin ein Hasenfuß, jedenfalls, was diesen einen Punkt angeht. Doch jetzt, nach einem Dreivierteljahr, muss ich endlich etwas unternehmen. Ich muss mich der Vergangenheit stellen, sonst gibt es keine Zukunft. Ich kann mich sonst nicht für Rita entscheiden. Und das wäre auch eine Entscheidung – nämlich gegen sie.

Ich muss da durch. Allein. Für uns beide. Doch für... oder gegen? Ich weiß noch nicht.

Als der Zug kam und ich so unbeholfen dastand in meiner lächerlichen Wanderausrüstung, nahm sie mich in den Arm, gab mir einen Kuss auf die Wange und flüsterte mir ins Ohr: „Ich hoffe, du kommst da an, wo du hin willst, und ich hoffe, da ist auch ein Platz für mich." Und dann drehte sie sich um und ging schnell zum Auto, ohne sich noch einmal umzusehen.

Ich weiß, dass sie weinte.

Mannomann, wenn jemand so etwas wirkungsvoll kann, dann Frauen!

Da ankommen, wo ich hin will... Weiß ich, wohin ich will? Oder lauf ich bloß wieder einfach davon?

Ich hoffe und bete, dass der Weg mich zum Ziel führt, wie immer das aussehen mag. Ich weiß nicht, was dabei herauskommt. Ich weiß nur: Am Ende muss ich eine Entscheidung treffen. Dafür mach ich das hier.

Also: ausruhen und morgen weiterlaufen. Und weiterschreiben. Aber ohne Druck. Einfach die Gedanken fließen lassen.

Dienstag, 29. März, am späten Vormittag

Er sah seine Jünger an, sah das Entsetzen in ihren Gesichtern, die Unsicherheit und Angst. *„Einer von euch wird mich verraten"*, dieser Satz hatte die Stimmung bei ihrem Passahmahl zum Kippen gebracht. Er sah, wie sie sich fassungslos anschauten, miteinander diskutierten und wie Petrus aufsprang und rief: *„Bin ich's, Herr?"*

In dem ausbrechenden Tumult um ihn herum war er der Ruhepol in der Mitte. Sein rechter Arm lag beruhigend auf der Schulter von Johannes, seinem Lieblingsjünger, der wie so oft an seiner Brust ruhte, während seine linke Hand auf dem Tisch zu Brot und Wein zu greifen schien. Gleich würde er diesen Zeichen eine neue Bedeutung geben: „Mein Leib, für euch gegeben ... mein Blut, für euch vergossen ...", doch noch herrschte helle Aufregung.

Niemand schien zu merken, dass der Jünger Judas sich anschickte, den Tisch zu verlassen, um das zu tun, was sein Meister eben vorausgesagt hatte.

Und erst recht schien niemand in dieser Tischrunde zu merken, dass sie von drei Augenpaaren genau beobachtet wurden.

„Mmmmmh ..."

Der kleine Mann im grauen Arbeitskittel schob seine Brille auf der Nase zurecht und beides etwas näher an das Bild heran. Dabei musste er sich noch weiter über den Altar beugen, wobei ihm sein kugelrunder Bauch im Weg war. Jetzt schob er seinen Oberkörper immer weiter vorwärts auf die Fläche des Altars, bis er halb darauf lag und seine Füße in der Luft baumelten. Dass er dabei aussah wie ein dickes, gestrandetes Walross, schien ihm völlig egal zu sein. Neben ihm beugten sich zwei andere, etwas größere Männer ebenfalls weit über die Altarfläche, um möglichst nah die Abendmahlszene vor Augen zu haben.

Pastor Theo Braun richtete sich als erster wieder auf. „Was meinen Sie, Dr. Schaber? Die Farben sind ziemlich verblasst, oder?"

„Nein, verblasst sind die Farben kaum", entgegnete das Walross auf dem Altar und ließ seinen Blick weiter über das Bild wandern. „Das wirkt nur so, weil sich über die Jahrzehnte eine graugelbe Patina darübergelegt hat."

„Wohl eher über Jahrhunderte." Die tiefe Stimme von Herrn Brammer hallte im Gewölbe des Chorraums nach. „Der Altar ist von 1682!" Auch er hatte sich wieder aufgerichtet und zog sein Jackett glatt. Wie immer war der Vorsitzende des Kirchenvorstands korrekt gekleidet: heller Mantel, brauner Anzug, die Krawatte perfekt gebunden, die Schuhe tadellos geputzt.

„Und seitdem ist dieses Altarbild noch nie restauriert worden?" Dr. Schaber klang überrascht. Jetzt ließ er sich vom Altar gleiten und landete erstaunlich geschickt wieder auf seinen Füßen.

„Soviel wir wissen, nicht", erhielt er zur Antwort.

Der kleine Mann nahm seine Brille ab und putzte sie am Zipfel seines grauen Arbeitskittels. „Dann darf ich Ihnen sagen, dass das Bild unter diesen Umständen in sehr gutem Zustand ist. Es muss natürlich gründlich gereinigt werden. Wahrscheinlich wird hier und da eine kleine Farbauffrischung notwendig sein, aber wirklich nur sporadisch. Und dann strahlt die Darstellung des Abendmahls wieder in ihrem ursprünglichen Glanz!"

„Und wie wäre die weitere Vorgehensweise?", dröhnte Herr Brammer. „Unsere Anträge zur Finanzierung wurden ja bereits bewilligt ..."

„Ganz recht, ganz recht!" Dr. Schaber nickte eifrig und setzte seine Brille wieder auf. „Ich werde eine Expertise an das Landeskirchenamt schicken. Sobald von dort die Zustimmung kommt, holen wir das Bild ab, reinigen es und bauen es dann hier wieder in den Altar ein."

„Und wenn Sie das Bild ausgebaut haben ... bleibt dann in der Übergangszeit ein Loch dort im Altar?", fragte Theo Braun.

„Wir werden natürlich die Öffnung mit einer Spanplatte verschließen", versicherte der Restaurator. Und als er sah, dass Theo seine Stirn in Falten zog, fügte er hinzu: „Ja, ich weiß, Herr Pastor, das ist nicht gerade ein erhebender Anblick, so eine Spanplatte als optische Mitte der ganzen Kirche. Aber ...", nun zwinkerte er ihm mit verschmitztem Blick zu, „nehmen Sie es als Zeichen der Verheißung: Es kommt etwas, worauf sich das Warten lohnt!"

„Und ... wie lange würde das dauern?" Auch Herr Brammer schaute den Experten skeptisch an.

„Nun, für die Restaurierung bräuchten wir schon einige Wochen. Und wir können ja erst anfangen, wenn das Landeskirchenamt ..."

„In vier Wochen ist Ostern!", unterbrach Theo Braun. „Dann muss das aber fertig sein! Wir können doch nicht die Auferstehung des Herrn vor einer Spanplatte feiern. Und denken Sie an Gründonnerstag: Da geht es um die Geschichte, die auf dem Bild dargestellt wird, und die ganze Gemeinde versammelt sich an dem Abend und am Morgen des Karfreitags hier zum Abendmahl um den Altar. Da können wir doch nicht auf eine Bretterwand schauen!"

„Nun ja ..." Dr. Schaber nahm wieder seine Brille ab und fing an zu putzen. Offenbar half ihm das beim Überlegen. „Was unsere Arbeiten angeht, könnten wir das schaffen. Wir haben zwar gerade die Tür eines Reliquienschranks aus dem Kloster Wiensee hereinbekommen, aber die können wir auch erst nach Ostern in Angriff nehmen. Was allerdings dauern könnte, wäre die Bearbeitung in der landeskirchlichen Behörde. Soweit ich weiß, geht Herr Oberlandeskirchenrat Möller-Bückling zum Wochenende in Urlaub."

„Das lassen Sie mal meine Sorge sein, den übernehme ich!" Herr Brammer straffte sich und nahm eine Haltung an, als müsse er sich mit jemandem duellieren. „Ich bin sicher, Sie werden die nötige Rückmeldung umgehend bekommen."

Ein Rumpeln ließ die drei Männer herumfahren. Im hinteren Bereich öffnete sich eine Tür und eine Frau kam rückwärts in die Kirche, einen Putzwagen hinter sich herziehend. Als sie sich umdrehte und die Versammlung vor dem Altar erblickte, erstarrte sie.

„Oh, Verzeihung", stammelte sie, „ich wollte nicht stören. Ich dachte ... ich wollte nur ..."

„Aber Sie stören doch nicht, liebe Frau Stark!", tönte die Stimme von Herrn Brammer. „Im Gegenteil, wir sind die Eindringlinge. Kommen Sie doch näher! Was wir besprechen, müssen Sie auch wissen."

Zögernd kam Rita Stark auf die Männer zu. Herr Brammer, ganz Gentleman alter Schule, stellte sie vor: „Herr Dr. Schaber – Frau Stark, unsere Küsterin. Frau Stark – Herr Dr. Schaber." Rita Stark wischte ihre Hände an ihrer Schürze ab und reichte dem Restaurator die Hand. Dann begrüßte sie die anderen: „Guten Tag, Herr Brammer ... Theo ..."

„Herr Dr. Schaber wird demnächst unser Altarbild restaurieren", informierte Herr Brammer sie und erklärte ihr die Vorgehensweise.

„Na, Hauptsache, zu Ostern ist es wieder da", stimmte Rita zu.

Der Zeigefinger von Dr. Schaber fuhr in die Höhe. „Ich würde ja eher sagen: Hauptsache, das Bild kommt in ursprünglichem Glanz wieder zu Ehren!", korrigierte er. „Denn auch das ist Verkündigung, wenn ich das sagen darf, eine optische sozusagen; dafür wurde das Bild gemalt, und auf seine gereinigte Farbenpracht hat diese Gemeinde ein Recht, meinen Sie nicht auch?"

In das allgemeine Nicken und zustimmende Murmeln schnitt eine laute Stimme wie eine Kreissäge: „Richtig, genau meine Meinung!"

Wieder fuhren alle Köpfe herum. Eine Gestalt kam den Mittelgang entlang auf den Altarraum zu, den Oberkörper etwas nach vorn gebeugt, als würde sie Anlauf nehmen. In ihrer dunkelvioletten Wetterjacke mit ebensolcher Mütze sah sie aus wie eine Aubergine, die zum Angriff überging. Doch ihre volle Einkaufstasche hinderte die Frau, noch schneller zu gehen; sie stöhnte sich den Gang entlang, parkte ihre Einkäufe auf der vorderen Bank und näherte sich entschlossen der Gruppe.

„Guten Tag, Frau Matzke!", grüßte Theo. „Wir haben uns nur über das Altarbild unterhalten."

„Sakrale Kunst, wissen Sie", ergänzte Herr Brammer, offenbar in der Hoffnung, bei diesem Stichwort würde Frieda Matzke das Interesse verlieren und sich wieder abwenden. Doch weit gefehlt.

„Ich weiß, ich weiß", winkte sie ab. „Es geht um die Reinigung, hab ich gehört."

„Richtig", bestätigte Dr. Schaber, „die Patina, die sich auf der Oberfläche dieses Tableaus abgesetzt hat ..."

„Und da bin ich genau Ihrer Meinung, Herr Doktor!", unterbrach sie ihn.

„Äh, wie meinen Sie?" Der Experte schien verwirrt.

„Na, Sie sagten doch gerade, dass die Gemeinde hier ein Recht auf strahlende Farben hat, und dass deshalb das Bild ordentlich gereinigt werden muss." Ohne seine Antwort abzuwarten, fuhr sie fort: „Und das sage ich schon seit Jahren: In dieser Kirche wird nicht ordentlich geputzt!"

In den Augen der Küsterin flammte Protest auf, aber zugleich auch Angst und Panik; es fiel ihr immer noch schwer, sich gegen Angriffe zu wehren. Herr Brammer sprang ihr zu Hilfe. „Moment einmal, Frau Matzke!", protestierte er. „Sie wollen doch wohl nicht schon wieder behaupten, Frau Stark würde ihre Arbeit nicht zufriedenstellend ausführen? Das haben Sie schon einmal versucht, und ich fordere Sie auf, derartige Unterstellungen ab sofort zu unterlassen!"

„Das muss ein Missverständnis sein", warf Dr. Schaber mit leiser Stimme ein. „Die Reinigung so eines Bildes hat mit Putzen überhaupt nichts ..."

Aber Frau Matzke schien ihn gar nicht gehört zu haben. „Ja ja ja, ich hab's verstanden", polterte sie zu Herrn Brammer, „wenn ich auch immer noch der Meinung bin, es könnte besser sein. Aber ich rede ja auch gar nicht von dem wöchentlichen Kirchenputz!" Dabei ließ sie ihren Blick kurz durch das Gewölbe und über die Bänke schweifen, als wäre auch hier alles vom schmierigen Belag der Jahrhunderte überzogen. „Ich rede natürlich vom Altarbild, und davon, dass es gereinigt werden muss."

„Ja, genau, deswegen stehen wir hier", nahm Theo den Faden wieder auf, sichtlich erleichtert, dass das Gespräch anscheinend wieder in ungefährliches Fahrwasser kam. „Herr Dr. Schaber hat uns eben schon erklärt, dass das Bild für einige Wochen in die Werkstatt muss. Aber zu Ostern ..."

„Bei regelmäßiger Reinigung wäre das nicht so weit gekommen!", fuhr Frau Matzke dazwischen und verschränkte herausfordernd die Arme vor der Brust.

„Jetzt fängst du wieder an und machst mir Vorwürfe", traute sich nun die Küsterin zu erwidern. „Dabei gibt es an meiner Arbeit nichts auszusetzen. Wenn ich putze, wird die Kirche immer sauber! Und du hast mir gar nichts zu sagen und dich auch nicht in meine Aufgaben einzumischen!"

„Ganz Recht, Frau Stark!", tönte Herr Brammer. „Wenn Sie uns jetzt also bitte alleinlassen würden, Frau Matzke ..."

Aber die resolute Frau ignorierte ihn. „Wie oft putzt sie denn das Altarbild, na?", fragte sie angriffslustig in die Runde.

„Also, ich hoffe, gar nicht", bemerkte Dr. Schaber und nahm wieder seine Brille ab. „Die Schutzfirnis eines solchen Gemäldes ist nach so langer Zeit ..."

Doch Frieda Matzke hatte jetzt kein Ohr für ihn. Mit höhnischem Blick auf Rita rief sie: „Die wedelt doch höchstens einmal im Jahr mit dem Staubtuch drüber!"

Ritas Widerstand war unter der keifenden Attacke wieder zusammengefallen. „Nein, öfter", entgegnete sie schüchtern. „Aber mit einem ganz weichen Staubwedel."

„Das ist mehr als ausreichend", ließ sich der Fachmann vernehmen und hielt seine Brille prüfend gegen das Licht des Kirchenfensters. „Wir benutzen weiche Dachshaarpinsel. Jede andere Form der Reinigung könnte ..."

Doch seine Stimme ging völlig unter. „Na eben, da haben wir's!", rief Frau Matzke triumphierend. „Ein paarmal mit dem

Staubwedel – damit bekommt man den Dreck der Jahrhunderte nie weg!"

„Und eben deshalb, Frau Matzke, werden wir das Bild auch einer professionellen Restaurierung unterziehen", versuchte Theo sie zu stoppen.

„Und so schlimm ist die Verunreinigung gar nicht, wie Sie es hier darstellen, nur um Frau Stark zu belasten", unterstützte ihn Herr Brammer. „Dr. Schaber hat uns versichert, dass das Bild den Umständen entsprechend in erstaunlich gutem Zustand ist."

„Kein Wunder, ich hab es ja auch immer wieder geschrubbt, wenn Rita mal nicht da war. Damit es wenigstens ab und zu sauber ist."

Die Gruppe um den Altar erstarrte. Die Männer standen völlig überrumpelt mit offenen Mündern da. Rita Stark war vor Wut den Tränen nahe, brachte jedoch kein Wort hervor. Frieda Matzke kostete die Schrecksekunde aus und schaute triumphierend von einem zum anderen.

Dr. Schaber rührte sich als erster. Wie in Trance fragte er: „Sie haben ... bitte, was getan?" Die Stimme des Restaurators war belegt.

„Das Bild geputzt!", verkündete sie stolz. „Aber ordentlich, so wie es sich gehört, mit Lappen und Eimer!"

„Das ist doch ..." Er riss sich fast die Brille von der Nase. „So etwas habe ich in meiner ganzen Zeit als Restaurator noch nie ..." Seine Finger fingen hektisch an, die Brillengläser mit dem Zipfel seines Kittels zu putzen.

„Ja, da staunen Sie, was, Meister? Das ist Einsatz, und alles für die Kunst in unserer Kirche!"

„Frau Matzke", begann Theo, „Sie wollen doch nicht wirklich behaupten, dass Sie eigenmächtig, regelmäßig und heimlich unser Altarbild aus dem 17. Jahrhundert mit Wasser und Seife malträtiert haben?" Seine Stimme hatte etwas für ihn ungewohnt Drohendes.

„Wieso malträtiert?", gab Frieda Matzke zurück. „Intensiv gesäubert, würde ich sagen." Und zu Dr. Schaber gewandt: „Mal ganz unter uns Reinigungsexperten: Mein Tipp ist einfache Neutralseife. Drauf damit, etwas einwirken lassen und dann mit viel

Wasser wieder abwaschen. Da kommt was runter, sag ich Ihnen! Ich nehme immer diese gelben Schwämme, die man oft zum Abwasch benutzt. Aber natürlich nicht die raue Seite zum Topfkratzen! Wir wollen doch nicht, dass unser Kunstwerk ernsthaft Schaden nimmt, nicht wahr?“

Der kleine Mann im Arbeitskittel starrte sie nur an; auf seiner Stirn standen Schweißperlen. Er bekam kein Wort heraus, während seine Hände mit Brillenputzen gar nicht mehr aufhören konnten.

Jetzt hatte sich Herr Brammer wieder gefasst. „Frau Matzke!“, donnerte er. „Was ich da von Ihnen höre, verschlägt mir die Sprache! Es ist unglaublich! Wir versuchen hier, ein wertvolles Kunstwerk zu bewahren, und Sie ...“

„Ja, da sind Sie platt, was?“ fiel ihm Frieda Matzke ins Wort. „Manchmal sind die richtigen Lösungen so einfach!“

„Moin zusammen!“, kam es aus dem Seitenschiff. Ein Mann schlenderte die Bänke entlang. Sein dünner, schlaksiger Körper steckte in Jeans und einem dunkelblauen Fleecepullover, den fast kahlen Kopf schützte eine Baseballkappe. Lächelnd blieb er im Gang stehen und musterte die Gesichter vor ihm.

„Na, hier ist ja richtig Stimmung!“, bemerkte er.

„Herr Neumann, unser Organist“, stellte Theo vor. „Und dies ist der Restaurator Dr. Schaber.“

Dieser deutete, anscheinend immer noch unter Schock, auf den Altar: „Das Bild ... es wurde ... geschrubbt ...“

Günter Neumann hob abwehrend die Hände: „Also, tut mir leid, von Maltechnik verstehe ich gar nichts.“

Dr. Schaber versuchte es noch einmal: „Das ist ... nicht zu fassen ...“

„Da haben Sie recht.“ Der Organist vergrub die Hände in den Hosentaschen und blickte versonnen auf das Bild. „Ich finde es auch sehr eindrücklich. Manchmal, wenn ich zum Üben in die Kirche komme und allein bin, stehe ich auch erst einmal eine Weile andächtig davor und lasse es auf mich wirken. So wie ihr hier gerade.“

Als er merkte, dass ihn alle mit seltsamem Blick anschauten, wandte er sich ruckartig ab. „Na, dann will ich mal nicht weiter beim Kunstgenuss stören." Er strebte der Treppe zur Orgelempore zu; auf der Rückseite seines Pullovers war die Aufschrift zu lesen: *„Hard Rock Praise – Why should the devil have all the good music?"*

„Ich wollte ein bisschen üben, doch lasst euch Zeit", rief er zurück. „Ich blättere solange ein paar Noten durch."

Frau Matzke blickte ihm missbilligend nach und ließ ein verächtliches Schnauben hören. „Tunte", murmelte sie.

„Wie bitte?", fragte Dr. Schaber geistesabwesend, der ihr am nächsten stand. Und bevor jemand einschreiten konnte, legte sie dem Restaurator vertrauensvoll die Hand auf den Arm und flüsterte verschwörerisch: „Schwul wie eine Puderquaste, dieser Typ. Und spielt hier jeden Sonntag die Orgel wie ein Wilder, im Haus des Herrn! Und das will ein Musiker sein! Ich sage Ihnen, das sind Zustände hier, was die hohen Künste angeht! Wenn Leute wie Sie und ich nicht wären, die wirklich etwas davon verstehen ..."

„Frau Matzke, das reicht jetzt!", polterte Herr Brammer. „Nicht allein, dass Sie sich abfällig über die absolut korrekte Arbeitsweise unserer Mitarbeiterin Frau Stark geäußert haben, Sie haben es auch noch fast geschafft, ein bedeutendes Kunstwerk zu zerstören!"

„Waaas?", brauste Frau Matzke auf, aber bevor sie erneut loslegen konnte, fuhr Herr Brammer erbost fort: „Außerdem erdreisten Sie sich, diskriminierende Äußerungen über unseren Kirchenmusiker zu verbreiten, indem sie ihn als ... als ..."

„Schwul ist als Ausdruck völlig ok", kam es von oben. Alle schauten hoch. Über der Brüstung der Empore tauchte Günter Neumanns Gesicht auf. Er grinste. „Hab ich gehört, Frau Matzke. Ich habe gute Ohren, ich bin nämlich Musiker!"

Frieda Matzke wollte schon zu einer gebührenden Antwort ansetzen, da ergriff Herr Brammer erneut das Wort. „Frau Matzke! Um dem Alptraum dieses Vormittags ein Ende zu setzen, verbiete ich Ihnen hiermit im Namen des Kirchenvorstands, irgendetwas in dieser Kirche zu putzen, zu verändern oder außerhalb des Gottesdienstbesuchs auch nur irgendwie zu berühren! Und hören Sie endlich auf, sich in die Arbeit unsrer Küsterin einzumischen!"

Frau Matzke schnappte nach Luft und sah sich hilfesuchend nach Theo um. „Pastor Braun", keuchte sie, „können Sie als mein Seelsorger es zulassen, dass dieser ‚Herr' ..." – sie nickte in Richtung von Herrn Brammer und legte ihre ganze Entrüstung in das letzte Wort – „...so mit mir spricht?"

Theo sah ihr in die Augen, sah ihren erwartungsvollen Blick, der seinen Beistand erwartete, und sagte: „Liebe Frau Matzke, ehrlich gesagt – ja!" Er hob beschwichtigend die Hände. „Ich weiß, dass Sie sich gern für das Wohl unserer Gemeinde einsetzen, aber es ist wirklich besser, wenn Sie den Küsterdienst ausschließlich Frau Stark überlassen würden. Und es wäre auch besser, wenn Sie Ihre Zunge im Zaum halten könnten."

„Das ist doch die Höhe!" Frieda Matzke sah empört von einem zum anderen. Als ihr klar wurde, dass sie von niemandem mehr Unterstützung erhoffen konnte, fuhr sie herum, packte ihre Einkaufstasche, die noch auf der Bank lag, und rauschte mit einem „Dann allseits einen schönen Tag noch!" aus der Kirche hinaus.

Theo und Herr Brammer schauten sich an; beide atmeten auf.

„Also, ich mach mich dann mal wieder an die Arbeit", sagte Rita Stark und ging zu ihrem Putzwagen hinüber.

Herr Brammer wandte sich dem Kunstexperten zu, der langsam wieder zu sich zu kommen schien und kopfschüttelnd seine Brille putzte.

„Ich denke, Dr. Schaber, wir haben alles Nötige besprochen, was meinen Sie?"

Dr. Schaber setzte seine Brille auf. „Es gäbe zwar noch einiges zum Thema Kunstpflege zu sagen, aber ... was soll's ..." Er wirkte erschöpft. „Sie haben Recht. Ich verabschiede mich. Meine Herren ..."

„Wir begleiten Sie zum Auto", bot Theo an.

In diesem Moment erfüllten die ersten Takte eines Orgelpräludiums den Raum. Dr. Schaber blieb stehen und lauschte. „Ah, das tut gut", seufzte er und schloss die Augen. „Einen Augenblick noch! Diese Musik ist gerade Balsam für meine geschundene Seele!"

Nach fünfzehn Sekunden inmitten virtuoser Orgelklänge wurde Herr Brammer auf einmal unruhig und fasste seinen Arm. „Bitte, kommen Sie schnell weiter nach draußen, bevor es zu spät ist!"

Dr. Schaber, jäh aus seinem Musikgenuss gerissen, öffnete die Augen und sah ihn verständnislos an. „Zu spät? Wieso ... ich verstehe nicht?"

Da schien plötzlich der Akkord, der über ihnen schwebte, in lauter dissonante Schlagscherben zu zerfallen, die wie ein akustischer Splitterhagel auf sie herabprasselten und sich dann neu zu einer drohenden Klangkulisse zusammenfügten, die immer stärker anschwoll.

Die Männer stolperten ins Freie. Über ihnen zogen schwere schwarze Wolken den Himmel entlang, doch keine von ihnen war so beängstigend wie das, was sie eben gehört hatten.

„Allmächtiger!", stöhnte Dr. Schaber und griff wieder nach seiner Brille. „Was war das?"

Herr Brammer zuckte die Achseln. „Das war unser geschätzter Organist Günter Neumann, der gerade Johann Sebastian Bach spielt."

„Gewürzt mit einer kleinen Prise Metallica", lächelte Theo.

***

Mittwoch, 29. März, nachmittags

Theo Braun saß am Schreibtisch und brütete über einem Artikel für den Gemeindebrief. Seufzend schaute er auf das geöffnete Dokument, das als weiße Fläche vor ihm auf dem Computerbildschirm erschien. Der Cursor blinkte nun schon seit zehn Minuten an derselben Stelle; er kam einfach nicht voran. Er wollte etwas über die Renovierung des Altarbilds schreiben. Doch dabei blieben seine Gedanken an der Szene hängen, die sich gestern in der Kirche abgespielt hatte. Der gute Dr. Schaber war zum Schluss in sein Auto gestiegen wie jemand, der froh war, von einem Ort wegzukommen, an dem lauter Verrückte lebten. War das wirklich so schlimm bei ihnen?

Theo war alles ganz normal vorgekommen, so wie immer.

Da hatte der Restaurator den Vorsitzenden des Kirchenvorstands kennengelernt, Herrn Brammer; immer korrekt, laut, dominant und etwas steif. Und die Küsterin Rita Stark; sie schien in vielem das Gegenteil zu sein mit ihrem geringen Selbstbewusstsein und ihrer menschlichen Wärme. Zur Zeit wirkte sie etwas in sich gekehrt, fiel Theo auf; sicherlich vermisste sie ihren Freund Josef Thoma, der gerade auf Wanderschaft war. Waren die beiden überhaupt ein Paar? Niemand wusste das so genau. Aber Theo konnte sie verstehen; er vermisste den riesigen Bayern mit dem trockenen Humor und dem Herz auf dem rechten Fleck ebenfalls.

Theo musste zugeben, dass es zunächst ein Schock sein konnte, Frieda Matzke kennenzulernen. Auch nach Jahren der Gewöhnung schaffte sie es immer wieder, Menschen erneut vor den Kopf zu stoßen. Aber kamen Konflikte nicht in jeder Gemeinde vor? Und das Orgelspiel von Günter Neumann mochte ungewöhnlich sein, aber eines musste man ihm lassen – er konnte wirklich gut spielen!

Alles in allem waren sie hier eine ganz normale Dorfgemeinde, fand Theo. Die Verrücktheiten waren alle menschlich. Oder war es menschlich, dass er sich hier mit den Jahren so an die verrückten Sachen gewöhnt hatte, dass sie ihm gar nicht mehr ungewöhnlich vorkamen?

Brauchte er vielleicht selbst mal Seelsorge?

Es klopfte. Ehe Theo reagieren konnte, öffnete sich die Tür seines Arbeitszimmers einen Spalt weit, und das Gesicht seines Sohnes Johannes tauchte auf; dahinter war der Schopf seines Freundes Max zu erkennen.

„Hast du kurz Zeit, Dad?"

„Klar", antwortete Theo, „herein mit euch beiden!"

Johannes fläzte sich in einen der Sessel, die in der Ecke um einen kleinen Tisch gruppiert waren, das eine Bein locker über die Lehne geworfen. Max war die Umgebung des Amtszimmers mit den vielen alten Büchern spürbar fremd; er setzte sich vorsichtig auf eine Sesselkante.

Theo fiel auf, wie sehr sich sein Sohn gerade in den letzten Monaten verändert hatte. Der kindliche Zwölfjährige des letzten Sommers war sichtbar in die Höhe geschossen und ließ mit etwas Fantasie schon die breiten Schultern des Jugendlichen erkennen, der er bald sein würde. Der Dreizehnjährige, der ihm jetzt gegenübersaß, war irgendwie ein Wesen dazwischen, in einer Wachstumsphase, in der manche Körperteile nicht so recht zusammenzupassen schienen. Aber damit war er nicht allein; sein Freund Max teilte das gleiche Schicksal. Beide schienen sich aber ganz wohl damit zu fühlen.

„Jungs, was gibt's?", fragte Theo neugierig.

„Wir haben da eine Idee", begann Johannes. „Wir würden gern

die Homepage unserer Gemeinde etwas aufpeppen." Beide Jungen sahen ihn gespannt an.

„Aha", antwortete Theo, „und wie?"

„Wir würden gern Videos reinstellen", sagte Max. „Jetzt in der Zeit bis Ostern."

„Und welche Videos sollen das sein?", fragte Theo vorsichtig; er traute den beiden alles Mögliche zu.

„Kurze Clips, die wir selbst machen." Johannes setzte sich auf, offenbar um dem Projekt größere Ernsthaftigkeit zu verleihen. „Wir denken uns das so: Wenn du auf die Internetseite der Gemeinde gehst, kommt erstmal eine Einspielung von uns, die auf Ostern hinweist. Ganz kurz nur, dann erscheint die gewohnte Startseite."

„Das dauert höchstens fünfzehn Sekunden", versicherte Max. „Und alle paar Tage soll etwas Neues kommen, sodass die Leute neugierig werden!"

„Hmmm", überlegte Theo, „eigentlich keine schlechte Idee."

Die Jungs strahlten ihn an.

„Aber", wandte Theo ein, „ihr macht natürlich keinen Mist, ok? Nichts unter der Gürtellinie, keine derben Scherze, keine Anspielungen gegen Minderheiten ..."

Johannes winkte ab und versicherte mit empörter Unschuldsmiene: „Nein, natürlich nicht, würden wir doch nie machen!"

Doch Max schien da plötzlich Bedenken zu haben. „Na ja, also, ehrlich gesagt, Herr Braun ...", druckste er herum.

„Sag ruhig Theo zu mir", korrigierte Theo.

„Ähm, also, ein bisschen witzig wollten wir das schon machen."

„Ja klar", fiel ihm sein Freund ins Wort, „das soll ja keine lahme Sache sein, sondern im Kopf bleiben. Aber wir machen nichts Schlimmes, Papa, ehrlich! Wir wollen doch nur die Ostermessage rüberbringen!"

Theo nickte: „In Ordnung, ich vertraue euch."

„Yes!" Johannes machte mit seiner Faust eine Geste wie ein Tennisspieler nach erfolgreichem Satzgewinn.

Voller Tatendrang sprangen die beiden Freunde auf und wollten bereits aus dem Zimmer stürmen, da hielt Theo sie noch einmal auf: „Moment noch, ihr zwei! Könntet ihr mir noch einen

Gefallen tun? Ich muss für unseren Gemeindebrief etwas über die Restaurierung des Altarbilds schreiben, ihr wisst schon, das mit dem Abendmahl. Das wird morgen abgeholt. Könntet ihr mir für meinen Artikel von dem Gemälde ein Foto mit der Digitalkamera machen?"

„Kein Problem", versicherte Max; er hatte eine sehr gute Fotoausrüstung.

„Geht klar, Paps!" Johannes machte mit den Fingern das Victory-Zeichen, dann fiel hinter ihnen mit einem Rumms die Tür ins Schloss.

***

Mittwoch, 30. März, abends

„Eins, zwei, drei, Test, Test ..." Marieke umfasste das Mikrofon mit beiden Händen und schaute zu Günter Neumann hinüber. Der sah vom Mischpult auf und hielt den Daumen hoch.

„Kannst du den Monitor noch ein wenig lauter drehen?" fragte Marieke. „Ich kann mich hier vorn nicht gut hören."

„Geht klar", antwortete Günter. Er schob einen Regler etwas höher, dann begann er mit dem Soundcheck der Instrumente. Dabei fluchte er leise vor sich hin. Das kleine Mischpult, das sie sich jede Woche zu den Proben vom Schulzentrum im Ort nebenan ausleihen mussten, hatte schon seine Macken. Das Gerät wurde im Schulbetrieb offenbar stark beansprucht, und wer weiß, wie viele selbst ernannte Tontechniker mit den Jahren daran herumgefummelt hatten. Ein Kanal war defekt, sodass Lucky, der Freund von Marieke, seine E-Gitarre allein an seinem Verstärker aussteuern musste. Bass und Keyboard kamen gut rüber, doch einer der Regler war abgebrochen und ließ sich nur mit Mühe bewegen; der andere hatte einen Wackelkontakt und konnte zwischendurch auch mal kurz aussetzen.

„Ok", rief Günter und gab den Einsatz: „Eins, zwei, drei, vier ..."

Fred am Schlagzeug gab den Rhythmus vor, dann folgte Torben am Bass. Nach vier Takten setzten Keyboard und Gitarre ein. Das Intro gelang; man merkte, dass alle mittlerweile gut eingespielt waren. Jetzt näherte sich Marieke dem Mikro und sang: *„The greatest day in history, death is beaten, you have rescued me, sing it out Jesus* *is alive!* – aaargh!“ Ein schriller Pfeifton zerschnitt die Luft. Alle brachen ab.

„Schon wieder eine Rückkopplung?“, fragte Lucky und drehte schnell an den Reglern seines Verstärkers herum.

„Ich weiß nicht“, rief Günter, über das Mischpult gebeugt. „Das kommt nicht von dir, das ist dieses miese Teil hier.“

„Aber Günni ...“ Sofia stemmte hinter dem Keyboard die Hände in die Hüften. „So können wir doch nicht am Ostersonntag im Gottesdienst spielen! Was ist, wenn die Technik dann plötzlich wieder versagt?“

Torben ließ die Bassgitarre am Gurt baumeln und griff zur Mineralwasserflasche neben dem Notenständer. „Sofia hat Recht. Wir proben jetzt schon zwei Monate lang, und immer wieder ist es dieses Mischpult, das Probleme macht. Dabei sind wir richtig gut geworden, finde ich.“

„Versteh ich, Leute, das sehe ich genauso, aber ...“ Der Organist zuckte hilflos die Achseln. „Ich weiß einfach nicht, woher ich ein anderes leihen sollte. Das vom Jugenddienst des Kirchenkreises wird beim Osterfestival im Einsatz sein und die Bands, die ich kenne, brauchen es an den Feiertagen auch selber.“

Lucky lehnte sich an den Türrahmen und spielte beim Nachdenken mit einem seiner vielen Ohrstecker. „Was ist denn mit deinem Freund, der sich gerade ein Tonstudio eingerichtet hat?“, fragte er. „Kann der uns nicht aushelfen?“

Günter schüttelte den Kopf. „Der hat für seine Technik gerade einen Kredit aufgenommen, um sich mit dem Allerfeinsten auszustatten. Das war so teuer, das verleiht der nicht. Und die alten Geräte hat er verkauft.“

„Na, dann muss die Kirchengemeinde uns eben ein Mischpult spendieren“, meldete sich Fred, warf mit einer Kopfbewegung die braune Haarsträhne aus dem Gesicht und ließ wie zur Bekräftigung mit einem Schlag ein Becken aufzischen. Und zu Marieke: „Kannst du da nicht was machen? Dein Vater ist doch ...“

„Halt die Luft an, Fred!“ Marieke fuhr herum, dass ihr blonder Pferdeschwanz flog, und funkelte ihn verärgert an. „Nur weil ich die Tochter des Pastors bin, heißt das nicht, dass ich hier eine Sonderstellung habe, und ich bin auf keinen Fall mitverantwortlich für alles, was hier in dieser Gemeinde ..."

„Schon gut, schon gut ..." Fred zog den Kopf ein und versank schutzsuchend hinter seinem Schlagzeug.

Lucky legte einen Arm um seine aufgebrachte Freundin. „Komm, beruhige dich, Fred hat das nicht so gemeint."

„Aber in einem Punkt hat er Recht", sagte Günter. „Vielleicht kann die Kirchengemeinde uns da weiterhelfen. Immerhin haben wir hier eine christliche Jugendband gegründet und spielen am Ostersonntag im Gottesdienst. Ich sollte nochmal versuchen, an den Kirchenvorstand heranzutreten. Vielleicht spreche ich mal mit Eberhard Brammer."

„Mit dem verknöcherten alten Kerl, der hier furchtbar wichtig tut und immer so piekfeine Klamotten anhat?" Torben stopfte die Hände in die Taschen seiner zerschlissenen Jeans und blickte auf seine durchlöcherten Turnschuhe. „Der hat doch bestimmt nichts für uns übrig."

„Davon darf man sich nicht beeindrucken lassen, das ist nur Fassade", gab der Organist zu bedenken. „Ich hab seit ein paar Monaten eigentlich einen ganz guten Draht zu ihm." Dabei suchte er Blickkontakt mit Lucky, und beide grinsten. Sie erinnerten sich noch genau an einen Tag im letzten Sommer, als sie Herrn Brammer in einer unangenehmen Lage überraschend beigestanden hatten.

„Dann versuch doch mal dein Glück", schlug Fred vor. „Mit dieser Kiste da ..." – er deutete mit einem Stick in Richtung Mischpult – „...geht es jedenfalls auf Dauer nicht weiter." Sofia nickte zustimmend.

„Gut, ich werd's versuchen", versprach Günter. „Und jetzt lasst uns weiterproben, so gut es mit dem Gerät eben geht. Nochmal Einsatz beim Refrain, ok?"

Alle nahmen ihre Positionen ein. Günter zählte vor, dann setzte die Band ein, genau *in time* und diesmal ohne technische Ausfälle: *„Oh, happy day, happy day, you washed my sins away ..."*

***

Donnerstag, 31, März, nachmittags

„Ach, Geoffrey!“ Ihre Augen füllten sich mit Tränen. „Ist das wirklich wahr?“

„Ja, Heather“, flüsterte er und nahm ihre Hände in die seinen. „Wie lange habe ich diesen Tag herbeigesehnt, an dem ich dich wiedersehen kann! Kein Augenblick verging, ohne dass ich an dich denken musste. Mein Herz trieb mich hierher zu dir!“

„Oh Geoffrey!“ Seufzend sank sie in seine starken Arme. „Ich habe so gehofft, dass du zu mir zurückkommst!“

„Heather, ich liebe dich!“, flüsterte er, bevor ihre Lippen zu einem Kuss voller Leidenschaft verschmolzen.

Prüfend glitt Marens Blick über diese letzten Zeilen. Es war das Ende ihres neuen Romans „Zwei Herzen in Flammen“, der in ein paar Monaten erscheinen sollte. Jetzt war sie dabei, den Text noch einmal zu überarbeiten. Ihre Lektorin hatte ihr geschrieben, sie sollte sich noch einmal überlegen, vor welcher Kulisse sie diese letzte Szene stattfinden lassen wollte.

Die Handlung war nicht sehr kompliziert. Im Kapitel zuvor war Geoffrey überstürzt abgereist. Sein Herz war im Zwiespalt, denn die Krankenschwester Heather aus einfachem Hause entsprach nicht dem, was seine blaublütigen Eltern sich als standesgemäße Schwiegertochter vorstellten. Es gab Konflikte, Tränen, Missverständnisse. Geoffrey reiste ab, um sich eine Auszeit zu nehmen. Während ihm in unruhigen Nächten klar wurde, dass er ohne Heather nicht leben konnte, wurden in seinem aristokratischen Elternhaus die harten Herzen weich. Er reist zurück, seiner Heather entgegen ... ja, und dann kam diese letzte Szene. Nur – wo sollte sie spielen?

Wie wäre es an einem See, bei einer Bootstour vor untergehender Sonne?, überlegte Maren. Geoffrey ruft Heather an und verabredet sich mit ihr auf seinem Boot. Er fährt mit ihr auf den See hinaus ...

Das Boot glitt auf die untergehende Sonne zu, die das Wasser mit tanzenden roten Lichtern überzog. Nicht nur die frische Seeluft – auch der Blick, mit dem er sie ansah, ließ ihren Atem schneller gehen.

„Ach, Geoffrey!" Ihre Augen füllten sich mit Tränen. „Ist das wirklich wahr?"

„Ja, Heather", flüsterte er und nahm ihre Hände in die seinen. „Wie lange habe ich diesen Tag herbeigesehnt, an dem ich dich wiedersehen kann! Kein Augenblick verging, ohne dass ich an dich denken musste. Mein Herz trieb mich hierher zu dir!"

War es der laue Sommerwind auf ihrer Haut, der sie leicht frösteln ließ, oder war es ihre zitternde Sehnsucht?

„Oh Geoffrey!" Seufzend sank sie in seine starken Arme. Das Boot schaukelte sanft. „Ich habe so gehofft, dass du zu mir zurückkommst!"

„Heather, ich liebe dich!", flüsterte er, bevor ihre Lippen zu einem Kuss voller Leidenschaft verschmolzen.

So könnte es gehen, überlegte Maren. Oder sollten sich beide besser auf einem der Berge treffen, die den See überragten? Heather war ja ein Naturmädel und könnte zu ihrem Onkel unterwegs sein, den Maren noch erfinden müsste und der dort oben auf einem Bergbauernhof leben könnte. Geoffrey würde dann nach seiner Rückkehr eine einsame Wanderung unternehmen, um seine Gedanken zu ordnen. Plötzlich würden sich beide zufällig hoch oben auf einer Alm vor sagenhaftem Ausblick begegnen ...

Das Plätschern des Bergbachs mischte sich mit den Klängen der Kuhglocken. Nicht nur die frische Bergluft – auch der Blick, mit dem er sie ansah, ließ ihren Atem schneller gehen.

„Ach, Geoffrey!" Ihre Augen füllten sich mit Tränen. „Ist das wirklich wahr?"

„Ja, Heather", flüsterte er und nahm ihre Hände in die seinen. „Wie lange habe ich diesen Tag herbeigesehnt, an dem ich dich wiedersehen kann! Kein Augenblick verging, ohne dass ich an dich denken musste. Mein Herz trieb mich hierher zu dir!"

War es der Schrei des Adlers hoch über ihr, der sie leicht zusammenzucken ließ, oder war es ihre zitternde Sehnsucht?

„Oh Geoffrey!" Seufzend sank sie in seine starken Arme. Eine Kuh muhte von fern. „Ich habe so gehofft, dass du zu mir zurückkommst!"

„Heather, ich liebe dich!", flüsterte er, bevor ihre Lippen zu einem Kuss voller Leidenschaft verschmolzen.

Maren nickte. Das war auch nicht schlecht. Wofür sollte sie sich entscheiden? Es schien egal zu sein, beides würde funktionieren. Sie speicherte beide Versionen in einer gesonderten Datei ab.

Es gab natürlich Orte, überlegte sie, an denen diese Szene auf keinen Fall stattfinden sollte. Maren schmunzelte; warum sollte sie sich diesen kleinen Spaß nicht zwischendurch gönnen? Sie konnte es ja nachher wieder löschen. In ihren Augen blitzte der Schalk, als ihre Finger erneut über die Tastatur klackerten:

Der tosende Verkehrslärm an der Bushaltestelle mischte sich mit dem Knattern des Presslufthammers auf der Baustelle nebenan. Nicht nur die stinkenden Abgase – auch der Blick, mit dem er sie ansah, ließ ihren Atem schneller gehen.

„Ach, Geoffrey!“ Ihre Augen füllten sich mit Tränen. „Ist das wirklich wahr?“

„Ja, Heather“, schrie er und nahm ihre Hände in die seinen. „Wie lange habe ich diesen Tag herbeigesehnt, an dem ich dich wiedersehen kann! Kein Augenblick verging, ohne dass ich an dich denken musste. Mein Herz trieb mich hierher zu dir!“

War es das Donnern der U-Bahn unter ihr, das sie erschütterte, oder war es ihre zitternde Sehnsucht?

„Oh Geoffrey!“ Seufzend sank sie in seine starken Arme. Die drängelnde Menge, die in den Bus einsteigen wollte, schubste sie von allen Seiten. „Ich habe so gehofft, dass du zu mir zurückkommst!“

„Heather, ich liebe dich!“, flüsterte er, bevor ihre Lippen zu einem Kuss voller Leidenschaft verschmolzen.

Maren kicherte in sich hinein. So einfach war das: nur wenige Änderungen, und alles war kaputt.

Sie lehnte sich zurück und sah aus dem Fenster in den Garten. Die noch laubfreien Bäume und Büsche wurden gerade mit feinem norddeutschen Nieselregen überzogen; das ideale Wetter, um drinnen zu bleiben, Tee zu trinken und zu schreiben.

Der wievielte Liebesroman war das jetzt schon? Maren überlegte. Irgendwann hatte sie aufgehört zu zählen. Seitdem sie vor einigen Jahren mit dem Schreiben angefangen hatte, war einfach ein Buch nach dem anderen wie von selbst aus ihrer Feder geflossen.

Und der Verlag druckte mittlerweile alles, was sie lieferte, denn die kitschigen Schnulzen verkauften sich gut. Zum Glück wusste niemand im Dorf von ihrer Tätigkeit. Hier war sie die Pfarrfrau Maren Braun und auf den Buchumschlägen in Rosa und Gold war sie die Autorin Jane Bennett.

Maren nahm einen Schluck aus ihrem Teebecher. Tee war für sie das, was Benzin und Diesel für ein Auto war: Kraftstoff, der sie beim Schreiben am Laufen hielt. Sie stellte den Becher ab und wandte sich wieder dem Bildschirm zu. Jetzt war es Zeit, das echte Ende der Geschichte per E-Mail ihrer Lektorin zu schicken. Dazu musste sie sich allerdings noch entscheiden: See oder Berg? Boot oder Alm?

Sie griff in ihre Hosentasche und holte die 1-Euro-Münze hervor, die sie immer für den Einkaufswagen beim Supermarkt bei sich trug. Sollte doch das Los entscheiden! Der Bundesadler stand natürlich für Berg, also würde bei Zahl der See den Zuschlag bekommen. Maren schnippte die Münze in die Luft, fing sie geschickt auf und klatschte sie auf ihren Handrücken. Gespannt schaute sie nach – der Berg hatte gewonnen!

Sie schrieb ihrer Lektorin, dass sie noch einen Onkel als Bergbauern irgendwo in die Geschichte einbauen müsste, dann kopierte sie den Textabschnitt und fügte die Datei der E-Mail als Anhang bei. Ein Klick, und das Ende von „Zwei Herzen in Flammen“ war abgeschickt.

Und jetzt? Ran an den fehlenden Bergbaueronkel? Maren spürte, dass ihr dazu die Lust fehlte. Für heute hatte sie genug von schmachtenden Seufzern, egal ob auf einem See oder vor schneebedeckten Gipfeln.

Sie fuhr mit dem Cursor über den Bildschirm zu einer Datei mit Namen „Frank N. Stone“. Das war ihr zweites Pseudonym, der Deckname, unter dem sie in eine andere literarische Welt eintauchte – in die des Horrors! Parallel zur Geschichte von Heather und Geoffrey, hatte sie hier ein finsteres Projekt angefangen, dessen Text sich jetzt vor ihr auf dem Bildschirm ausbreitete. Maren stärkte sich mit einem erneuten Schluck Tee, dann begann sie zu schreiben:

Der Blick seines einen Auges schien sie von oben bis unten zu mustern, während das andere sie blind und weiß anstarrte. Sie schauderte: Niemals zuvor hatte sie einen derart hässlichen Kerl gesehen. Sein Gesicht war mit Narben und Warzen übersät, die Hakennase viel zu groß, seine weißen Haare lang und strähnig. Sein buckliger, hagerer Körper steckte in der zerschlissenen Livree eines Dieners. „Mylady", krächzte er unterwürfig und entblößte dabei nur wenige, braune Zähne. „Ihr werdet erwartet. Wenn ihr geruhen würdet, mir zu folgen ..." Dabei drehte er sich um und schlurfte mit erhobenem Kerzenleuchter durch die Halle.

Constanze gehorchte, schon allein, weil sein Leuchter die einzige Lichtquelle in dieser finsteren Halle war und sie nicht allein in der Dunkelheit zurückbleiben wollte. Natürlich hätte sie auch umdrehen und zurück in den Wald laufen können, doch die Nebel der Dämmerung hatten das Tal bereits erfüllt, und die letzten Strahlen der Sonne waren über den schwarzen Schatten der Bäume nur noch zu erahnen. Niemals würde sie den Weg durch das Dickicht zurück zu der Straße finden!

Die Mauern, die den flackernden Kerzenschein zurückwarfen, strahlten Kälte aus. Jetzt ging es eine enge Wendeltreppe hoch. Plötzlich hörte sie in weiter Ferne ein klagendes Geräusch, wie von einem leidenden Tier! Oder war es nur der Abendwind, der sich an den Türmen und Erkern brach?

Der hässliche Diener wandte im Gehen den Kopf. „Bleibt dicht hinter mir", raunte er ihr zu, „dann kann Euch nichts geschehen." Sie fröstelte. Jetzt ging es einen fensterlosen Gang entlang, vorbei an vielen schweren Türen. Es war unheimlich hier.

Plötzlich fiel ihr wieder ein, was sie vorhin stutzig gemacht hatte. Was hatte dieser Alte gesagt? Sie werde erwartet? Sie kam doch unangemeldet. Durch Zufall hatte sie plötzlich durch die Baumwipfel die Zinnen dieses Schlosses gesehen und war in ihrer Not darauf zu gelaufen. Wer sollte sie hier erwarten?

Als hätte der Bucklige ihre Gedanken gehört, sagte er mit brüchiger Stimme: „Seine Lordschaft wies mich an, Ihre Gemächer für die Nacht herzurichten."

Er öffnete eine der schweren Türen und machte eine einladende Handbewegung. Seine Finger waren lang und knotig wie die Beine einer großen Spinne. „Ihr Reich, Mylady!"

Sie blickte in ein Zimmer, das aus einem Märchenfilm zu kommen schien. Im Gegensatz zu dem übrigen Gemäuer, sah es gemütlich und einladend aus: Im Kamin brannte ein warmes Feuer, das Himmelbett in der Ecke war frisch bezogen, eine Chaiselongue mit vielen Kissen lud zum Verweilen ein. Alles roch nach frischer Wäsche und Blumen. Unwillkürlich trat Constanze ein und sah sich um. Als der Bucklige gerade hinter ihr die Tür schließen wollte, rief sie: „Warten Sie!" Der hässliche Alte hielt inne.

„Wer sind Sie?", fragte Constanze.

Sein runzliges Gesicht verzog sich zu einem schiefen Lächeln. „Ich bin der Butler, Mylady."

„Und Ihr Name? Wie heißen Sie?"

„Wormwood, Mylady. Nennt mich einfach Wormwood." Und er fügte hinzu: „Um alle anderen Wünsche und … Formalitäten ... wird sich Eure Zofe Bleach kümmern."

Ein Geräusch von raschelnden Kleidern ließ Constanze herumfahren. Da stand ein Zimmermädchen direkt hinter ihr! Wie war sie dorthin gekommen? Eben noch war dieses Zimmer leer gewesen! Constanze fühlte, wie eine Gänsehaut ihre Arme und Beine hinaufkroch. Sie blickte in ein auffallend blasses Gesicht, das sie unter normalen Umständen hübsch gefunden hätte, wäre da nicht dieser irritierend leere Blick gewesen.

„Ich bin sicher, Sie werden mit Bleach zufrieden sein", krächzte der Butler. „Sie verrichtet ihren Dienst stets mit … Leidenschaft und ... Herzblut!"

Die letzten Eindrücke, die Constanze wahrnahm, waren das Geräusch des Schlüssels, der sich knirschend draußen im Türschloss drehte, und das Lächeln von Bleach, das bezaubernd war – bis auf die auffallend langen, spitzen Eckzähne! Dann schwanden ihr die Sinne und sie versank im Dunkel der Ohnmacht.

***

Donnerstag, 31. März, abends

„Amen."

Theo Braun öffnete die Augen. Er sah seine gefalteten Hände, hob den Kopf und blickte in die Runde. Obwohl es keine festen Plätze gab, saßen alle Teilnehmer des Bibelkreises Woche für Woche auf denselben Stühlen. Zu seiner Linken sah ihn Rita Stark erwartungsvoll an. Sie war immer als erste da und bereitete als Küsterin den Raum vor. Auch diesmal hatte sie wieder frische Blumen auf den Tisch gestellt; auch Tee und Mineralwasser standen bereit.

Gerade hatte Theo alle begrüßt und wie immer zu Anfang ein Gebet gesprochen. „Bevor wir uns den Bibeltext für heute anschauen, schlage ich vor, dass wir uns mit Getränken versorgen." Und mit einem Blick zu Rita: „Vielen Dank, Rita, dass du alles wieder so schön vorbereitet hast."

Ein dankbares Lächeln huschte über ihr Gesicht. „Ach, das ist doch selbstverständlich", sagte sie.

„Finde ich allerdings auch, als Küsterin ...", knurrte Frieda Matzke leise vor sich hin. Sie saß an Theos rechter Seite, Rita gegenüber. Seit der Auseinandersetzung in der Kirche am Dienstag war sie nicht gut auf beide zu sprechen, ebenso wenig auf Eberhard Brammer, der neben Rita saß und allen Tee anbot. Aber das wäre für sie niemals ein Grund gewesen, nicht mehr zum Bibelkreis zu gehen. Das Feld zu räumen, kam für Frieda Matzke nicht in Frage – jedenfalls nicht kampflos! Außerdem sah sie es als ihre christliche Pflicht an, „regelmäßig das Wort zu hören. Ganz im Gegensatz zu gewissen anderen Leuten in dieser Gemeinde", wie sie öfter naserümpfend bemerkte.

Rechts von ihr erhob sich Irene Anders, um zur Mineralwasserflasche zu greifen. Dabei berührte sie noch einmal leicht den Blumenstrauß in der Mitte: „Rita, der ist wirklich wunderschön! Diese Farben!"

Sie war als Frau Mitte Dreißig die Jüngste in dieser Runde. Rechts von ihr saßen die alten Freundinnen Magda Ehrmann und Lieselotte Rustig, beide weit über achtzig, und ließen sich gerade von Herrn Brammer Tee einschenken. Sie kicherten, als er ihnen dabei auf seine steife, altmodische Art Komplimente machte.

„Jetzt in der Passionszeit haben wir das Thema: ‚Jesu Weg zum Kreuz'", erinnerte Theo. „Und wir folgen dabei fortlaufend dem Bericht des Markusevangeliums. Heute lesen wir, wie Jesus mit seinen Jüngern nach dem Abendmahl in den Garten Gethsemane geht, um zu beten. Die Geschichte steht in Kapitel 14, in den Versen 32 bis 42."

Alle griffen zu ihren Bibeln und fingen an zu blättern. In dem Regal hinter ihnen boten sich zwar auch mehrere Exemplare zum Lesen an, doch in diesem Kreis brachten die Teilnehmer gern jeweils ihre eigene Bibel mit, die ihnen vertraut war. Obwohl inhaltlich in jeder das gleiche stand, erzählten die einzelnen Bücher, die gerade ringsum aufgeschlagen wurden, jeweils eine eigene Geschichte.

Magda Ehrmann zum Beispiel blätterte gerade in einer Lutherbibel, die sie als junges Mädchen zur Konfirmation geschenkt bekommen hatte. Auch über den Tisch hinüber konnte Theo das altdeutsche Schriftbild erkennen. Der Ledereinband war über die Jahre schon etwas abgewetzt und rissig geworden, ebenso war der Goldschnitt am Rand verblasst und fleckig, aber diese Spuren zeugten von einem täglichen Gebrauch. Die gleiche Bibel, ebenfalls in schwarzes Leder gebunden mit Goldschnitt, jedoch über sechzig Jahre jünger und nagelneu, prangte in der Hand von Frieda Matzke. Sie hatte vor einigen Wochen beschlossen, sich eine Ausgabe der Heiligen Schrift anzuschaffen, die auch nach außen hin zeigte, was in dieser Gemeinde eigentlich wichtig sein sollte! Das altmodische Lesezeichen, das sie beim Blättern beiseite gelegt hatte, sah allerdings schon älter aus.

Die Ausgabe, die Herr Brammer vor sich liegen hatte, wirkte ebenfalls imposant. Er hatte sie schon an der richtigen Stelle aufgeschlagen und vertiefte sich bereits in die Erklärungen und Hintergrundinformationen, die seine Thompson-Studienbibel dem interessierten Leser zusätzlich bot. Lieselotte Rustig blätterte dagegen in einer kleinen Taschenausgabe des Neuen Testaments. Theo wunderte sich jedes Mal darüber, dass sie diese winzige Schrift noch lesen konnte; schließlich ging sie langsam auf die Neunzig zu. Aber anscheinend war das für sie kein Problem.

Rita Stark zog gerade den Reißverschluss ihrer blauen Bibelhülle auf. Diese beherbergte nicht nur das Buch der Bücher, sondern auch einen Stift und ein kleines Oktavheft, in dem sie wichtige Gedanken für sich festhielt. Ihr gegenüber suchte Irene Anders nach dem Text, den Theo angesagt hatte. Ihre schlanken Finger blätterten anmutig durch eine Bibel in leicht verständlicher Übersetzung, deren Cover ein Blumenornament in Pastellfarben zierte. Und auch diesmal staunte Theo über ein Phänomen, das ihm irgendwann aufgefallen war: Wie schaffte sie es, fragte er sich, dass der Umschlag ihrer Bibel und ihre Kleidung farblich immer harmonierten?

Er sah auf das schmucklose und unauffällige Buch hinunter, das vor ihm lag, und begann, den Abschnitt mit ruhiger Stimme vorzulesen. Die anderen verfolgten dabei den Text in ihrer Ausgabe mit; nur Magda Ehrmann hatte sich in ihrem Stuhl zurückgelehnt und schien mit geschlossenen Augen zuzuhören. Sie begleiteten Jesus mit seinen Jüngern in den Garten Gethsemane, hörten seine Anweisung: „Wachet und betet!", fühlten seine Angst vor dem, was er auf sich zukommen sah, als er sich absonderte und betete: „Nimm diesen Kelch von mir; aber nicht, was ich will, soll geschehen, sondern was du willst!" Und Sie spürten seine Enttäuschung und die Scham seiner Jünger, als er mehrmals in dieser Nacht zu ihnen zurückkehrte und entdeckte, dass sie eingeschlafen waren.

Herr Brammer nickte. „Wachsam sein, das ist wichtig", eröffnete er das Gespräch und tippte mit einem Zeigefinger auf die Buchseite. „Jesus weiß hier, dass er gleich gefangen genommen wird, und seine Jünger dämmern einfach weg." Er runzelte die Augenbrauen und schaute zu Frau Ehrmann hinüber, die immer noch die Augen geschlossen hielt und deren Brustkorb sich in tiefen, ruhigen Atemzügen hob und senkte. Frau Rustig stieß ihre Freundin mit dem Ellenbogen an. Diese zuckte kurz zusammen, blinzelte mit den Augen und kam langsam wieder zu sich.

„Wir sind doch auch seine Nachfolger", fuhr Herr Brammer fort. „Und wenn wir nicht wachsam verfolgen, was in der Gemeinde vor sich geht, können wir Jesus nicht dienen, wenn es darauf ankommt!"

„Da bin ich ausnahmsweise einmal Ihrer Meinung", stimmte Frau Matzke zu. „Umso mehr erstaunt es mich, dass Sie mich am Dienstag in der Ausübung meiner Wachsamkeit derart beschränkt haben!"

„Frau Matzke, das ist doch wohl etwas ganz anderes!" Herr Brammer wurde lauter. „Hier geht es um Wachsamkeit in geistlichen Prozessen und nicht darum, seine neugierige Nase ständig in anderer Leute Angelegenheiten ..."

„Wollen Sie etwa damit sagen, ich würde ..."

„Bitte, bitte!", rief Theo Braun dazwischen. „Beruhigen Sie sich. Dies ist doch wohl nicht die Zeit und der Ort, um persönliche Konflikte auszutragen!"

„Sie haben ja Recht", brummte Herr Brammer; er versuchte mit viel Mühe, sich zusammenzunehmen. Frieda Matzke schnaubte unwillig.

„Also, ich kann gut verstehen, dass die Jünger einschlafen", meldete sich Frau Ehrmann.

Lieselotte Rustig kicherte. „Du machst ja auch gern mal ein Schläfchen, wenn es geistlich wichtig wird, was?", neckte sie.

„Den Seinen gibt's der Herr im Schlaf', Psalm 127, Vers 2", konterte Frau Ehrmann. Man merkte, die beiden alten Damen waren aufeinander eingespielt. „Aber nach so einem anstrengenden Tag und einem langen Essen kann man als Jünger doch wirklich müde werden. Außerdem war es ja mitten in der Nacht."

„Aber Jesus hat klare Anweisungen gegeben, nicht einzuschlafen", beharrte Herr Brammer. „Sie hätten sich ja gegenseitig wachhalten können. Außerdem haben sie doch mitbekommen, wie schlecht es ihm geht."

„Und Jesus merkt dann ja auch, mit welchen Versagern er da unterwegs ist", bemerkte Frau Matzke und rammte ihr Lesezeichen wie ein Fallbeil zwischen die offenen Seiten vor ihr. „Immer wieder muss er sie ermahnen! Das ist wie in unserer Gemeinde: Wenn ich nicht immer wieder nach dem Rechten schauen würde, dann wäre hier schon längst ..."

„Ich könnte mir eher vorstellen, dass seine Jünger die Situation falsch eingeschätzt haben", unterbrach Frau Rustig, offenbar um einen weiteren Schwall von Vorwürfen zu verhindern. „Vielleicht dachten sie, es wäre alles gar nicht so schlimm."

„Alles Waschlappen ...", grummelte Frau Matzke und beugte sich demonstrativ über ihre Bibel.

„Also, was mich beim Lesen berührt hat, ist diese menschliche Seite von Jesus." Der Klang von Irene Anders' Stimme schien die Atmosphäre spürbar aufzuhellen. „Er scheut sich nicht, Gefühle zu zeigen und im Gebet auszusprechen. Das ist, als würde man hier tief in seine Seele blicken."

Rita Stark sah sie dankbar an. „Mir geht es genauso", sagte sie. „Dass Jesus auch Angst hat, genauso wie ich oft, das ... das tut mir gut." Hilfesuchend sah sie die anderen an, die ihr aufmunternd zunickten; der verächtliche Blick von Frau Matzke, die kurz von ihrer Bibel aufsah und dann wieder in den Text schaute, entging ihr.

Theo Braun half Rita weiter: „Hier sehen wir auch, wie Jesus mit Angst und Anfechtung umgeht. Er betet und sucht die Gemeinschaft mit seinem himmlischen Vater."

„Ja, das mach ich auch oft", gab Rita zu. „Das hilft wirklich. Und es ist gut zu wissen, dass Jesus das auch getan hat. Dann kommt es mir irgendwie vor, als würde er an meiner Seite sein und mit mir beten."

„Das finde ich auch", stimmte Irene zu.

„Schwärmerische Gefühlsduselei", fuhr Frieda Matzke dazwischen. „Genutzt hat es ihm am Ende nichts, oder? Jesus wurde gefangengenommen, verurteilt und umgebracht."

Theo wollte etwas entgegnen, doch Frau Rustig war schneller. „Natürlich hat das Beten etwas gebracht!", widersprach sie entschieden. „Das Gebet im Garten Gethsemane hat Jesus stark gemacht, sodass er all das durchstehen konnte!"

„Eben", gab Frau Matzke zurück. „Sag ich doch: Nur die Harten zählen im Garten! Jesus ist stark geworden und muss mitansehen, was seine Jünger für Weicheier sind!"

In das Kopfschütteln und resignierte Seufzen ringsum sagte Theo: „Aber seine innere Stärke wird ihm von Gott geschenkt, Frau Matzke, und zwar nur, weil er seine Schwäche zugeben und aussprechen kann. Das tut er übrigens auch vor seinen Jüngern. *‚Meine Seele ist betrübt bis in den Tod'* sagt er ihnen, bevor er sich zum Beten zurückzieht."

Frau Matzke machte nur ein schnippisches Geräusch.

„An dieser Stelle habe ich mich in der Geschichte wiedergefunden", meldete sich nun Frau Ehrmann. Versonnen lächelnd blickte sie in die Luft. „Jesus geht zum Beten und lässt seine Wegbegleiter zurück. Genauso wie ich! Wenn ich am Sonntag in die

Kirche gehe oder donnerstags hierher zum Bibelkreis, muss ich jedes Mal Billy draußen zurücklassen."

Alle lehnten sich schmunzelnd zurück, nur Frieda Matzke verdrehte die Augen mit der Bemerkung, das hätte ihr jetzt gerade noch gefehlt.

„Wieso, was hast du, Frieda?", wunderte sich Magda Ehrmann. „Billy ist genau so, wie du dir die Jünger wünschen würdest. Der beschützt mich jeden Tag!"

In den amüsierten Gesichtern um sie herum spiegelte sich der Zweifel, ob der kleine Dackel Billy wirklich irgendjemanden schützen könnte.

„Und während ich bete, schläft er niemals ein!", sagte sie stolz und überhörte offenbar Frieda Matzkes leises „Ganz im Gegensatz zu dir!"

„Außerdem passt er immer auf und ist ein richtig guter Wachhund!", beteuerte sie und nickte eifrig Herrn Brammer zu.

„Wuff!", kam es wie zur Bestätigung von draußen.

Das Lachen und Schmunzeln wirkte erfrischend. Theo schaute auf die Uhr. Es war Zeit, zum Schluss zu kommen.

„Lasst uns beten", schlug er vor.

Freitag, 1. April, am Morgen

Die Stofftasche, die am Haken des Einkaufswagens hing, klirrte leicht, als Frieda Matzke zielstrebig zwischen den Regalen mit Gurkengläsern und Konserven den Gang entlangrollte. Vor der stählernen Tür in der Ecke, die zum Lagerraum führte, blieb sie abrupt stehen und sah sich erstaunt im Supermarkt um, als wäre sie plötzlich zu ihrer Überraschung an einem völlig falschen Ort gelandet.

„Nanu, wo ist denn ..." Sie sah sich suchend um. „Herr Pohlmann?", rief sie den Gang hinunter. Und als vom Chef auch nach zwei Sekunden noch nichts zu sehen war, etwas lauter: „HERR POHLMANN?"

Hastige Schritte waren zu hören, dann schaute der Kopf von Dieter Pohlmann um die Ecke. „Frau Matzke, guten Morgen", grüßte er etwas atemlos. „Kann ich Ihnen helfen?"

„Hier stand doch immer der Tresen, wo man die leeren Flaschen abgeben konnte", stellte Frau Matzke mit ärgerlicher Stimme fest. „Wo ist der denn geblieben?"

„Den haben wir abgebaut, den brauchen wir nicht mehr", antwortete er.

„Ja, und wo soll ich jetzt hin mit meinen Flaschen? Da ist noch Pfand drauf! Ist das jetzt ein Aprilscherz, oder was?", wollte sie sich aufregen. Doch der Kaufmann hob beschwichtigend die Hände.

„Nein, kein Aprilscherz!", versicherte er. „Wir nehmen Ihr Leergut selbstverständlich auch weiterhin zurück, Frau Matzke, und Sie erhalten das Pfandgeld wie sonst auch. Doch es läuft ab heute etwas anders: Dafür haben wir jetzt einen Automaten."

Er wies auf ein graues Ungetüm, das so ähnlich aussah wie ein Kühlschrank, nur mit einem runden Loch in Augenhöhe.

„Darf ich es Ihnen zeigen?"

Misstrauisch rollte sie ihren Wagen näher an das Gerät heran. Herr Pohlmann ließ sich eine leere Mineralwasserflasche aus ihrem Beutel geben und deutete auf das Etikett: „Sehen Sie diesen Strichcode? Der muss nach oben zeigen." Er drehte die Flasche in die richtige Position. „Und dann schieben Sie das Leergut mit dem Flaschenboden voran in das Loch. Passen Sie auf ..." Er schob die Flasche in die Öffnung, es summte, dann wurde sie mit einem dumpfen Klirren vom Automaten verschluckt. Innen rollte und rumpelte es noch kurz, dann war Stille. Herr Pohlmann wies mit dem Finger auf einen kleinen Bildschirm: „Sehen Sie? Und schon wird hier Ihr Pfandbetrag angezeigt. Möchten Sie es einmal selbst probieren?"

Frieda Matzke brummte missmutig, nahm eine Flasche aus dem Beutel und steckte sie in die Öffnung. Summ, klirr, roll, rumpel – und der Betrag auf dem Display verdoppelte sich.

„Sehen Sie, es ist ganz einfach", lächelte Herr Pohlmann, während seine Kundin die nächste Flasche hineinschob. Er drehte sich um und wollte gerade wieder an seine Arbeit gehen, da rief ihn ein durchdringendes Piepen wieder zurück. Frieda Matzke versuchte fluchend, eine Flasche, die der Automat zurückweisen wollte, wieder hinein zu schieben, dicht hinter die vorherige, die noch im Schacht lag. Der kleine Bildschirm daneben blinkte mit der Anweisung: „Flaschen bitte einzeln eingeben."

„Vorsicht, Frau Matzke, Sie sind zu schnell!" Der Ladeninhaber war wieder zu Hilfe geeilt und nahm die Flasche heraus. Der Automat beruhigte sich. „Sie müssen jedes Mal warten, bis der Vorgang abgeschlossen ist und erst dann die nächste Flasche nachschieben."

„Warten?" Frau Matzke schnaubte verächtlich. „Meinen Sie, ich komme hierher, um mir die Zeit zu vertreiben, weil ich sonst nichts zu tun hätte?"

Sie holte die nächste Flasche aus dem Beutel und führte sie betont langsam in die Öffnung ein.

„Was soll das eigentlich mit diesem Automaten?", schimpfte sie. „Früher habe ich hier bei Ihnen meine leeren Flaschen abgegeben, das hat auch funktioniert und ging ruckzuck!"

„Wir haben das Gerät aufgestellt, um effektiver arbeiten zu können", erklärte Herr Pohlmann und überwachte mit besorgter Miene, wie die resolute Dame seine neue Errungenschaft fütterte. „Während die Kunden auf diese Weise ihr Leergut abliefern, kann ich andere Arbeiten erledigen."

„Ach nee", giftete Frieda Matzke, „und warum stehen Sie dann hier die ganze Zeit untätig herum?"

Herr Pohlmann begnügte sich mit einem Nicken als Antwort und verschwand wortlos zwischen den Regalen.

Keine dreißig Sekunden später hallten dumpfe Schläge durch den Laden. Dieter Pohlmann schoss mit rotem Kopf den Gang hinauf auf Frau Matzke zu, die die graue Front mit Fausthieben bearbeitete. „Stopp, stopp!", rief er und hielt sie gerade noch rechtzeitig vom nächsten Gewaltausbruch ab.

„Frau Matzke, was machen Sie denn da?" Er konnte nur mühsam seinen Ärger unterdrücken.

„Der ist kaputt!", schimpfte sie. „Der will meine Flasche nicht nehmen!" Sie betonte das „meine", als hätte der Automat gerade ein persönliches Geschenk von ihr zurückgewiesen. Herr Pohlmann schaute auf das blinkende Display; „Marke unbekannt" stand da. Er nahm die Flasche heraus, drehte sie in seinen Händen und zeigte dann auf den Strichcode: „Hier ist ja auch das Etikett am Rand eingerissen und voller Falten, direkt beim Strichcode, sehen Sie? Das kann der Scanner dann nicht lesen."

Frau Matzke schien wenig interessiert an seinen Erklärungen. Mit trotzig verschränkten Armen stand sie neben ihrem Einkaufswagen.

Herr Pohlmann gab nicht auf. Demonstrativ strich er das Etikett glatt. „Man muss immer darauf achten, dass der Strichcode gut zu sehen ist. So, jetzt müsste es gehen."

„Wenn Sie denken, dass ich hier in Ihrem Laden jeden Morgen leere Flaschen streichle, haben Sie sich geschnitten!", zischte sie.

Beide sahen zu, wie sich die Flasche im Schacht drehte.

Und drehte. Und drehte ...

„Ha", rief Frieda Matzke triumphierend, als wieder das Signal „Marke unbekannt" kam. „Von Ihnen nimmt er sie auch nicht! Ich sag ja, das Ding ist Schrott!"

Herr Pohlmann nahm die Flasche aus dem Schacht; er musste sich zusammennehmen, um halbwegs freundlich zu bleiben. „Das kann mal passieren", presste er hervor. „Geben Sie die Flasche einfach an der Kasse ab, dann erhalten sie dort das Pfandgeld zurück."

„Warum sagen Sie denn nicht gleich, dass man die ganzen leeren Flaschen auch einfach vorne abgeben kann?", fauchte Frau Matzke, und bevor er irgendetwas erwidern konnte, riss sie den Pfandbon an sich und schob an ihm vorbei Richtung Fleischtheke.

Herr Pohlmann sah ihr nach, lehnte sich an den Automaten und musste erst einmal tief durchatmen. Er fühlte sich reif für den Feierabend. Doch ein Blick auf seine Uhr zeigte ihm, dass es erst kurz vor neun war. Er seufzte und ging zum Gemüsestand, wo frische Ware eingeräumt werden musste.

Als sie leise vor sich hinschimpfend ihren Einkaufswagen die Tiefkühltruhen entlang schob, sah sie etwas weiter vorn bei den Haushaltswaren zwei ihr wohlbekannte ältere Damen einträchtig die Regale inspizieren. Zu ihren Füßen trottete der Dackel Billy geduldig mit. Vor dem Eingang des Ladens stand zwar ein Schild mit dem Hinweis, dass Hunde leider draußen bleiben müssten. Doch seit acht Jahren schon tat Frau Ehrmann, als hätte sie es nicht gesehen, und Ehepaar Pohlmann, die Inhaber des Edeka-Ladens, ließen sie gewähren, solange Billy am Einkaufswagen angeleint war.

Schon hörte Frau Matzke die Stimme von Magda Ehrmann: „Was ich ja nochmal bräuchte, wäre eine neue Strickjacke."

Ihre Freundin Lieselotte Rustig fasste sie am Ärmel und wies auf die Ecke, wo eine Kaffeefirma Artikel anpries, die mit dem Koffeingetränk gar nichts zu tun hatten.

„Schau mal da drüben, Magda, da steht: Cardigan, 29 Euro 95."

„Nein danke, ich suche eine Strickjacke."

„Das ist doch eine."

„Nee, da steht doch: Kardigähn."

„Das ist dasselbe."

„Und warum schreiben sie dann nicht ‚Strickjacke' da hin?"

„Das nennt man eben heute anders. Das ist modern."

„Ach sieh an. Und wie heißt dann jetzt das moderne Wort für ‚Hose'?"

„‚Hose' natürlich. Das hat sich nicht geändert."

„Aber die Strickjacken, die haben sich geändert?" Sie schüttelte verständnislos den Kopf. „Da findet sich ja heute keiner mehr zurecht."

„Ganz meine Meinung", kam es von der Seite.

Magda Ehrmann wandte überrascht den Kopf: „Ja, da schau her, die Frieda!" Auch Frau Rustig hatte sich mit einem „Guten Morgen" umgedreht.

Frieda Matzke kam gleich zur Sache und machte ihrem Ärger Luft. „Ist es nicht nervtötend? Flaschenautomat, Cardigan … nichts ist hier mehr, wie es mal war!"

„Das ist modern, sagt Lieselotte." Magda Ehrmann schob ihren Wagen zur Fleischtheke, die beiden anderen Frauen folgten. Billy hob die Schnauze und schnupperte.

Hilde Pohlmann erwartete sie bereits hinter dem Tresen. „Guten Morgen, die Damen! Was darf es denn sein?"

„Ein Stück Leberwurst bitte, von der groben", sagte Frau Ehrmann und zeigte mit Daumen und Zeigefinger die Größe des Stücks. Frau Pohlmann griff zum Messer.

„Was hast du denn da?" Frieda Matzke deutete mit dem Finger ungeniert auf die Schulter der Verkäuferin.

Hilde Pohlmann sah mit dem Messer in der einen Hand und der Leberwurst in der anderen suchend an sich herab. „Wo hab ich was?"

„Na, da am Träger der Schürze", sagte Frau Matzke und zeigte auf das kleine Plastikschild. „Hilde Pohlmann" stand darauf.

„Ach das." Die Verkäuferin schnitt das verlangte Stück Wurst ab und wickelte es in Folie. „Das haben wir jetzt alle. Ich war vor zwei Wochen auf einem Seminar, und da wurde uns das beigebracht. Bei Kundenkontakt ist es wichtig, dass man mit Namen erkennbar ist."

„Aber wir wissen doch, wie du heißt", wunderte sich Magda Ehrmann. „Das wissen alle hier im Dorf."

„Das ist eben so heutzutage, das ist modern."

„Ach so." Magda Ehrmann schien diese Erklärung zu genügen und schob die nächste Bestellung nach: „Noch ein Pfund Gehacktes bitte."

„*Personal Reference* nennt man das", erklärte Hilde Pohlmann mit ein wenig Stolz in der Stimme. „Der Kunde soll das Gefühl haben, persönlich bedient zu werden."

„Wer sollte uns denn sonst bedienen, wenn nicht du persönlich?", fragte Frieda Matzke sarkastisch. „Ein ferngesteuerter Roboter mit deinem Gesicht?"

„Nun hack doch nicht so auf Hilde rum", wies Frau Rustig sie zurecht. „Die gibt sich doch nur Mühe. Ich finde, das Schild sieht nett aus. Und es stört doch nicht."

„Danke, Lieselotte." Frau Pohlmann sah prüfend auf die Waage. „Außerdem muss man nicht nur an die Leute im Dorf denken. Was ist denn, wenn ausländische Kunden kommen? ‚Lokal handeln, global denken' haben die auf dem Seminar gesagt." Sie packte das Hackfleisch zu der Wurst in die Tüte und tackerte den Bon daran.

„Ich finde das eine sehr gute Idee", lobte Frau Rustig.

„Wobei ich hier in letzter Zeit ziemlich wenig Japaner gesehen hab", brummelte Frieda Matzke und kassierte dafür von Frau Rustig einen bösen Blick. Doch Frau Matzke war dafür völlig unempfänglich.

„Dein Mann hatte aber vorhin kein Namensschild", bemerkte sie.

„Ach, dann hat er es wieder mal vergessen", winkte Hilde Pohlmann ab, während sie für Frau Rustig ein Schälchen Fleischsalat abfüllte. „Der hat morgens immer so viel im Kopf, dann denkt er nicht daran."

„Arbeitet wohl gern unerkannt, was? Falls mal ein Bus mit Kunden aus Papua-Neuguinea kommt, hat er seine Ruhe!"

„Und noch hundert Gramm Mortadella, bitte", rief Lieselotte Rustig demonstrativ dazwischen.

„Aber egal", fuhr Frieda Matzke fort. „Ich finde, es wird viel zu viel geändert. Überall, selbst in der Kirche! Da haben sie jetzt das Altarbild abgeholt, das mit dem Abendmahl. Ihr müsst euch mal das Brett ansehen, das da jetzt ist. Sieht aus wie auf dem Bau!"

„Kommt da jetzt etwa ein neues rein?", fragte Magda Ehrmann erstaunt.

„Nein", beruhigte Frau Rustig sie, „das wird doch nur restauriert."

„Ich habe gehört, zu Ostern soll es wieder da sein, frisch gereinigt." Hilde Pohlmann heftete mit einem Klack-Klack den Bon an die Tüte und reichte sie Frau Rustig über die Theke. „Kostet die Kirche bestimmt eine ganze Stange Geld."

„Geht auch billiger", grummelte Frieda Matzke in sich hinein, und dann laut über die Theke: „Ein Viertel Pfund Salami und vier Scheiben Sülze."

„Siehst du, Frieda", sagte Frau Rustig in besänftigendem Ton, „das Altarbild kommt wieder. Da ändert sich eigentlich gar nichts."

„Ein Brett ist da jetzt trotzdem, mehr als drei Wochen lang", beharrte Frau Matzke trotzig. „So was gab's früher nicht. Das Bild hing da jahrhundertelang, und niemand hat sich über den Zustand beschwert. Doch auf einmal soll das ein Problem sein! Aber das ist ja noch längst nicht alles. Der Organist ..."

„Jetzt fang nicht wieder mit deinem Geschimpfe auf Herrn Neumann an", versuchte Frau Rustig sie zu stoppen. „Den konntest du von Anfang an nicht leiden und seitdem hackst du auf ihm rum." Und spitz fügte sie hinzu: „Daran hat sich jedenfalls nichts geändert!"

Mit einem ärgerlichen Ruck fischte Frieda Matzke ihre Tüte mit Aufschnitt von der Theke. „Dann findest du es also völlig in Ordnung, wenn er in der Kirche mit einer Rockband spielt, dass die Scheiben klirren?"

„Wann soll er das denn gemacht haben?", fragte Lieselotte Rustig skeptisch.

„Also, wenn, dann war das gar nicht so laut", sagte Magda Ehrmann. „Ich bin jedenfalls nicht davon aufgewacht."

„Hat er ja noch gar nicht", gab Frau Matzke zu, „wird er aber, und zwar am Ostersonntag im Gottesdienst! Ist das zu fassen? Am Tag der Auferstehung des Herrn?"

„Jetzt hab dich nicht so, Frieda", entgegnete Frau Rustig. „Warum sollen nicht auch einmal andere Instrumente im Gottesdienst zum Einsatz kommen?"

„An Weihnachten hatte auch die Flötengruppe in der Kirche gespielt", erinnerte sich Frau Ehrmann. „Das war doch ganz schön!"

„Es ist doch aber ein Unterschied, ob kleine Kinder auf der Blockflöte ‚Stille Nacht' tröten oder ob uns mit Schlagzeug und E-Gitarre das Dach wegfliegt!"

„Du übertreibst", behauptete Frau Pohlmann, und mit einem Blick zu Magda Ehrmann: „Eine Scheibe Wurst?"

„Ja, gerne", freute die sich.

Frieda Matzke sah verwirrt von einer zur anderen, als Hilde Pohlmann mit ihrer Gabel eine Scheibe Mortadella aufrollte und über die Fleischtheke reichte.

„Moment mal – wie alt bist du denn, Magda?", wunderte sie sich. „Ich dachte, nur kleine Kinder bekommen Wurstscheiben geschenkt."

„Die ist nicht für mich", erwiderte Frau Ehrmann, „sondern für Billy!" Sie bückte sich und hielt dem Dackel die Wurstscheibe hin. Ein Happs, und sie war verschlungen. Die Frauen sahen auf den Hund hinunter, der sie mit erwartungsvollen Augen von unten ansah. Frau Matzke schüttelte angewidert den Kopf. „Das wird ja immer verrückter: Hunde an der Fleischtheke, Rocker im Gottesdienst ..."

„Regst du dich immer noch über die Band auf?" Frau Pohlmann ging zum Waschbecken hinter der Theke und hielt ihre Hände unter den Wasserstrahl. „Ich finde es gut, dass Herr Neumann Jugendliche an die Kirchenmusik heranführt."

„Kirchenmusik nennst du das?", ereiferte sich Frau Matzke. „Die veranstalten garantiert einen Höllenlärm! Der Neumann hört doch selber nur ohrenbetäubendes Getöse!"

„Ach was, so schlimm wird das mit der Lautstärke schon nicht werden. Man kann das doch mal ausprobieren."

„Siehst du, schon wieder wird etwas ausprobiert", regte sich Frau Matzke auf. „Nichts darf so bleiben, wie es immer war, alles muss heute anders werden: erst das mit den Pfandflaschen und Strickjacken, dann die Altarbilder und die Musik im Gottesdienst ... na, und dass bei uns ausgerechnet so ein warmer Bruder in die Tasten greift ..."

„Vorsicht, Frieda", mahnte Frau Pohlmann in hörbar ernsterem Ton und trocknete sich die Hände ab. „Wir wollen doch immer schön respektvoll bleiben!"

„Ach, wollen wir das, ja?" Frieda Matzke wurde nun ihrerseits lauter. „Ich sage nur: Früher hätte es sowas nicht gegeben!"

„Wuff!" kam von unten. Die Frauen blickten kurz zu Billy, der sie treuherzig ansah.

„‚Das gab's früher nicht', ‚alles ändert sich' ..." Frau Rustig schüttelte den Kopf. „Was ist los mit dir, Frieda? Du hörst dich an wie Herr Brammer! Der ist auch immer gegen alles Neue."

„Der ist gegen alles, was vernünftig ist. Das ist etwas völlig anderes!", empörte sich Frieda Matzke. „Vom Umgang mit Kirchenkunst hat der zum Beispiel keinen Schimmer! Was hab ich mich nicht für die Raumpflege der Kirche eingesetzt, alles ehrenamtlich wohlgemerkt, und was tut er? Erteilt mir Hausverbot die Woche über! Das hat es auch noch nie gegeben!"

„Zugegeben, das ist ja wirklich ein starkes Stück ...", wunderte sich Magda Ehrmann.

„Apropos ‚stark' – das hat nicht zufällig etwas mit der Küsterin Rita Stark zu tun?", mutmaßte Lieselotte Rustig. „Die hast du doch immer so rumkommandiert."

„Wie bitte? Geholfen habe ich ihr!", entrüstete sich Frau Matzke. „Ich war doch diejenige, die dafür gesorgt hat, dass sie ihre Arbeit halbwegs ordentlich auf die Reihe kriegt!"

„Und das hat sich anscheinend jetzt auch geändert", stellte Frau Rustig befriedigt fest. „Tja, Frieda: Moderne Zeiten! Die Welt dreht sich auch ohne deine Erlaubnis weiter."

Frieda Matzke schnaubte wütend. „Ihr werdet noch sehen, wohin das alles führt!" Sie riss ihren Einkaufswagen herum und rauschte den Gang hinunter. „Das kommt noch mal zum ganz großen Knall!“, rief sie beim Gehen noch über die Schulter.

„Vorsicht, der Ständer mit den DVDs!“, rief Hilde Pohlmann erschrocken. Frieda Matzke fuhr zusammen und konnte ihren Wagen gerade noch knapp am bunten Aufsteller vorbeilenken. Dabei stieß sie ihn leicht mit ihrem Ellenbogen an, sodass eine DVD ein Stück herausrutschte.

„Was soll das denn?“ Frau Matzke hatte sich sichtlich erschrocken. „Hier stand doch sonst noch nie etwas!“

Herr Pohlmann war den lauten Stimmen gefolgt und schaute besorgt um die Ecke. „Kommen Sie zurecht, Frau Matzke?“, fragte er.

„Ich wäre fast in diesen Ständer gekracht“, beschwerte sie sich. „Seit wann gibt's denn hier Filme?“

„Haben wir jetzt neu“, erklärte Dieter Pohlmann stolz. „Da ist bestimmt auch etwas für Sie dabei.“ Er warf einen Blick auf die DVD-Hüllen und sah, dass eine etwas hervorragte.

„Ich sehe, Sie haben schon eine ausgesucht“, freute er sich und zog die Hülle heraus. „Darf es die sein?“ Er hielt sie hoch. Frau Matzke betrachtete kurz das Bild vorne drauf: Ein kleiner Mann mit schwarzem Schnurrbart, der zwischen riesigen Zahnrädern eingeklemmt schien. Dann las sie den Titel: „Charlie Chaplin, Moderne Zeiten“.

„Ist ein Klassiker“, versicherte Herr Pohlmann. „Ein Meisterwerk. Daran wird sich auch nie etwas ändern.“

Hinter sich hörte sie leises Kichern, das nur mühsam zurückgehalten wurde. Hoch erhobenen Hauptes und ohne ein weiteres Wort strebte sie der Kasse zu.

***

Samstag, 2. April, früher Vormittag

Theo saß am Schreibtisch, vor sich die aufgeschlagene Bibel. Gerade hatte er den Predigttext für diesen Sonntag gelesen und sich erste Notizen gemacht. Jetzt las er noch einmal den Satz, um den es an diesem Sonntag gehen sollte: *„Alle eure Sorge werft auf ihn; denn er sorgt für euch“ (1. Petrus 5,7).*

Seufzend lehnte er sich zurück. Er hatte keine Lust. Ein Blick aus dem Fenster sagte ihm, dass sich das wechselhafte Aprilwetter gerade zu freundlichem Sonnenschein entschlossen hatte. Wochenend und Sonnenschein, und ich sitze hier und arbeite, dachte er frustriert.

Er drehte sich auf seinem Bürostuhl um und holte einen Ordner aus dem Regal neben ihm. Wenn er sich schlecht konzentrieren konnte, griff er oft zu seiner Sammlung. Seit er als Jugendlicher, zusammen mit seinen Eltern und seiner großen Schwester, zum ersten Mal in einem Flugzeug saß und miterlebte, wie diese irgendwann in ihrer Not nach einem Beutel griff, die die Fluggesellschaft bereithielt, sammelte er Kotztüten aus aller Welt. Mittlerweile wussten viele in seiner Gemeinde von diesem merkwürdigen Hobby und brachten ihm von ihren Urlaubsreisen öfter die eine oder andere neue Tüte mit.

Manchmal kam er durch das Betrachten seiner Schätze auf gute Predigtgedanken. Vielleicht auch an diesem Morgen? Theo schlug den Ordner auf.

„Waste“, „Müll“ stand in dicken Lettern hochkant auf der ersten Tüte für alle, die nicht auf Anhieb wussten, wozu dieses Gebilde aus Papier und Folie dienen sollte. Und wohin mit dem Seelenmüll?, fragte sich Theo. *„Alle eure Sorge werft auf ihn ...“* – war Jesus nicht auch so etwas wie ein Müllplatz für Sorgen? Er blätterte weiter. Auf einem Exemplar der Fluglinie InterSky lächelte ihm das Gesicht eines Strichmännchens entgegen: *„Geben Sie Ihre Beschwerde hier ab!“* Das war doch genau sein Vers aus dem ersten Petrusbrief, sagte er sich. Auch der Beutel drei Seiten weiter passte dazu. *„Eine Tüte, der Sie alle Ihre inneren Probleme anvertrauen können“*, stand dort in englischer Sprache. Stimmt, dachte Theo, so kann man das Evangelium auf den Punkt bringen: Wir können Jesus alles geben, was wir am liebsten loswerden wollen. Dazu fiel ihm ein Wort Jesu aus Matthäus 11 ein: *„Kommt her zu mir alle, die ihr mühselig und beladen seid; ich will euch erquicken!“* Doch er fragte sich, ob man ernsthaft so beten konnte. Jesus hatte zwar alle unsere Sünden am Kreuz getragen, doch konnte man sich, wenn man Sorgen hatte, wirklich bei ihm auch mal so richtig auskotzen?

Die Tüte auf der nächsten Seite gab den Ausschlag. Hapag Lloyd forderte den Fluggast in grellem Gelb auf: *„Ganz easy hier ryan"*. Ein Seitenhieb auf die Billigflugkonkurrenten, aber für Theo wie ein Hinweis von oben.

„Ich könnte ja Kotztüten in der Kirche verteilen, mit einem Kreuz drauf und dem Satz: ‚Kotz dich bei Jesus aus, das erleichtert'", sagte er sich. Das war in der kurzen Zeit bis morgen zwar nicht möglich, aber jetzt war er auf einmal mittendrin in seiner Predigt.

Theo schaltete den Computer ein. Bevor er das Schreibprogramm öffnete, wollte er noch einmal auf die Homepage der Kirchengemeinde gehen. Ein paar Klicks, und schon öffnete sich das Fenster seines Internetbrowsers. Doch die erwartete Startseite erschien nicht. Stattdessen sah er ein großes Straußenei in einem Nest, auf dem ein sichtlich irritiertes Huhn saß und versuchte, sich beim Brüten im Gleichgewicht zu halten. Immer wieder drohte es herunterzurutschen. Dazu leuchtete eine Überschrift auf: *„Ach du dickes Ei!"* Und darunter: *„Jesus sagt: Ich war tot, und siehe, ich bin lebendig von Ewigkeit zu Ewigkeit und habe die Schlüssel des Todes und der Hölle" (Offenbarung 1,18).* Anschließend wurde die Schrift abgelöst durch eine neue Einblendung: *„Ostern – das Gelbe vom Ei. Demnächst in Ihrer Kirche!"*

Als er etwas später anfing, seine Predigt zu schreiben, ging es leicht von der Hand. Allerdings kam ihm in Gedanken immer wieder das Bild vom Huhn auf dem viel zu großen Ei dazwischen und er musste schmunzeln. Die waren schon witzig, die Jungs!

***

Samstag, 2. April, später Vormittag

„Tschüss, ihr beiden, ich werde nochmal schnell zum Edeka fahren und ein paar Sachen einkaufen." Irene Anders gab ihrer Tochter einen Kuss auf die Wange und Oliver einen etwas längeren auf den Mund, dann schnappte sie sich ihren Korb.

„Räumt ihr den Frühstückstisch ab?"

„Klar, Mom", versicherte Leonie und winkte fröhlich ihrer Mutter hinterher. Dann hörte man die Haustür ins Schloss fallen.

Leonie stand auf und fing an, das Geschirr zusammenzustellen. Auch Oliver erhob sich, wenn auch etwas langsamer. Gedankenverloren griff er nach Butter, Milch und Käse und öffnete den Kühlschrank.

„Na los, raus mit der Sprache!", forderte Leonie ihn auf.

„Äh, wie?" Oliver tat überrascht. „Was meinst du damit?"

„Du siehst aus, als würdest du über etwas Schwieriges nachdenken."

Oliver fühlte sich ertappt. „Ja, sieht man das?"

„Ja, sieht man", stellte Leonie trocken fest und räumte klappernd Teller, Tassen und Besteck in die Spülmaschine. „Und ich habe den Eindruck, das könnte mit uns zu tun haben."

„Mit euch?" Oliver fühlte, dass er etwas rot wurde. Schnell räumte er Marmelade und Honig in den Küchenschrank.

„Ja, mit Mom und mir. Du schaust sie manchmal so komisch von der Seite an, und mich auch, wenn du denkst, ich würde nichts merken."

„Oh, tu ich das?" Oliver stand verlegen da, als wüsste er nicht, wohin mit dem Brötchenkorb in seiner Hand.

„Ja, das tust du, und jetzt hör auf, immer wieder eine blöde Frage zu stellen, wenn ich gerade etwas gesagt habe!"

Mit einem gekonnten Schwung ihres Beins schloss die Vierzehnjährige die Tür der Spülmaschine und stemmte die Hände in die Hüften. „Also, raus mit der Sprache! Was ist los?"

„Tja also ... du hast Recht, ich denke über etwas nach." Er setzte sich langsam wieder auf einen Küchenstuhl. „Und vielleicht ist es ja gar nicht schlecht, wenn ich es dir einfach erzähle."

Leonie zog sich einen Stuhl heran, setzte sich ihm gegenüber, legte die Unterarme auf den Tisch und sah ihn gespannt an.

Oliver schien erst noch mit sich zu ringen, dann gab er sich einen Ruck. „Wie du weißt, bin ich seit letztem Sommer mit deiner Mutter zusammen", begann er.

„Und ...?", forderte sie ihn auf.

„Und ... wie findest du das so?"

Leonie lächelte ihn an. „Na, super finde ich das!"

Oliver schaute auf. In seinem Blick lag eine Mischung aus Überraschung und Erleichterung.

„Ehrlich?", fragte er.

„Na klar, was hast du denn gedacht?"

„Na ja, ich weiß nicht so recht ..." Er fuhr sich mit einer verlegenen Geste durch die Haare. „Das muss ja nicht so einfach für dich gewesen sein, denke ich mir, oder? Plötzlich ist da ein Mann, der nicht dein Vater ist, aber trotzdem hier ein und aus geht, morgens mit am Frühstückstisch sitzt und sich einmischt ... sowas eben."

„Da mach dir mal keine Sorgen", beruhigte Leonie ihn. „Das hat mich Mama auch schon gefragt. Doch mir geht's gut mit euch beiden. Mir hat es am Anfang geholfen, dass du nicht gleich hier eingezogen bist. So haben Mama und ich auch weiterhin unsere Zeit zusammen. Außerdem ist Mama viel ausgeglichener, seitdem ihr zusammen seid. Wenn wir uns mal richtig anzicken, freue ich mich immer darauf, dass du abends kommst, dann ist sie wie ausgewechselt."

Oliver lächelte. „Schön, dass du das sagst, Leonie. Das ist mir wirklich sehr wichtig."

„Ehrlich, das machst du ganz gut", lobte sie ihn aufrichtig. Dann beugte sie sich vor und sagte: „Aber das war nicht alles, worüber du nachdenkst, stimmt's?" Es war mehr eine Aufforderung als eine Frage.

Sofort wurde Olivers Miene wieder ernst. Er sah auf seine Finger hinunter, die nervös mit dem Salzstreuer spielten.

„Nein, du hast Recht", gab er zu. „Ich habe überlegt ... ich wollte dich fragen ..."

Er sah auf und begegnete ihrem Blick, der jetzt keine Regung verriet.

„Was würdest du davon halten, wenn wir ... richtig zusammenkommen würden?"

„Du meinst, wenn ihr zusammenzieht?" Leonie zog die Augenbrauen hoch und sah ihn unschuldig an.

„Nein, also, ja, schon", druckste er herum, „ich meine – was würdest du davon halten, wenn wir ... heiraten würden?"

Leonies aufgesetztes Pokerface löste sich in ein breites Grinsen auf.

„Echt? Du hast ihr einen Antrag gemacht?"

Leonie wollte in Begeisterungsstürme ausbrechen, aber Oliver winkte schnell ab: „Nein nein, das habe ich noch nicht!"

Und als er Leonies enttäuschtes Gesicht sah, fügte er hinzu: „Ich habe erstmal darüber nachgedacht, ob du das überhaupt willst. Und auch … ob deine Mutter das wohl wollen würde."

Leonie sah ihn an, als ob sie einem Geisteskranken gegenübersitzen würde.

„Du fragst dich, ob sie das will? Sie wartet seit Monaten darauf, dass du sie fragst!"

Erstaunt sah Oliver sie an: „Ja, ehrlich?"

Leonie seufzte. „Olli, ich mag dich", sagte sie, und in ihrem Ton schwang Mitleid mit.

„Du bist ein lieber, netter Kerl, aber du hast keine Ahnung von Frauen."

Oliver nahm diesen Satz hin wie eine wichtige Information, die ihm bisher gefehlt hatte.

„Ich sag dir mal eins", klärte ihn Leonie auf. „Vom Nachdenken allein kommst du in der Sache nicht weiter."

Er nickte einsichtig.

„Also", Leonies Ton wurde resolut, „was ist dein Plan?"

„Plan?" Oliver schien überfordert.

„Wie willst du sie fragen? Wo willst du es tun? Hast du dir etwas Romantisches ausgedacht?"

„Äh ... keine Ahnung", gab er zu.

Leonie seufzte und vergrub ihr Gesicht in den Händen. Als sie wieder aufsah, stöhnte sie: „Oh Olli, so wird das nie was!"

Dann änderte sich ihre Miene langsam und ein listiges Grinsen breitete sich in ihrem Gesicht aus: „Was wir natürlich ändern können – wenn du mich mal ranlässt!"

***

Samstag, 2. April, vormittags, etwa zur selben Zeit

In der einen Hand einen Zettel, in der anderen schwarze Zahlen aus Kunststoff, balancierte sie auf der Trittleiter und reckte sich, um die Liednummern für den morgigen Gottesdienst an die Tafel zu stecken. Eine Zahl nach der anderen wurde in die Rillen geschoben, damit die Gemeinde am Sonntag wusste, welches Lied als nächstes gesungen wurde. Jetzt wühlte sie in dem Karton vor ihr auf der Stufe der Leiter; wie immer, wurden die Einsen knapp.

„Moin, Rita", hörte sie eine bekannte Stimme in ihrem Rücken.

„Hallo, Günter", grüßte sie zurück, ohne sich umzudrehen; sie steckte erst noch „170,1–4" zu Ende, bevor sie die Trittleiter hinabstieg.

Der Organist stand ein paar Schritte neben ihr, blickte aber stumm zum Altar. Rita folgte seinem Blick.

„Tja, sieht nicht sehr hübsch aus, diese Spanplatte, was?"

Günter lächelte zustimmend. Beide betrachteten den Altar. Über dem Altartisch erhob sich das sogenannte Retabel mit den Bildern der Passionsgeschichte: In der Mitte Jesus am Kreuz auf Golgatha, darüber mit einer triumphierenden Geste der Auferstandene, alles umrahmt von Holzschnitzereien in Dunkelgrau und mattem Gold. Doch all diese Kunstfertigkeit vergangener Jahrhunderte vermochte nicht den Blick des Betrachters zu fesseln, weil sie ausgestochen wurde durch einen brutalen Farbkontrast. Unter dem Kreuzigungsbild prangte eine rechteckige Spanplatte, die sich mit ihrem hellen Holz stark von ihrer Umgebung abhob. Sie leuchtete jedem beim Betreten der Kirche schon von Weitem entgegen und zog unwillkürlich die Aufmerksamkeit auf sich.

„Immer, wenn ich zum Üben in die Kirche komme, bleibe ich hier kurz stehen, für einen Moment der Stille", erklärte Günter. „Damit ich in dem Bewusstsein an die Orgel gehe, dass es kein Musikinstrument wie alle anderen ist, das ich hier spiele." Er sah kurz zur Orgelempore hinauf: „Ist ja zur Ehre Gottes erbaut." Dann richtete er den Blick wieder zum Altar und seufzte. „Aber irgendwie will sich diese Stimmung heute nicht einstellen."

„Ich habe schon überlegt, noch mehr Blumen davorzustellen", sagte Rita nachdenklich, klappte die Trittleiter zusammen und trug sie zusammen mit dem Karton voller Liednummern in Richtung Sakristei.

„Gute Idee", rief der Organist ihr nach, „aber ich fürchte, so viele Vasen kannst du gar nicht aufstellen, um diese große Fläche zu verdecken."

Als Rita mit neuen Kerzen im Arm wieder aus der Sakristei herauskam, stand Günter immer noch da.

„Willst du heute nicht üben?", fragte Rita. „Ich mag es gern, wenn du spielst, während ich die Kirche vorbereite."

„Danke, das geht bestimmt nicht jedem in dieser Gemeinde so", bemerkte Günter. „Ich fang auch gleich an. Ich dachte nur …" Versonnen schaute er wieder zum Altar. „Das hat doch auch was mit Ostern zu tun, oder?"

„Was, diese hässliche Spanplatte?" Die Küsterin legte die Kerzen auf dem Altar ab und trat einen Schritt zurück, um erneut die helle Fläche in Augenschein zu nehmen. „Ich weiß nicht, was du meinst."

„Na ja ..." Günter schien laut nachzudenken. „Die Geschichte vom leeren Grab, weißt du? Fällt mir gerade so ein. Die Frauen sahen, dass das Grab leer war und liefen mit dieser Nachricht zu den Jüngern. Ist doch merkwürdig: Wichtig war nicht das, was sie sahen, sondern das, was nicht da war – der tote Jesus. So wie jetzt bei dem Altarbild: Wichtig ist das, was uns gerade fehlt."

Er drehte sich zu Rita um und erschrak: Sie suchte nach Halt und ließ sich gerade kraftlos auf einer Bank nieder. Tränen standen ihr in den Augen.

„Rita, was hast du?" Günter ging schnell zu ihr hinüber, kramte in seinen Taschen und reichte ihr eine Packung Papiertaschentücher. Mit einem schniefenden „Danke" bediente sie sich und brauchte einige Zeit, um sich zu fangen. Günter setzte sich zu ihr und wartete geduldig.

„Entschuldigung", murmelte Rita, aber Günter winkte ab. „Du brauchst dich nicht zu entschuldigen", versicherte er. „Sag mir lieber, was los ist."

Sie seufzte tief. „Ich vermisse Josef", flüsterte sie. „Er ist doch gerade weg, auf Pilgerreise. Und als du eben sagtest, wichtig sei das, was uns gerade fehlt ..." Wieder musste sie mit den Tränen kämpfen.

„Du hast ihn ziemlich gern, nicht wahr ..." Rita nickte nur.

„Das ist doch aber auch etwas Schönes, wenn du merkst, dass er dir viel bedeutet, oder?"

„Ja, schon, aber es tut auch weh." Sie wischte sich die Augen.

Günter legte seinen Arm hinter ihrem Rücken über die Banklehne. „Wann kommt er denn wieder?“

„In der Woche vor Ostern.“ Sie atmete tief durch.

Günter überlegte. „Gut, das dauert noch etwas ...“

„Siebzehn Tage!“

„Aber: Er kommt wieder!“ Günter bemühte sich, das Positive zu betonen.

„Ich weiß ja, ich weiß ...“ Rita sah auf ihre Hände hinunter, die das Taschentuch umklammerten. „Doch ich weiß nicht, wie er zurückkommt.“

Günter hatte schon die Antwort: „Wahrscheinlich mit der Bahn“ auf der Zunge, hielt sich aber gerade noch rechtzeitig zurück. Er spürte, dass sie etwas anderes meinte.

„Er hatte gesagt, dass er diese Wanderung machen müsste, um etwas Wichtiges für sich zu klären“, begann sie zu erzählen. „Und dass es wichtig sei, dass er diesen Weg allein geht und diese Zeit für sich hat. Er hat auch kein Handy mitgenommen; ich kann erst wieder mit ihm sprechen, wenn er zurückkommt. So geht Pilgern eben, hat er gesagt.“

Sie putzte sich die Nase. „Ich weiß nicht, was er mit sich herumträgt“, fuhr sie fort. „Es muss etwas mit seiner Vergangenheit damals in Süddeutschland zu tun haben, aber ich weiß nicht, was. Er hat mir bisher nichts über sein früheres Leben dort erzählt; ich komme da einfach nicht an ihn heran. Ich ahne nur, dass es etwas Schmerzhaftes ist. Und ich spüre genau, dass davon abhängt, ob er sich für mich entscheiden kann oder nicht.“

Sie versuchte mühsam, ihre Gefühle unter Kontrolle zu bringen.

„Ich habe in meinem Leben mit Männern bisher immer nur Pech gehabt. Ich habe so viel Gewalt und Demütigungen erlebt. Und seit letztem Sommer sind wir uns näher gekommen. Er gibt mir so viel Geborgenheit und Sicherheit – alles, was ich sonst nie hatte. Und jetzt hab ich furchtbare Angst ...“

Der letzte Satz ging in ein Schluchzen über.

„Jetzt hast du Angst, dass er sich gegen dich entscheidet?“ Günter zog sie an seine Schulter und ließ sie sich ausweinen. Dabei streichelte er ihren Rücken und machte beruhigende Geräusche, als ob er ein Kind trösten würde. Gut, dass an diesem Samstagvormittag die Kirche leer war. Da waren sie ungestört.

Irgendwann löste sie sich von ihm. Er hielt ihr stumm die Packung Taschentücher hin, und sie nahm sich ein neues.

„Jetzt habe ich dich mit meinem Kummer vollgeheult", schniefte sie.

„Kein Problem", erwiderte er, „braucht jeder mal."

Sie atmete auf. „Günni? Darf ich dich so nennen?"

Er machte eine lockere Handbewegung: „klar."

„Günni, darf ich dich was fragen? Was Persönliches?"

„Sicher doch. Nur zu."

„Wie machst du das denn?"

Günter runzelte die Stirn. „Was meinst du?"

„Na, Partnerschaft, Liebe und so. Du hast doch auch deine Wünsche und Träume, oder?"

Er holte langsam den Arm hinter ihrem Rücken hervor, setzte sich vorn auf die Kante der Bank und stützte sich mit den Ellenbogen auf seine Oberschenkel.

„Hab ich dich verärgert?" fragte sie besorgt. „Ich wollte nicht taktlos sein ..."

„Nein, nein, bist du nicht", wehrte er ab. „Du bist nur die erste, die mich darauf anspricht. Ich wette, das fragen sich hier so manche, aber bisher hat sich noch keiner getraut, direkt zu fragen." Er grinste sie von der Seite an: „Du wirkst zwar schwach, bist aber ganz schön mutig!"

Rita erwiderte seinen Blick mit einem verlegenen Lächeln. „Na ja", druckste sie herum, „ich hab dir meine Geschichte anvertraut und ich dachte, ich gebe dir auch die Gelegenheit. Vielleicht bin ich ja nicht die einzige, die jemanden zum Reden braucht."

Günter lachte kurz auf: „danke, Rita." Dann senkte er den Blick und musterte den Steinfußboden. Er schien seine Gedanken zu sammeln.

„Natürlich habe auch ich meine Wünsche und Träume", sagte er in bedächtigem Ton. „Die werde ich dir jetzt hier nicht erzählen, aber es gibt sie. Es gibt auch ein paar Fragen, die damit zusammenhängen, und die meisten sind noch offen. Ich kann das sehr gut verstehen, wenn jemand sagt, dass er noch einen längeren Weg gehen muss, bevor er eine Entscheidung treffen kann, die die Liebe seines Lebens betrifft. Deshalb mein Rat: Lass Josef jetzt gehen, dann kommt er bestimmt bei dir an. Was mich angeht, weiß ich, dass mein Weg noch länger dauern wird als bis Ostern." Günter holte tief Luft. „Aber ich weiß auch, dass Gott diesen Weg mit mir geht, und dass er etwas Besonderes mit mir vorhat. Ich fühle mich von ihm beschenkt, wenn ich mit Freunden zusammen bin. Oder wenn ich einfach hier in der Kirche stehe, wenn niemand sonst da ist. Dann merke ich, dass er mich liebt. Und wenn ich Orgel spiele, spüre ich, dass er mir eine Gabe gegeben hat, die ohne Liebe und Leidenschaft nicht funktioniert. *Love is all around*, Rita, weil Gott da ist. Davon lebe ich, verstehst du? Auch, wenn es manchmal nicht leicht ist."

Beide schwiegen eine Zeit lang. Dann sah er nach vorn zum Altar.

„Ich würde vorschlagen, dass du die Sperrholzplatte nicht mit Blumen zustellst", sagte er leise. „Sieht diese helle Fläche von Weitem nicht so aus, als würde sich in der Dunkelheit ein helles Fenster auftun?"

***

Sonntag, 3. April, mittags

Mit dem Ruf „Vorsicht, heiß!" drängte sich Maren Braun zwischen ihrem Mann und ihrem Sohn zum Esstisch und stellte das dampfende Backblech auf die Untersetzer in der Mitte.

„Oh, lecker, Pizza!", rief Johannes voller Vorfreude und wollte schon zum Teller greifen.

Marieke warf ihm einen mahnenden Blick zu. „Du weißt ja, Bruderherz, erst kommen die Gäste."

„Welche Gäste denn?", wunderte er sich. „Meinst du etwa Günni und dein Luckyherz? Die sind doch jeden Sonntag hier."

„Na und?", empörte sich Marieke. „Die sind trotzdem unsere Gäste und haben Vorrang."

Günter Neumann, der neben ihm saß, raunte ihm zu: „Und danach *ladies first.*"

Johannes sackte stöhnend auf seinem Stuhl zusammen.

„Aber zuvor noch ein Tischgebet“, kündigte Theo an. Alle falteten die Hände, und er dankte für die Gemeinschaft und das täglich Brot. Dann wurden Teller über den Tisch gereicht und ein Stück Pizza nach dem anderen verteilt.

„Wirklich lecker“, lobte Lucky.

„Mmmmmh ...“ Günter genoss den ersten Bissen. „Sehr gut, wie immer. Ich freue mich jedes Mal schon die Woche über darauf, bei euch am Sonntag essen zu können. Ihr wisst ja, bei mir zu Hause kocht nur Käpt’n Iglo.“

„Ich dachte immer, Künstler und Musiker können meist auch gut kochen?“, fragte Theo.

Günni nickte. „Das stimmt vermutlich auch. Kochen hat ja auch etwas mit einem Gefühl für Komposition zu tun. Aber an mir ist dieses Talent im Küchenbereich vorbeigegangen.“ Er wies auf Maren: „Nicht dagegen an der Sprachkünstlerin unter uns.“

Außer ihrer Familie waren Günter Neumann und Lucky die einzigen, die von der geheimen Schriftstellerei der Pfarrfrau wussten, und auf ihre Verschwiegenheit war Verlass.

„Was macht eigentlich dein neuer Roman?“, erkundigte sich Marieke. „Sollte der nicht letzte Woche fertig werden?“

„Ist er auch“, bestätigte Maren. „Am Donnerstag habe ich die letzten Zeilen weggeschickt.“

„Und wie heißt er?“, erkundigte sich Lucky.

„Zwei Herzen in Flammen“, sagte Maren und amüsierte sich, als der Freund ihrer Tochter versuchte, seine Gesichtszüge am Entgleisen zu hindern. Marieke griff seinen Arm, schmiegte sich an seine Schulter und sah ihn treuherzig von unten her an: „Ist das nicht ein romantischer Titel, mein Schatz? Vielleicht sollten wir das Buch gemeinsam lesen.“

„Äh, ja, gute Idee ... ich freu mich drauf ...“, stotterte er.

Gegenüber ließ Johannes ein gehässiges Lachen hören.

„Was ist?“, giftete Marieke ihren kleinen Bruder an. Der setzte eine Unschuldsmiene auf: „Nichts. Ich hab nur grade gedacht: Das hat man davon, wenn man meine Schwester zur Freundin nimmt.“ Sprach’s und schob sich genüsslich ein Stück Pizza in den Mund, während Lucky eine Grimasse schnitt und Marieke versuchte, unter dem Tisch sein Schienbein zu erwischen.

„Apropos ‚Zwei Herzen in Flammen', gibt es etwas Neues an Gemeindeklatsch?" Durch ihre einsame Schreibtischarbeit war Maren oft die letzte, die irgendwelche Gerüchte mitbekam. „Wie geht es zum Beispiel Frau Anders und Herrn Schütz?"

„Irene und Oliver? Die sind doch schon seit letztem Sommer zusammen, und sie sehen aus, als würde es ihnen gut gehen, auch Leonie", sagte Günter und hielt dankbar seinen Teller hoch, als Maren ihm mit einem neuen Stück Pizza entgegenkam.

„Ja, und weiter?", fragte Maren. „Ist es nicht langsam Zeit, mal die Hochzeitsglocken zu läuten?"

„Mama!" Marieke verdrehte die Augen. „Die können doch nicht so holterdiepolter heiraten, nur um dein Kitschbedürfnis zu bedienen. Lucky und ich sind schon länger zusammen, und er hat mir auch noch keinen Antrag gemacht. Obwohl ..." Sie sah ihren Freund schelmisch von der Seite an. „Wir sind zwar noch jung, aber vielleicht hast du recht und es wird langsam Zeit?"

Lucky brach in einen Hustenanfall aus und Günni klopfte ihm fürsorglich auf den Rücken.

„Verschluckt, mein Liebling?", neckte ihn Marieke.

„Sag ich ja: Gnadenlos, die Weiber in dieser Familie", bemerkte Johannes zufrieden und säbelte weiter an seiner Pizza.

„Und was ist mit Rita und Josef Thoma?"

„Nur ‚guade Freunde', wie er immer versichert", sagte Theo. „Nach dem, was mir so zugetragen wird, sind sie zusammen spazieren gegangen, essen, Kaffee trinken, ins Kino ..."

„Und?", fragte Maren gespannt.

„Nichts ‚und', soviel ich weiß", sagte Theo. „Jetzt ist Josef ja erstmal als Pilger auf Wanderschaft."

„Ich glaube, die beiden brauchen erst noch etwas Zeit", gab Günter zu bedenken.

Maren sah ihn prüfend an; sie ahnte, dass er mehr wusste. Aber sein Blick sagte ihr, dass es besser war, nicht weiter zu fragen.

„Das erinnert mich an einen Aufkleber, der in meiner Studienzeit an vielen Autos prangte, eine Weisheit der Cree-Indianer", erzählte Theo. „Wenn man den etwas verändert, könnte man sagen: ‚Erst wenn das letzte Restaurant besucht, das letzte Eis gegessen, der letzte Kaffee getrunken und der letzte Kinofilm gesehen wurde, werdet ihr merken, dass ihr so nicht weiterkommt.'"

Er kicherte über seinen eigenen Witz, merkte aber schnell, dass nur Maren ihn wirklich verstand.

Die Jugendlichen am Tisch schauten ihn verständnislos an; sie hatten die friedensbewegten Zeiten eben nicht mitgemacht. Und Günter schien seinen eigenen Gedanken nachzuhängen.

„Ich hätte da noch eine andere Version", sagte er. „Erst wenn der letzte Regler abgebrochen, der letzte Kanal ausgefallen und das letzte Mikrofon kaputt ist, werdet ihr merken, dass ihr ohne eine ordentliche Anlage keine gute Musik machen könnt." Und er fand schnell lebhafte Unterstützung von Marieke und Lucky, als er von ihrer letzten Bandprobe erzählte.

„Es ist wirklich eine Katastrophe", beklagte er sich. „Wir leihen uns schon die halbe Anlage zusammen, aber dieses Mischpult ist einfach ein Haufen Schrott, und irgendwann hat die Bastelei auch mal ein Ende. Wir brauchen einfach ein neues. Ich habe am Freitag Eberhard angerufen und ihm die Lage geschildert. Er hat mir zwar zugehört und Verständnis gezeigt, aber als es darum ging, vielleicht ein Mischpult auf Kosten der Gemeinde anzuschaffen, wurde er sehr reserviert und hat rundweg abgelehnt. Keine Chance, hat er gesagt. Der Etat würde das auf keinen Fall hergeben."

Günter seufzte frustriert und auch Marieke und Lucky machten ihrer Enttäuschung Luft.

„Wie sollen wir denn am Ostersonntag im Gottesdienst spielen?", jammerte Marieke. Und Lucky fügte hinzu: „Wir sind gut geworden, wirklich, aber wenn immer wieder die Technik ausfällt, wird alles komplett verdorben, und die Leute werden denken, es läge an uns."

„Ich kann ja nochmal mit Herrn Brammer sprechen", schlug Theo vor, doch er klang nicht sehr hoffnungsvoll.

„Wie wäre es denn mit Nachtisch?", versuchte Maren, die Stimmung zu heben.

Unter zustimmenden Rufen trug sie Schalen mit Pudding herein, während die anderen schnell das Geschirr zusammenstellten und in die Küche brachten.

Als alle genüsslich mit ihren Löffeln in den Schälchen klapperten, wandte sich Theo an Johannes: „Ich habe übrigens euer erstes Video gesehen und finde es sehr witzig." Die anderen stimmten ein.

„Ja, echt cool, Mann", lobte Lucky. Günter hob den Daumen und nickte Johannes anerkennend zu. Der freute sich, wusste aber vor Verlegenheit zunächst nicht, was er sagen sollte.

„Danke", sagte er schließlich. „Wir haben übrigens das Video für nächste Woche auch schon gedreht. Ich hab's im Computer. Wollt ihr es sehen?"

Alle johlten Zustimmung, und Johannes beeilte sich, seinen Laptop zu holen. Alle standen auf und scharten sich um den Bildschirm.

Ein paar Klicks mit der Maus, dann erschien ein Osternest voller bunter Eier. Eines war merkwürdig kantig; es war einer dieser Zauberwürfel mit verschiedenfarbigen Seiten, die man in verschiedene Richtungen verdrehen konnte. Dazu erschien die Überschrift: *„Lass dich nicht vereiern!"* Und darunter: *„Jesus sagt: Ich bin der Weg und die Wahrheit und das Leben" (Johannes 14,6).* Zum Schluss kam wieder der Hinweis: *„Ostern – das Gelbe vom Ei. Demnächst in Ihrer Kirche!"*

***

Dienstag, 5. April, früher Nachmittag

Der Ruf eines Käuzchens hallte durch das Dunkel des Waldes. Fledermäuse huschten lautlos um die Türme des Schlosses. Rupert von Hohenstein drückte sich in den Schatten der hohen Mauer. Er musste unbedingt ins Schloss kommen, sonst war Constanze verloren! Er blickte zum Himmel hinauf. Gerade war der Vollmond hinter einer Wolkenwand verschwunden. Jetzt oder nie!, dachte er; die Dunkelheit würde ihn decken.

Er hob die Seilrolle von seinen Schultern, ergriff den ankerförmigen Haken an deren Ende und lauschte. Nur das Rauschen des Windes in den Baumwipfeln war zu hören, sonst nichts. Er blickte die hohe Mauer hinauf bis zu den Zinnen, die weit über ihm drohend in den Himmel ragten. Würde er es schaffen, sie zu überwinden?

Rupert stellte sich mit dem Rücken an die kalten Steine, holte aus und schleuderte den Haken über seinen Kopf in die Höhe. Das Seil glitt durch seine Hände, dann hörte er weit über sich ein metallisches Klirren. Er zog an; das Seil spannte sich. Offenbar hatte sich der Anker oben zwischen den Zinnen festgekrallt. Rupert belastete das Tauwerk mit seinem ganzen Gewicht, stemmte erst einen, dann den anderen Fuß gegen die Mauer und begann, an der dunklen Fassade emporzuklettern.

Es war höher als er dachte. Seine Arme schmerzten, die Nackenmuskeln verspannten sich. Würde es ihm gelingen, Constanze zu retten?

Unwillkürlich ließ Maren den Kopf im Nacken kreisen und streckte sich. Ihr ging es wie Rupert an der Mauer. Zeit für eine Pause. Nach zwei Stunden Schreibarbeit musste sie die Anspannung ihres Körpers wieder etwas lockern. Doch vorher wollte sie noch kurz ihre E-Mails abrufen.

Wie erwartet, hatte ihre Lektorin geschrieben. Sicherlich ging es um den Schluss des Romans, den Maren ihr geschickt hatte. Mal schauen, was Jutta dazu sagt, dachte Maren und klickte auf ihren Namen. Das Fenster öffnete sich. Maren überflog die Zeilen – und stutzte. Verwirrt zog sie die Stirn in Falten. Was schrieb Jutta da nur? Was sollte das bedeuten? Maren las den Text noch einmal langsam, und dabei weiteten sich ihre Augen mehr und mehr:

Liebe Maren!
Nach deiner letzten Mail habe ich lange überlegt, wie ich dir antworten soll. Ehrlich gesagt: Ich mache mir Sorgen um dich. Ich habe ja Verständnis dafür, wenn einem nach so vielen Büchern das Ganze irgendwann einmal auf die Nerven geht und man am liebsten aus dem Stress des Fließbandschreibens ausbrechen würde. Aber das kannst du mir dann doch auch ehrlich sagen! Wir kennen uns doch schon länger, und ich dachte, ich wäre so etwas wie eine Freundin für dich, der du vertrauen kannst. Brauchst du eine Schreibpause? Urlaub, eine Kur? Dann sag es doch einfach! Aber stattdessen schickst du mir einen Text, den ich beim besten Willen nur als rebellische Satire auffassen kann! Und was hat der Bergbauer, den du erwähnst, damit zu tun? Das passt doch alles nicht zusammen.

Ich schreibe dir gerade aus meinem Büro. Wenn ich zu Hause bin, schick ich dir die Telefonnummer eines wirklich guten Therapeuten, besonders bei Burnout.

Herzliche Grüße, Jutta.

Ihre anfängliche Verwunderung war während des Lesens zunehmend in Entsetzen übergegangen. Was war hier los, fragte sie sich. Worauf bezog Jutta sich bloß? Die Schlussszene auf der Alm, die sie ihr geschickt hatte, war zwar kitschig, zugegeben, aber da gab es in ihren Büchern schon schlimmere Stellen. Und warum konnte sie mit dem Bergbauern nichts anfangen?

Auf einmal hielt sie inne. Die Erkenntnis traf sie schlagartig. Konnte es etwa sein, dass sie ... Ihr wurde abwechselnd heiß und kalt. Schnell lenkte sie den Pfeil des Cursors zum Menüpunkt „gesendet" und rief die Mail auf, mit der sie vor vier Tagen ihren Text verschickt hatte. Ein Klick auf die Anlage, und da war es, das romantische Ende von „Zwei Herzen in Flammen":

Der tosende Verkehrslärm an der Bushaltestelle mischte sich mit dem Knattern des Presslufthammers auf der Baustelle nebenan. Nicht nur die stinkenden Abgase – auch der Blick, mit dem er sie ansah, ließ ihren Atem schneller gehen. ...

„Ach du meine Güte", rief sie aus, „ich habe den falschen Text verschickt!" Eine Woge der Peinlichkeit durchflutete sie; sie merkte, dass sie rot wurde. Doch dann wich die Scham langsam einem anderen Gefühl: dem Reiz, laut loszulachen. Denn, peinlich hin oder her – war das nicht irrsinnig komisch?

Sie wollte sofort ihrer leidgeprüften Lektorin zurückschreiben, doch dann griff sie lieber gleich zum Telefon.

Als Theo nach Hause kam, fischte er eine Ansichtskarte aus dem Briefkasten und hängte seine Jacke an die Garderobe im Flur. Als er gerade den Namen seiner Frau rufen wollte, um herauszufinden, wo sie war, hörte er von oben lautes Lachen. Unverkennbar Maren, dachte er und stieg die Treppe hinauf, wobei er schnell die

Postkarte überflog. Das Lachen wurde lauter, je näher er der Tür ihres Arbeitszimmers kam, zuweilen unterbrochen von Glucksen und kurzen Pausen, auf die wieder ein Lachanfall folgte.

Ah ja, sie telefoniert, vermutete Theo. Und offenbar hatten beide eine Menge Spaß. Er klopfte.

„Komm rein!" Er hörte, dass sie sich zusammenreißen musste, um zu antworten.

Er steckte den Kopf durch den Türspalt. Maren sah ihn an und kicherte.

„Entschuldige", sagte Theo, „ich wollte nicht stören. Ich wollte nur sagen, dass Marieke mich über Handy von der Bushaltestelle angerufen hat."

„Hast du ‚Bushaltestelle' gesagt?" Maren prustete ins Telefon. „Jutta, hast du das gehört? Er hat ‚Bushaltestelle' gesagt!" Sie schüttelte sich vor Lachen. Theo sah ratlos zu und wartete, bis sie sich wieder etwas gefangen hatte.

„Ja", fuhr er fort, „sie kann erst mit dem nächsten Bus von der Schule nach Hause kommen. Die fahren heute unregelmäßig, wegen der Baustelle nebenan."

Maren sah ihn mit weit aufgerissenen Augen an: „Baustelle nebenan? Huuu ...." Und schon lachte sie wieder los, unterbrochen von japsenden Rufen ins Telefon: „Jutta: ‚Baustelle nebenan'! Wuuhaha ...!"

Theo kam sich gerade vor wie ein unfreiwilliger Pausenclown.

„Na, dann lass ich dich besser weiter telefonieren", sagte er. Maren nickte nur, hielt sich den Bauch und wimmerte leise.

Als Theo die Tür zuziehen wollte, bemerkte er die Karte in seiner Hand. „Ach ja, dein Bruder hat geschrieben." Er hielt die Ansichtskarte hoch. „Er hat gerade Urlaub und macht eine Wanderung in den Bergen."

Maren stockte und sah ungläubig erst ihn und dann die Ansichtskarte an. Theo drehte sie um, sodass sie das Bild sehen konnte: Ein Foto von einer Kuh mit einer Glocke am Hals auf einer Alm, im Hintergrund schneebedeckte Gipfel.

Für eine Sekunde schien alles im Zimmer wie erstarrt, dann riss es Maren vom Schreibtischstuhl. Von Lachkrämpfen geschüttelt, krümmte sie sich auf dem Boden.

Erschrocken fragte Theo sich, ob er vielleicht einen Arzt rufen sollte, doch dann entspannte sie sich langsam und griff wieder zum Hörer, Tränen in den Augen. „Ooooh, genug, ich kann nicht mehr!“, winselte sie.

Theo beschloss, das Zimmer lieber zu verlassen. Leise schloss er die Tür hinter sich.

Teil 2

Zwei Wochen vor Ostern

Samstag, den 9. April, Ende der 10. Pilgeretappe

Das alte Kloster schmiegt sich mit seinen dicken Mauern in die Hügellandschaft hinein, als wolle es sich verstecken. Man sieht es erst sehr spät, wenn man aus dem Wald heraustritt. Aber ich habe gleich gemerkt: Dies ist ein besonderer Ort. Hier gibt es längst keine Mönche mehr, aber eine Art christlicher Freundeskreis trifft sich jeden Abend in der Klosterkirche zu einer Abendandacht.

Ich kam gerade rechtzeitig. Es waren nur eine Handvoll Leute, die sich da im Chorraum versammelten. Es gab keine Orgel oder andere Instrumente und offenbar auch keine Heizung. Es gab nur den schlichten Altarraum mit dem runden romanischen Gewölbe, den kalten April und uns. Und das war genau, was ich brauchte: Konzentration auf das Wesentliche.

Jetzt sitze ich hier in meinem Quartier, einer Kammer in einer alten Scheune, die genauso spartanisch eingerichtet ist: ein Bett, ein Tisch, ein Stuhl, ein Fenster. Ein einfaches Bad gibt es am anderen Ende der Diele.

Ich bin jetzt schon zwei Wochen zu Fuß unterwegs. Wenn ich an den Anfang dieses Tagebuchs zurückblättere, kann ich nur lächelnd den Kopf schütteln. Was war ich für ein Jammerlappen! Inzwischen geht es mir gut. Ich habe mein Tempo gefunden und gelernt, meine Kraft einzuteilen. Ich gehe mittlerweile automatisch und konzentriere mich nicht mehr auf das Laufen und Durchhalten, sondern kann den Gedanken freien Lauf lassen oder genieße einfach die Natur. Die Füße brauchen zwar jeden Abend Pflege, aber ich habe erstaunlicherweise keine Blasen. Wer hätte gedacht, dass ich überhaupt die ersten Tage überstehe? Rita bestimmt nicht.

Rita.

Wegen ihr bin ich ja überhaupt unterwegs. Oder wegen der Entscheidung, die mit ihr verbunden ist. In den ersten Tagen habe ich erstmal innerlich etwas Abstand gewonnen und die Gedanken verdrängt. Doch zu bestimmten Zeiten kamen sie wieder. Zum Beispiel vor fünf Tagen, als mich diese Ordensschwester ansprach. Ich wollte nur in der Kirche sitzen und Atem schöpfen, doch sie hatte irgendwie einen Blick dafür, dass etwas mit mir los war. Das Gespräch mit ihr hat mir geholfen, etwas Ordnung in meine Gedanken und Gefühle zu bekommen. Eine weise Frau, diese Nonne. Gott segne sie!

Und heute ist es wieder passiert. Ich glaube, es ist dieser Ort ohne Ablenkung. Was hab ich oben geschrieben? Konzentration auf das Wesentliche – das ist es. Und das, was wirklich wichtig ist, ist Rita.

Bis vor zwei Stunden war ich allein in meinem Quartier, doch dann hat ein anderer Pilger die Kammer neben mir bezogen. Wir kamen gleich ins Gespräch. Er heißt Georg und pilgert schon seit Jahren in jedem Urlaub ein Stück weiter durch Deutschland. Es ging mir mit ihm wie mit der Nonne: Er sah mich an, als ob er mehr über mich wüsste als ich selbst, und dann waren wir auf einmal mitten drin in meiner Geschichte. Ich hab ihm alles erzählt, von meinen Erfahrungen, von meinen Versprechen, die ich nicht halten konnte, und von meiner Angst um Rita und mich selbst. Er hörte sich alles ruhig an und gab mir am Ende den Rat, ihr einen Brief zu schreiben, in dem ich ihr alles erkläre. Und egal, ob ich ihn abschicken würde oder nicht, diese Übung würde mir bestimmt helfen. Schaden könne es nicht.

Der Mann hat Recht. Morgen ist Sonntag, der Tag des Herrn. Da werde ich den ganzen Tag hier verbringen und diesen Brief schreiben. Und wo könnte das sonst gelingen, wenn nicht hier?

***

Montag, 11. April, morgens

Der feine Nieselregen fiel wie ein wehender Schleier von oben herab und hüllte alles in nasses Grau. Okko Behrens stand im Eingang des Geräteschuppens und ließ seinen Blick über das Gelände schweifen. Die Bäume und Büsche sahen aus wie dunkle Schatten, darunter die schwarzen Silhouetten der Grabsteine.

Okko schloss seine Jacke bis unter das Kinn und zog die Mütze tiefer ins Gesicht. Wer ihn kannte, wusste: Auch in Gesellschaft wäre das sein einziger stummer Kommentar zum Wetter gewesen. Mit Sprache ging er nicht verschwenderisch um. Und dennoch hatte er hier im Ort viele Freunde. Vor acht Jahren war er ins Dorf gezogen und hatte die Stelle als Friedhofsgärtner angetreten, und nachdem sich die Leute an seinen ostfriesischen Namen ebenso wie an seinen Tee- und Kömkonsum gewöhnt hatten, war er akzeptiert.

Okko ging zu seinem kleinen Traktor, warf ein paar Gartengeräte auf die Ladefläche des Anhängers, stieg in die Fahrerkabine und drehte den Zündschlüssel um. Der Motor sprang an, das Gefährt setzte sich in Bewegung und rumpelte den Hauptweg des Friedhofs entlang.

Bei diesem ungemütlichen Wetter war der Friedhof menschenleer. An einem sonnigen Frühlingstag wäre das anders gewesen. Viele ältere Dorfbewohner würden dann mit Harke und Gießkanne bewaffnet die Gräber ihrer Angehörigen pflegen, dabei ein Schwätzchen mit anderen halten und ihm zuwinken, wenn er vorbeifuhr. Ein Friedhof bei gutem Wetter war weniger ein Ort der Stille als ein Ort der Begegnung. Und auch wenn Okko ziemlich wortkarg war, so war es der Kontakt mit Menschen, der ihm an seinem Beruf besonders gefiel. Vielleicht war er deshalb so beliebt, weil er nicht gleich anfing zu reden, sondern ruhig zuhörte und keine Angst hatte vor traurigen Lebensgeschichten.

Jetzt allerdings war er der Einzige, der auf dem aufgeweichten Friedhofsweg unterwegs war. Die Kronen der alten Linden schlossen sich über ihm und hielten den Regen etwas ab. Ihre Baumwurzeln hatten den Weg uneben gemacht und bei jeder Bodenwelle hörte er hinter sich das Klappern der Gartengeräte auf der Ladefläche.

Nach hundert Metern bog er links in einen Seitenweg. Plötzlich hatte der Scheibenwischer mehr zu tun, denn nun kam der Regen direkt von vorn. In dieser Ecke des Friedhofs waren die Gräber nicht mit Blumen, sondern mit pflegeleichten Bodendeckern bepflanzt, und die Grabsteine sahen älter aus. Hier waren die Pastoren beerdigt, die in den letzten hundertfünfzig Jahren in diesem Dorf die Menschen begleitet hatten.

Okko stellte das Fahrzeug ab, stieg aus und nahm den Spaten und eine Schubkarre vom Anhänger. Schlechtes Wetter hin oder her, er musste einige der alten Grabsteine vom Efeu befreien. Er zog den Schirm seiner Mütze noch tiefer ins Gesicht, um sich gegen den Regen zu schützen, und stapfte mit gesenktem Kopf, die Schubkarre vor sich herschiebend, den Weg entlang.

Plötzlich hielt er inne. Hatte er nicht eben auf einem Grab etwas blinken sehen? Er stellte die Karre ab und ging ein paar Schritte zurück. Tatsächlich, auf einem Grab sah er aus dem nassen Einerlei in Braun und Grau zwischen den Blättern des

Efeus etwas Blau-Goldenes hervorschimmern. Vielleicht hatte hier jemand einen Knopf verloren? Er bückte sich, um es aufzuheben, doch es schien fest im Boden zu stecken. Als er mit der Hand die Erde ringsherum beiseite schob, wurde das Ding immer größer.

Okko nahm den Spaten aus der Schubkarre. Ein paar Stiche in den Boden, eine Hebelbewegung, und der Gegenstand lag vor ihm auf dem Weg. Es war eine Kiste aus Blech, ungefähr so groß wie der Koffer seiner Bohrmaschine. Okko strich mit der Hand die Erde vom Deckel. Sie schien schon länger vergraben gewesen zu sein. Unter der dreckverschmierten Oberfläche kam die blaue Lackierung mit altmodischen goldenen Verzierungen zum Vorschein, die aber schon an manchen Stellen abgenutzt war, sodass es hier rostige Flecken gab. Er versuchte, sie zu öffnen, doch der Deckel rührte sich keinen Millimeter. Erst als er mit dem Schraubenzieher seines Schweizer Taschenmessers unter die Blechkante fuhr, bewegte er sich langsam und sprang auf.

Zuerst sah Okko nur braunen groben Stoff, der schon etwas brüchig schien. Irgendetwas schien darin eingewickelt zu sein. Okko sah genauer hin. Als er erkannte, was da vor ihm auf dem Weg lag, atmete er tief durch.

„Ach du Scheiße", brummte er und griff zu seinem Handy.

***

Montag, 11. April, zwei Stunden später

Rainer Kowalski hatte in seinen über zwanzig Dienstjahren genug erlebt, um zu wissen, dass man auch als erfahrener Ermittler jederzeit von Neuem überrascht werden kann. Er ließ den Blick über die Gräber schweifen: liebevoll angelegte Beete, Grablichter, Blumen, verwelkende Kränze. Ein Ort der respektvollen Erinnerung. Ein Bild des Friedens, könnte man meinen – würde es nicht durch das rot-weiße Absperrband durchschnitten werden. Dahinter hatten sich bereits die ersten Schaulustigen eingefunden. Eine Kollegin in Uniform machte durch ihre Präsenz klar, dass es hier nicht weiterging. Die Leute reckten die Hälse und starrten neugierig zu den Kollegen von der Spurensicherung hinüber, die zwischen den alten Grabsteinen jeden Quadratzentimeter untersuchten und in ihren weißen Anzügen wie Marsmenschen aussahen.

Zum Glück hatte der Nieselregen mittlerweile aufgehört. Rainer Kowalski sah zu dem kleinen Trecker zurück, der etwas abseits stand. Dort saß immer noch der Friedhofsgärtner Behrens in unveränderter Haltung auf dem Fahrersitz, die Beine seitlich aus der Tür heraus auf das Trittbrett gestellt, die Ellenbogen auf die Oberschenkel gestützt, und rauchte eine Zigarette. Viel hatte er nicht aus ihm herausbekommen, dachte Kowalski. Er glaubte allerdings auch nicht, dass eine intensivere Befragung neue Erkenntnisse bringen würde.

Jetzt löste sich aus der Gruppe der weißen Overalls eine Gestalt und kam auf ihn zu. Sie bückte sich unter dem Absperrband hindurch, zog die Kapuze vom Kopf und enthüllte den grauen Haarkranz von Dr. Manfred Lutz. Der reichte ihm die Hand und kam gleich zur Sache.

„Hallo Rainer. Leiche eines Neugeborenen. Wurde in ein Stück Leinen oder Ähnliches gewickelt und dann in die Blechkiste gelegt. Da drin sind auch Pflanzenrückstände. Was das genau ist, müssen wir im Labor sehen. Mehr kann ich dir zur Zeit leider auch nicht sagen."

Sie gingen gemeinsam zu einem Geländewagen, in dessen Kofferraum ein großer Hund anfing, erwartungsvoll zu winseln. „Ruhig, Watson, ruhig!", rief Dr. Lutz in seine Richtung.

„Spuren von Gewalteinwirkung?", fragte Kowalski.

„Das kann ich noch nicht sagen. Alles Weitere nach den Untersuchungen."

„Und der Todeszeitpunkt?"

„Sehr schwer feststellbar." Im Blick des Mediziners lag Skepsis. „Die Blechkiste wirkte konservierend; wir müssen uns das in Ruhe ansehen."

„Hmm ..." Der Kommissar überlegte.

„Na, was geht dir durch den Kopf?", fragte Manfred Lutz. Rainer und er kannten sich schon lange, und er spürte, dass sein alter Freund noch eine Frage hatte.

„Ich frage mich, was das hier für eine Geschichte ist. Was ist dein Gefühl?"

„Mein Gefühl ..." Manfred Lutz schaute über die Grabsteine zu dem Fundort hinüber. „Mein Gefühl sagt mir, dass dahinter eine sehr traurige, schmerzhafte Geschichte steht." Dann blickte er seinen Freund an.

Rainer Kowalski nickte.

„Komm morgen bei mir vorbei, vielleicht weiß ich dann mehr." Der Doktor hob die Hand zum Gruß, öffnete die Fahrertür und setzte sich unter wildem Begrüßungsgejaule von Watson hinter das Steuer.

Als der Motor ansprang, wandte sich Rainer Kowalski um und ging den Friedhofsweg entlang. Am anderen Ende sah er einen Mann mit schnellen Schritten auf sich zukommen. Schwarze Schuhe, schwarze Hose, schwarzer Mantel: Das musste er sein, dachte der Kommissar. Er blieb stehen und musterte den Mann. Er schätzte sein Alter auf Mitte vierzig. Sein etwas schütteres Haar und seine runde Brille verliehen ihm etwas Vertrauenerweckendes. Gutmütig und freundlich sah er aus, fand der Kommissar. Man könnte ihn für naiv und leichtgläubig halten, doch sein energischer Schritt verriet Entschlusskraft, und jetzt blickten ihn hellwache Augen an.

„Pastor Braun?" Die Frage des Kommissars war eher eine Feststellung. „Rainer Kowalski, Kriminalpolizei." Beide gaben sich die Hand.

„Tut mir leid, ich konnte nicht schneller kommen", entschuldigte sich Theo Braun. „Ich hatte noch jemanden im Krankenhaus besucht, und da schalte ich immer mein Handy aus. Als ich wieder in mein Auto stieg, fand ich die Nachricht meiner Sekretärin auf der Mailbox, ich solle sofort zum Friedhof kommen, die Polizei sei da. Was ist denn passiert?"

Kowalski wies zu den Pastorengräbern hinüber. „Ihr Friedhofsgärtner, Herr Behrens, hat eine Blechkiste gefunden. Sie enthält die Überreste eines Babys."

Der Kommissar beobachtete genau, wie Theo Braun auf diese Nachricht reagierte. Er war abrupt stehen geblieben und schaute ihn betroffen an. Doch statt eines frommen Ausrufs, den Kowalski erwartet hätte, kam nur ein: „Meine Güte!"

Theo Braun senkte den Kopf und schaute auf den Boden. Im

Gesicht des Pastors spiegelten sich viele Gedanken und Gefühle, die sich überschlugen. „Ist das Kind … gewaltsam ... zu Tode gekommen?" fragte er.

„Das wissen wir noch nicht", sagte Kowalski.

„Und wo hat man es gefunden?"

„Dort drüben bei den alten Pastorengräbern."

„Aha ... seltsam ..." Pastor Braun schien zu überlegen.

„Was erscheint Ihnen daran seltsam?", hakte der Kommissar nach.

„Auf diesen Grabstätten wird längst niemand mehr bestattet."

„Wann fand denn dort das letzte Mal ein Begräbnis statt?" Rainer Kowalski zog ein Notizheft aus seiner Jackentasche und knipste mit dem Daumen die Mine eines Kugelschreibers heraus.

„Das sind dort alles historische Gräber", erklärte Theo Braun. „Wir erhalten sie, weil sie Zeugnisse der örtlichen Kirchengeschichte sind. Der letzte meiner Vorgänger, der in dieser Ecke des Friedhofs beigesetzt wurde, starb vor dem Zweiten Weltkrieg. Aber in unserem Gemeindebüro kann Ihnen Frau Sievers, unsere Sekretärin, genaue Auskunft geben."

„Vielen Dank." Der Kommissar machte sich Notizen. „Und wer ist zuständig für die Pflege der Gräber?"

„Die Kirchengemeinde. Also unser Friedhofsgärtner, Herr Behrens. Natürlich im Auftrag des Kirchenvorstands. Sie können die Namen und Adressen ebenfalls im Büro bei Frau Sievers bekommen. Und ich bin sicher, auch Herr Brammer, unser Vorsitzender, wird Ihnen gern weiterhelfen."

Rainer Kowalski nickte und schrieb weiter.

„Wie geht es ihm?"

Der Kommissar blickte auf und sah den Pastor fragend an.

„Herrn Behrens meine ich. Wie geht es ihm jetzt?"

„Er sagt nicht viel, ist aber ziemlich mitgenommen, schätze ich", antwortete Kowalski. „Sie können zu ihm gehen. Wenn wir weitere Fragen haben, rufen wir Sie an."

„Selbstverständlich." Theo Braun verabschiedete sich und folgte dem Weg, um sich um seinen Friedhofsgärtner zu kümmern.

Rainer Kowalski sah ihm nach. Dann machte er sich auf zum Gemeindebüro.

Als er sich der Friedhofspforte näherte, hörte er, wie jemand hinter ihm seinen Namen rief. Als er sich umdrehte, sah er seine Kollegin in Uniform auf ihn zugehen.

„Schauen Sie mal, was wir gefunden haben", sagte sie beim Näherkommen. Sie hielt ihm ein durchsichtiges Plastiktütchen entgegen. „Das lag in der Kiste bei dem Leichnam."

Rainer Kowalski nahm es in die Hand. In dem verschlossenen Beutel befand sich ein kleines silbernes Kreuz an einer Kette.

***

Montag, 11. April, zur selben Zeit

„Ich dachte mir, wir tragen alle Ideen zusammen, ich schreibe sie auf und dann wählen wir einfach die beste aus, ok?"

Leonie saß an Olivers Küchentisch, hatte einen großen Schreibblock vor sich liegen, knipste mit entschlossenem Daumendruck die Mine des Kugelschreibers heraus und sah ihn erwartungsvoll an. Oliver schaute ratlos zurück. Sie hatten sich an diesem Vormittag in seiner Wohnung verabredet. Er hatte ab heute Urlaub, für Leonie hatten die Osterferien begonnen und Irene musste zur Arbeit, also waren sie ungestört.

„Na los, lass deine Ideen sprudeln", forderte ihn Leonie auf.

Oliver sah skeptisch auf das große leere DIN-A4-Blatt, über dem Leonies Stift schreibbereit kreiste. Er glaubte nicht, dass bei ihm viel sprudeln würde.

„Na komm schon, Olli." Leonie wurde ungeduldig. „Du musst doch irgendeine Idee haben. Wenn du ihr morgen einen Antrag machen würdest, wie würdest du es anstellen?"

„Na ja, wie man das wohl so macht ..." Er spürte, wie seine Schüchternheit ihn zu lähmen drohte. Würde er sich überhaupt so etwas trauen? Als er sich in sie verliebt hatte, hatte er sich ja auch monatelang nicht getraut, sie anzusprechen. Dass sie heute überhaupt ein Paar waren, erschien ihm als ein reines Wunder. Wenn er an all die peinlichen Missverständnisse und Pannen dachte, die den Anfang ihrer Liebe begleitet hatten ... Versonnen ließ er noch einmal die Bilder an sich vorüberziehen.

Das ungeduldige Klopfen eines Kugelschreibers holte ihn zurück aus seinen Träumen. „Olli, konzentrier dich! Deine Vorschläge, bitte!“

Oliver seufzte. Dieses Mädchen würde nicht locker lassen, das wusste er.

„Also, ich würde einen Ring kaufen und einen Blumenstrauß“, sagte er gedehnt, „und dann würde ich zu ihr hingehen und sie fragen ...

„Stopp“, unterbrach sie ihn. “Willst du dich nicht hinknien?“

„Äh ... na ja ...“

„Du musst dich hinknien, das gehört sich so!“

„Ach so, ja dann … dann knie ich mich hin und frage sie, ob sie mich heiraten will.“

„Und das war's?“

„Nun ja ...“, druckste Oliver herum. Ihm fiel einfach nichts anderes ein. „Ich glaube schon.“

Leonie seufzte wie eine Lehrerin, die einem begriffsstutzigen Schüler Nachhilfe geben musste. „Dann schreiben wir das erst einmal auf. Vorschlag Nummer eins: Blumen, Ring, hinknien.“

Oliver reckte den Hals, um ihr beim Schreiben zuzusehen. Die drei Stichwörter sahen auf dem großen Blatt noch ziemlich verloren aus.

„Das ist zumindest ein Anfang“, stellte Leonie fest. „Aber jetzt brauchen wir noch andere Ideen drumherum. Mehr Romantik, verstehst du?“

„Aber ich hab doch den Blumenstrauß“, gab er zu bedenken. „Und dann knie ich mich ja auch hin ... ist das nicht romantisch?“

„Ja, schon, Olli, aber das ist doch das Mindeste. Da geht noch mehr. Eine Frau möchte umworben werden. Sie möchte sehen, dass du dir Mühe gibst und dir etwas Besonderes für sie einfallen lässt!“

„Aha“, antwortete er, als hätte er gerade eine wichtige Information aus der Gebrauchsanweisung für Frauen erfahren. „Und ... was könnte man da so machen? Was würdest du an meiner Stelle tun?“ Oliver sah sie gespannt an.

„Ich würde sie überraschen. Du könntest sie zum Beispiel mit einem besonderen Fahrzeug von der Arbeit abholen. Vielleicht mit einem Oldtimer oder einer langen Stretchlimousine mit Chauffeur."

„Hmm ...", Oliver ließ sich den Vorschlag durch den Kopf gehen. „Aber wo krieg ich hier auf dem Dorf so etwas her?"

„Oder wie wär's mit einer Kutsche? Ihr lasst euch von einem Kutscher durch die Felder nach Hause fahren, dann wird sie sich wie eine Prinzessin fühlen."

Oliver gefiel dieser Vorschlag. „Ja, das klingt gut. Ich weiß auch schon, wo ich eine leihen kann. Aber, sag mal – wir haben April, da kann es für eine Kutsche zu kalt sein, oder?"

„Ach was", wischte Leonie seine Bedenken weg. „Ihr kuschelt euch in warme Decken. Dann holst du eine Flasche Sekt hervor ..."

„Nicht lieber Glühwein?"

„Nein, Sekt! Das ist romantischer." beharrte sie in entschiedenem Ton. Sie beugte sich wieder über ihren Block und schrieb. „Es darf nur nicht regnen."

„Ja, das stimmt", überlegte er und sah zum Küchenfenster hinüber, auf dessen Scheibe außen die Regentropfen herunterliefen. „Da muss ich halt die Wettervorhersage beachten."

„Und dann musst du die Kutsche natürlich noch schmücken."

„Äh .... ja?" Er hatte schon geglaubt, sie wären fertig. „Mit was denn so zum Beispiel?"

„Mit Blumen oder Luftballons. Und dann kannst du noch auf dem Sitz Rosenblätter verstreuen, das ist richtig romantisch!"

„Findest du?", fragte er unsicher.

„Natürlich. Alle Mädchen finden das!" Leonie schrieb und schrieb. „Und wenn ihr dann zu Hause angekommen seid, sind dort auch überall Rosenblätter. Du führst sie rein, und dann kniest du dich hin und fragst sie, und sie wird dir mit Tränen in den Augen um den Hals fallen und ‚Ja' sagen!" Mit einem triumphierenden „Tock" setzte sie einen Punkt hinter ihre Aufzeichnungen und schaute ihn zufrieden an.

„So machen wir's!"

***

Dienstag, 12. April, morgens, im Edeka-Laden
„Ist das nicht furchtbar? Und das hier bei uns! Wer tut denn sowas und bringt ein kleines Baby um?“

„Ich denke, es ist noch nicht sicher, ob es Mord war. Vielleicht war es ja auch ein Unglück.“

„Und warum vergräbt man dann das Kind heimlich in einer alten Kartoffelkiste, als wären es Gartenabfälle?“

„Seit wann vergräbst du deine Gartenabfälle in alten Kartoffelkisten, Magda?“

„Das war doch nur ein Beispiel, Lieselotte. Dreh mir doch nicht jedes Wort im Mund um! Findest du das etwa alles normal?“

„Nein, natürlich nicht“, beruhigte Lieselotte Rustig ihre Freundin Magda Ehrmann. „Ich finde das ja auch furchtbar. Aber bevor die Polizei nichts Genaues weiß, müssen wir uns davor hüten, die Gerüchteküche noch weiter anzuheizen.“

„Ja, natürlich, da hast du Recht“, gab Magda Ehrmann zu. „Es wird sowieso viel zu viel im Dorf getratscht. Das findet auch meine Nachbarin, die Anni Schröder. Als ich heute Morgen mit Billy Gassi ging, traf ich sie zufällig an der Bushaltestelle, und da haben wir uns darüber unterhalten, wie schrecklich das doch ist ...“

„Ich finde auch, man darf nicht alles glauben, was die Leute erzählen“, mischte sich Hilde Pohlmann ein. Sie wog hinter der Fleischtheke gerade ein Stück Leberwurst ab. „Außerdem war das keine Kartoffelkiste, sondern eine große Blechdose. Stand heute Morgen in der Zeitung.“

„Kartoffelkiste oder Blechdose, ist doch egal. Darum geht es doch gar nicht. Es geht doch um das arme Baby, das getötet wurde!“

„Aber Magda“, versuchte es Lieselotte Rustig erneut. „Es steht doch noch gar nicht fest, wie es gestorben ist.“

„Also, für mich schon“, beharrte Frau Ehrmann trotzig und nahm die Papiertüte mit ihrer Wurst entgegen, die ihr Hilde Pohlmann über die Fleischtheke reichte. „Vor ein paar Wochen wurde im Fernsehen ein Fall gezeigt, da war das ganz ähnlich. Da wurde ein Baby gestohlen, und dann hat man es in einer Mülltonne gefunden, tot!“

„Das hab ich auch gesehen“, sagte Frau Rustig, „aber das war ein Krimi, Lieselotte. Eine ausgedachte Geschichte.“

„Na und?“, entgegnete ihre Freundin. „Was meinst du denn, woher diese Krimischreiber das haben? Auf so etwas Schreckliches kommt doch kein normaler Mensch einfach so!“

„Seid ihr hier bald fertig?“, kam eine unterkühlte Stimme von hinten. Die beiden Damen vor der Fleischtheke drehten sich um. Hinter ihnen stand Frieda Matzke, die Lippen zu einem dünnen Strich zusammengepresst, die Augen durch eine große dunkle Sonnenbrille verdeckt.

„Guten Morgen, Frieda“, grüßten sie.

„Na ja, damit wird man so leicht nicht fertig werden, oder?“, sagte Magda Ehrmann. „Ich hab grad schon zu Lieselotte gesagt, dass ich gar nicht fassen kann, was da passiert ist. Lieselotte, sag ich ...“

„Ich meine, ob ihr mit euren Einkäufen hier schon fertig seid!“, unterbrach sie Frau Matzke in eisigem Ton. Frau Ehrmann hielt verwirrt inne.

„Ja, Frieda, du bist dran“, antwortete Frau Rustig. „Aber sag mal, warum trägst du denn bei diesem trüben Wetter eine Sonnenbrille? Bist du inkognito hier, oder willst du aussehen wie Grace Kelly?“

„Pollenallergie“, erwiderte Frieda Matzke. „Dann quellen meine Augen so auf und tränen die ganze Zeit.“

„Ich hab das auch manchmal so schlimm, allerdings erst im Sommer.“ In der Stimme von Frau Pohlmann schwang Mitleid mit. „Was darf es denn sein, Frieda?“

„Ein Viertelpfund Putenaufschnitt und sechs Scheiben Sommersalami.“

„Sommersalami?“, kicherte Frau Ehrmann. „Wir haben doch erst April.“

„Ach, die heißt doch nur so“, sagte Hilde Pohlmann und langte mit der spitzen Gabel in die Wurstauslage.

„Und wann auf meinem Küchentisch Sommer ist, bestimme ich“, knurrte Frieda Matzke.

„Du bist aber heute wieder schlecht gelaunt“, stellte Frau Rustig fest.

„Sie hat doch Allergie", gab Frau Ehrmann zu bedenken.

„Und wie soll ich denn sonst gelaunt sein, wenn auf dem Friedhof der eigenen Kirche so etwas passiert?", platzte es aus Frau Matzke heraus.

„Ja, nicht wahr?", stimmte Frau Ehrmann zu. „Wir sind auch tief erschüttert. Dass man diesem kleinen Baby so etwas angetan hat ..."

„Und nicht nur dem Kind, sondern auch den geistlichen Würdenträgern, die dort liegen!", regte sich Frau Matzke nun immer mehr auf.

Jetzt sahen sich die Damen ratlos an. „Wie meinst du das, Frieda?", fragte Frau Rustig.

„Schon mal was von Störung der Totenruhe gehört?", schimpfte diese. Ihre Stimme bebte. „Das ist ein schweres Verbrechen! Niemand darf einfach hingehen und auf Gräbern rumwühlen!" Sie holte ein Taschentuch aus ihren Manteltasche und wischte sich eine Träne hinter der Sonnenbrille weg.

„Stimmt, daran haben wir noch gar nicht gedacht." Hilde Pohlmann tackerte den Bon an die Wursttüte und schaute Frau Matzke nachdenklich an. „Wer immer dieses Kind dort begraben hat, hat ja auch die Totenruhe verletzt."

Die beiden alten Freundinnen nickten, aber Frieda Matzke winkte gereizt ab.

„Das meine ich doch gar nicht! Ich rede von den Polizisten! Wie die da auf der Grabstätte herumgetrampelt sind und alles umgegraben haben, als wäre das ein Kartoffelacker ..."

„Siehst du, Lieselotte?", hakte Frau Ehrmann ein. „Ich war gar nicht so falsch mit der Kartoffelkiste ..."

Aber die anderen hörten ihr nicht zu. Frieda Matzke kam jetzt richtig in Fahrt:

„Unmöglich finde ich das!", rief sie. „Die haben eine heilige Stätte entweiht! Dort haben Pastoren unserer Gemeinde ihre letzte Ruhestätte und erwarten ihre Auferstehung am Jüngsten Tage. Das ist ein Ort der Würde und der Andacht! Und keiner tut etwas dagegen! Aber das ist ja typisch für diese Gemeinde. Hier kümmert es anscheinend niemanden, wenn die christlichen Grundwerte mit Füßen getreten werden!" Wieder führte sie das Taschentuch hinter die Sonnenbrille.

„Also Frieda, ich weiß nicht. Übertreibst du da nicht ein wenig?“, gab Frau Rustig zu bedenken.

„Was, ich übertreibe?“, keifte Frau Matzke. „Gestern wurden Gräber geschändet, am Sonntag spielt wieder diese Schwuchtel die Orgel im Gottesdienst wie ein Berserker, und ich übertreibe?“

„Moment, Frieda, das hat doch beides nichts miteinander zu tun. Herr Neumann ist doch ein ganz Netter ...“

„Natürlich hat das was miteinander zu tun!“ Frieda Matzke war nicht zu bremsen. „Hier geht alles den Bach runter, was uns heilig sein sollte! Ihr wisst doch, dass er im Ostergottesdienst mit einer Band spielen will! Das Fest der Auferstehung mit Rumtata? Aber nicht mit mir, sag ich euch! Ich habe schon einen Antrag an den Kirchenvorstand gestellt, dass diese Auswüchse sofort aufhören müssen!“

Wütend schnappte sie sich ihre Tüte vom Tresen, knallte sie in ihren Einkaufswagen und rauschte ab Richtung Kasse. Im Gehen griff sie wieder nach ihrem Taschentuch.

Die anderen Damen sahen ihr nach.

„Zuletzt bin ich einfach nicht mehr mitgekommen“, gab Magda Ehrmann zu und fasste sich an die Stirn. „Worum ging es ihr jetzt genau?“

„Um sich“, stellte Frau Pohlmann fest, drehte sich um und wusch sich im Waschbecken hinter ihr die Hände. „Frieda Matzke geht es immer um Frieda Matzke.“

***

Dienstag, 12. April, später Vormittag

Theo saß in seinem Arbeitszimmer und verschanzte sich hinter seinem Schreibtisch. Er fühlte sich verfolgt. Seit gestern stand das Telefon nicht still. Besorgte Gemeindeglieder wollten mit ihm reden, von alarmierten Eltern, die um die Sicherheit ihrer Kleinkinder im Dorf fürchteten, bis zu neugierigen Klatschtanten, die ihn Zeit und Nerven kosteten. Hinzu kamen Anfragen zur Bestattungspraxis sowie drängende Journalisten. Gestern hatte er Mühe, das Fernsehteam eines Privatsenders aus seinem Garten zu verweisen, die durch sein Wohnzimmerfenster filmten, und heute Morgen hatte er den Fehler begangen, im Edeka-Laden Brötchen kaufen zu wollen. Sofort wurde er zwischen den Regalen in Gespräche verwickelt und konnte nur mit Mühe das Geschäft verlassen, ohne unhöflich zu werden.

Wo er auch hinkam, es gab nur ein Thema: den Fund des toten Babys auf dem Friedhof. Der wimmelte inzwischen von Spaziergängern, und im Pfarrbüro war Hochbetrieb, ohne dass dort wirklich gearbeitet wurde. Okko Behrens und die Sekretärin Antje Sievers tauschten sich aufgeregt über ihre Erlebnisse aus: Wie es war, als Okko die Kiste öffnete, und als die Polizei alles auf dem Friedhof untersuchte, und als der Kommissar im Büro alle möglichen Akten einsehen wollte und so weiter. Und immer wieder kamen Leute zur Tür herein, die „zufällig" vorbeigekommen waren und mal hereinschauen wollten, „einfach so", und Gelegenheit gaben, alles erneut zu erzählen.

Theo hatte sich inzwischen mit Kirchenvorstehern getroffen, um zu beraten, wie sie weiter vorgehen sollten. Schnell waren sie sich einig geworden, sich am Dorfklatsch nicht zu beteiligen und die Polizei in allen Belangen zu unterstützen. Sie hatten eine Pressemitteilung erarbeitet und die Verabredung getroffen, darüber hinaus keine weiteren Auskünfte oder Kommentare zu geben. Herr Brammer schlug vor, dass Theo Braun den Kontakt zur Polizei halten und sie benachrichtigen sollte, sobald es weitere Informationen gäbe.

Zu allem Überfluss hatte Herr Brammer ihn anschließend zur Seite genommen und ihm einen Brief von Frau Matzke an den Kirchenvorstand gezeigt. Sie forderte darin, die Polizei wegen Störung der Totenruhe des Friedhofs zu verweisen und Günter Neumann wegen Entwürdigung des Gottesdienstes zu entlassen. Theo und Eberhard Brammer hatten sich nur stumm angesehen; was sollten sie dazu auch sagen?

Theo Braun vergrub das Gesicht in den Händen. Er fühlte sich müde und erschöpft. Doch ein Blick auf die Uhr sagte ihm, dass es erst halb zwölf war. Es war ihm schleierhaft, wie so viele nervenaufreibende Ereignisse in einen Vormittag passen konnten! Er beschloss, das Haus an diesem Tag möglichst nicht mehr zu verlassen.

Er überlegte gerade, ob er sich einen Tee kochen sollte, da

klopfte es und sein Sohn Johannes steckte den Kopf durch die Tür. Hinter ihm schaute Max über seine Schulter.

„Können wir kurz stören? Wir wollen dich was fragen."

„Klar, kommt rein." Theo winkte einladend. „Aber nur, wenn es nicht um diese Babyleiche geht. Tut mir leid, ich kann das Thema heute nicht mehr hören."

„Nein, es geht um ein Video."

„Sehr gut, endlich mal etwas, das Spaß macht!", freute sich Theo. „Das mit dem Huhn auf dem dicken Ei war Klasse!"

„Und jetzt ist uns etwas eingefallen, das eigentlich gut in den Ostergottesdienst passen würde", sagte Johannes.

Theo schaute die beiden skeptisch an. „Also, ich weiß nicht recht, ob unsere Gottesdienstbesucher eine Zwerchfellattacke am Ostersonntag so toll fänden. Die müssen ja schon die Band verkraften, allen voran Herr Brammer."

„Das ist aber gar kein witziges Video", wandte Max ein. „Eher ein nachdenkliches."

„Wir haben es hier auf dem USB-Stick." Johannes griff in seine Hosentasche und holte den kleinen Datenträger heraus. „Willst du es dir mal ansehen?"

Theo nahm den Stick und schloss ihn an seinen PC an.

Auf dem Bildschirm blieb es schwarz. Da hörte man eine Stimme aus dem Dunkel: „Wo vorher Finsternis war ..." Auf einmal flammte ein Streichholz auf und entzündete eine Kerze; die Stimme fuhr fort: „... ist jetzt Licht."

Es folgte die Nahaufnahme einer Männerhand, die schlaff herunterhing, dazu die Stimme: „Wo vorher Einsamkeit war ...". Jetzt kam von der Seite eine Frauenhand ins Bild, die sich mit der anderen verschränkte: „... ist jetzt Liebe."

Die nächste Überblendung führte auf einen Bootssteg, der in die Weite eines Sees hinausragte und an dessen Ende eine Frau stand, die in die Ferne sah. „Wo alles zu Ende schien ..." Die Stimme hielt inne, ein Boot kam ins Bild und legte kurz am Steg-Ende an. Ein Mann half der Frau beim Einsteigen und beide fuhren auf den See hinaus. „... nimmst du mich mit auf einen neuen Weg", kommentierte die Stimme.

Der nächste Schnitt: Beide machten sich auf einem Fünfmeterbrett im Hallenbad für einen gemeinsamen Sprung in die Tiefe bereit. „Ich weiß, es ist ein Risiko", hörte Theo.

Die nächste Einstellung: Beide beugten sich im dichten Wald über Kompass und Karte. „Ich weiß, es ist ein Abenteuer", lautete der Kommentar.

Jetzt war es wieder dunkel. Theo hörte ganz leise die Geräusche eines Pulsschlags und erkannte schemenhaft den Umriss eines roten pulsierenden Herzens. Die Stimme fuhr fort: „Aber das ist es ..." – Geräusch und Bild wurden immer deutlicher – „...was ich wirklich will: ein neues Leben mit dir." Das leuchtende Herz blieb als Standbild stehen.

Zum Schluss wurde das Bild wieder dunkel. Dann hörte man die Geräusche eines großen rollenden Steins. Jetzt fiel plötzlich helles Sonnenlicht ins Dunkel, und man blickte aus dem Inneren eines Felsengrabs nach draußen. Dazu wurde als Schrift eingeblendet: *„Auferstehung – das Leben wird neu!"*

Es war einen Augenblick still im Arbeitszimmer. Theo holte tief Luft. „Jungs, das ist richtig bewegend. Fast ein bisschen kitschig – aber einsame Spitze!"

Er drehte sich um und sah in strahlende Gesichter. „Na klar zeigen wir das im Ostergottesdienst! Denn genau darum geht es bei der Auferstehung; ihr habt das treffend rübergebracht."

„Danke, Herr Braun", freute sich Max.

„Theo", korrigierte Theo.

„Danke Paps", sagte Johannes. „Dann machen wir mal weiter. Wir arbeiten schon am nächsten Clip für die Homepage." Und schon stürmten sie wieder hinaus.

„Ich bin gespannt", rief Theo ihnen nach.

***

Dienstag, 12. April, zur gleichen Zeit

Warum mussten die Rechtsmediziner eigentlich immer im Keller arbeiten, fragte er sich. Etwa damit die Welt der ungeklärten Todesfälle und Gewaltverbrechen aus dem Alltag der Bürger ferngehalten wurden – aus dem Alltag, in dem sie geschahen? Das konnte nicht sein, denn die Zeitungen waren voll davon.

Kommissar Kowalski schüttelte in Gedanken den Kopf, als er die Treppe ins Untergeschoss hinunterstieg. Je mehr er mit dieser Seite des Alltags konfrontiert wurde, desto weniger hatte er das Gefühl, wirklich zu verstehen, was in Menschen vorging.

Unten angekommen, machte er sich auf den Anblick von gekachelten Wänden, Stahltischen mit Leichen darauf und medizinischen Geräten gefasst, als er seinen Namen hörte: „Morgen Rainer! Ich bin hier drüben!"

Er drehte sich um und sah durch eine offene Tür seinen alten Freund Manfred Lutz an einem Schreibtisch sitzen. Er goss gerade aus einer Thermoskanne eine dampfende Flüssigkeit in einen Becher.

„Ich mach gerade Pause", erklärte er und wies auf einen Stuhl. „Setz dich doch. Möchtest du auch einen Tee?"

„Nein danke", lehnte Kowalski ab; er war eingefleischter Kaffeetrinker. Beide gaben sich über den Schreibtisch hinweg die Hand.

„Du kommst natürlich wegen des Babys in dieser Blechkiste", stellte Dr. Lutz fest und wickelte ein Wurstbrot aus, das in Pergamentpapier eingeschlagen war. „Es ist ein Junge, schätzungsweise während oder bald nach der Geburt gestorben."

„Und die Todesursache?"

„Eindeutig Selbstmord", grinste Dr. Lutz und biss in sein Pausenbrot. Rainer Kowalski seufzte; an die Witze von Pathologen würde er sich nie gewöhnen.

„Scherz beiseite", nuschelte er, drehte sich kauend zum Bildschirm des Computers, der seitlich auf dem Schreibtisch stand, griff mit der freien Hand zur Maus und rief eine Datei auf.

„Ehrlich gesagt, der kleine Kerl macht es uns nicht leicht", erklärte er kauend. „Zunächst einmal ist es schwer zu sagen, wie alt er ist."

„Wieso? Ich dachte, das Kind war gerade geboren", wunderte sich der Kommissar.

„Das stimmt", nickte Dr. Lutz. „Die Frage ist nur: Wann?"

„Du meinst, der Kleine wurde ..."

„... vielleicht schon vor längerer Zeit begraben, ja."

„Wie lange ist das her? Monate, Jahre?"

Der Mediziner wiegte den Kopf. „Mag sein. Vielleicht aber auch Jahrzehnte."

Als er die hochgezogenen Augenbrauen seines Freundes sah, erklärte er: „Es handelt sich hier um eine Fettwachsleiche. Schon mal was davon gehört?"

„Du meinst, der Körper verwest nicht?"

„Genau. Bei Sauerstoffmangel und hoher Feuchtigkeit im Boden kann es dazu kommen, dass der Verwesungsprozess gestoppt wird, weil Bakterien ihre Arbeit nicht verrichten können. Dann bildet sich auf der Oberfläche des Leichnams Adipocire, eine wachsähnliche Schicht aus körpereigenen Fetten, die konservierend wirkt. So können Leichen mitunter über Jahrzehnte erhalten bleiben. In Ostfriesland gibt es Friedhöfe, die damit verstärkt zu kämpfen haben."

„Und das ist auf diesem Friedhof auch der Fall?"

„Da könnte man sich nochmal beim Friedhofsgärtner oder beim Pastor erkundigen. Doch wie auch immer: In diesem Fall könnte die Blechkiste diesen Effekt verursacht haben." Manfred Lutz schob sich den Rest seines Pausenbrotes in den Mund, zerknüllte das Einwickelpapier und warf es in den Papierkorb unter seinem Schreibtisch. „Offenbar war die Kiste luftdicht verschlossen; erstaunlich, wie ich finde. Mir ist zwar klar, dass so eine Lebkuchenverpackung den Inhalt frisch halten soll, aber dass das so gut gelingt ..."

Rainer Kowalski hatte seinen Notizblock hervorgeholt und blätterte darin. „Die Kollegen von der Spurensicherung sagen, der Rand wäre mit einer Lehmschicht verschmiert gewesen."

„Na also, das passt doch." Dr. Lutz lehnte sich zurück. „Mit Lehm in den Fugen hat der Zersetzungsprozess keine Chance."

„Und noch etwas scheint zu passen." Der Kommissar war in seine Notizen vertieft; sein Freund sah ihn aufmerksam an.

Jetzt hob Kowalski den Blick. „Wir haben uns gefragt, wie der Lehm dorthin gekommen ist. In der oberflächlichen Erdschicht, in der die Kiste gefunden wurde, gibt es keinen; erst weiter unten wird es lehmig. Doch dazwischen verläuft eine dicke Baumwurzel. Eine Möglichkeit wäre, dass die Kiste zunächst woanders vergraben war oder vorher mit Lehm zugeschmiert wurde. Aber warum sollte jemand sie dann an diesem Ort vergraben, wo man wegen des Wurzelwerks nicht tiefer kommt? Doch wenn du sagst, dass der Vorgang vielleicht Jahre oder Jahrzehnte her sein kann ..."

Dr. Lutz nickte langsam. „Du meinst, der Junge war ursprünglich viel tiefer begraben, unten in der Lehmschicht, und die Baumwurzel hat die Kiste mit den Jahren an die Oberfläche gedrückt? Das würde einiges erklären." Er überlegte. „Dann ruf ich nochmal meine Kollegin in der Biologie an. Wenn die sich den Fundort ansieht und das Wachstum der Wurzel bestimmt, kann sie vielleicht abschätzen, wie lange unser Blechsarg dort unten war." Er griff zum Telefon. „Bisher wissen wir nur, dass die Beerdigung im Frühling gewesen sein muss."

Und als hätte er gemerkt, dass sein Freund gerade nachfragen wollte, setzte er hinzu: „Die Pflanzenreste in der Kiste – Moos, Schneeglöckchen und Krokusse – blühen im März und April ... – Hallo, Lutz hier", sprach er in den Hörer. „Können Sie mir noch einmal meine Unkrautexpertin Dr. Meyer-Distel geben? Ja, ich warte ..."

Er bedeckte mit einer Hand den Hörer und flüsterte: „Die heißt wirklich so, witzig, was?" Dann wendete er sich wieder seinem Telefonat zu. „In einer halben Stunde? In Ordnung, vielen Dank." Er drückte das Gespräch weg.

„Sie ruft zurück", sagte er und legte das Telefon beiseite. „Was hätten wir sonst noch?"

„Du hast noch immer nichts zur Todesursache gesagt", erinnerte ihn der Kommissar.

„Ach so, stimmt ja", fiel es Manfred Lutz ein. „Also, wie gesagt, nach so einer unbestimmt langen Zeit wäre vieles nur noch schwer nachzuweisen, wie Vergiftungen zum Beispiel. Aber der Körper ist weitgehend erhalten und weist keine Verletzungen auf. Medizinisch kann man eine Tötung nicht mit Sicherheit ausschließen, doch wir haben auch keine Spuren festgestellt, die darauf hinweisen würden."

Der Kommissar sah ihn nachdenklich an.

„Tut mir leid, Rainer", fügte Dr. Lutz hinzu und zuckte mit den Schultern, „mehr kann ich dir leider nicht sagen."

***

Dienstag, 12. April, abends

Oliver holte den Schlüssel aus der Jackentasche und steckte ihn in das Türschloss. Wie immer fiel sein Blick dabei auf das Türschild mit der geschwungenen Schrift: „Irene und Leonie Anders“. Und wie sooft erinnerte er sich dabei an die Gefühle von damals, als er vor Monaten zum ersten Mal vor dieser Tür gestanden hatte, den Magen voller Schmetterlinge und den Finger zögernd über dem Klingelknopf. Schon da war ihm dieses Türschild wie ein Zeichen für Wärme und Heimat erschienen. Und jetzt drehte er einfach den Schlüssel im Schloss und trat ein, als wäre es sein Zuhause. Oliver lächelte in sich hinein.

Er hängte im Flur seine Jacke an die Garderobe, zog seine Schuhe aus und ging den Flur entlang. Aus der Küche hörte er weibliche Stimmen und Geklapper von Geschirr. Er klopfte und öffnete vorsichtig die Tür.

„Ich hab doch gesagt, da kommt Olli“, rief Leonie fröhlich und lief mit Schalen und Besteck hinüber ins Wohnzimmer.

„Hallo Schatz, ich hab dich gar nicht gehört“, begrüßte ihn Irene. „Wahrscheinlich, weil wir Weiber wieder so laut getratscht haben.“

Irene stand am Küchentisch und schob frisch geschnittene Möhrensticks auf einen Teller, auf dem bereits Paprika und Kohlrabi angerichtet waren. Er ging hinüber und gab ihr einen Kuss, den sie mit weit ausgestreckten Armen erwiderte. „Ich hab noch nasse Hände“, erklärte sie entschuldigend. Dann wendete sie sich wieder der Rohkost zu. „Ich bin gleich fertig. Wir machen uns Mädchensnacks, Gemüse und Dip. Denn gleich kommt die Sendung ‚Ein Herz für Bauern‘, die wollen wir nicht verpassen.“

Aus dem Wohnzimmer hörte er erst Fernsehgeräusche, dann Leonies Stimme: „Komm, Ma, es fängt gleich an!“

Sie wusch sich die Hände und griff sich den Rohkostteller. „Komm doch mit rüber“, forderte sie ihn auf. „Nimmst du den Wein?“

Er schnappte sich die Flasche, einen Öffner und zwei Gläser und folgte ihr ins Wohnzimmer. Leonie hatte es sich schon in einem Sessel bequem gemacht. Oliver setzte sich auf das Sofa. Irene ließ sich neben ihm nieder, kuschelte sich in seinen Arm und zog die Beine auf die Sitzfläche.

Noch lief Werbung. Ein Baby machte seine ersten Krabbelversuche und führte vor, wie auslaufsicher eine Windelmarke war.

„Habt ihr übrigens das mit dem toten Baby gehört, das auf dem Friedhof gefunden wurde?", fragte Oliver.

„Ja, das ist so furchtbar!", rief Leonie. Für einen Moment war der gemütliche Abend vergessen. Betroffenheit und Empörung machten sich Luft. Doch es blieb für sie zugleich unvorstellbar, dass so etwas in ihrem Dorf passiert war, und daher schien es ihnen seltsam fern zu sein.

„Wie kann man Babies nur etwas Schlimmes antun?" Leonie zog ihre Strickjacke unwillkürlich fester um sich. „Die sind doch so süß."

„Das finde ich auch", stimmte Irene zu. „Ein Baby ist etwas Wundervolles." Sie kuschelte sich noch enger in Olivers Arm und sah zu ihm auf. „Oder, Schatz? Was meinst du?"

Oliver erkannte die liebevolle Herausforderung in ihrem Blick, und aus den Augenwinkeln heraus sah er, dass Leonie drüben im Sessel mit weit aufgerissenen Augen den Atem anhielt. Er kämpfte den Anflug von Panik in sich nieder und griff zur Fernbedienung: „Äh ... oh, seht mal, eure Sendung hat schon angefangen!"

Auf dem Bildschirm lief der Vorspann. Frisch gekämmte Landwirte in auffallend sauberer Kleidung mit blankgeputzten Mistgabeln in der Hand lächelten in die Kamera. Lauter Gesichter, die man erst einmal innerlich verarbeiten musste, fand Oliver. Bei sich zu Hause sah er nicht viel fern, aber er hatte schon davon gehört.

„Ist das nicht diese Sendung, in der Bauern eine Frau suchen?", fragte er.

„Ja, genau", rief Leonie. „Jeder Bauer hat sich unter den Bewerberinnen eine ausgesucht, und jetzt kommt die für eine Woche auf seinen Hof."

„Oh nein, der Marcel! Schaut mal, wie sieht der denn aus?" Irene zeigte mit einer Mischung aus Vergnügen und Entsetzen auf den Fernsehschirm. Dort stand ein leicht untersetzter Mann mit Halbglatze einsam auf einem Bahnsteig. Die Gleise machten den Eindruck, als würde dort höchstens einmal in der Woche ein Zug vorbeikommen. In seinem Hemd, gemustert wie ein Sofabezug aus den achtziger Jahren, und seiner ordentlich gebügelten Jeans sah er aus wie ein dicker Junge, den seine Mutti feingemacht hatte. Der Anblick seiner weißen Tennissocken in Sandalen löste vor dem Fernseher bei Mutter und Tochter hysterische Kreischanfälle aus, und fassungslos wiesen ihre Finger auf seine Haare, die sorgfältig in Strähnen über seine kahlen Stellen gekämmt waren.

Der gute Marcel schien nervös zu sein. Seine Faust umklammerte einen Blumenstrauß wie einen Schraubenschlüssel, während sein Blick immer wieder zwischen der Bahnhofsuhr und dem Horizont hin und her ging.

Irene und Leonie wanden sich angesichts der Bilder offenbar in Schmerzen, doch Oliver empfand Mitleid für Marcel. Er konnte gut nachempfinden, wie er sich fühlte. Irgendwie erinnerte ihn dieser Mann mit seiner unbeholfenen, schüchternen Art an jemanden, den er kannte, und auf einmal wusste er, an wen – an sich selbst!

Jetzt fuhr auf dem Bildschirm der Zug ein, und die Art, wie Marcel nervös die Türen musterte und voller Anspannung mit seiner Faust die Blumen würgte, ließen in seiner Erinnerung die spannungsgeladenen Momente seiner eigenen Liebesgeschichte mit Irene neu aufleben. War er nicht am Anfang gegenüber Irene ganz genauso unsicher und ungeschickt wie dieser Bauer gewesen? Sofort lief vor seinem inneren Auge ein Film mit den peinlichsten Momenten ab. Während neben ihm gerade gelästert wurde, sah Oliver in dem Bauern sich selbst auf dem Bahnsteig stehen.

Jetzt ging der unsicher auf eine übergewichtige Frau zu, die in Leggins und einem deutlich zu knappen T-Shirt mit einem Katzenfoto darauf aus dem Waggon stieg. Er hörte Irene neben sich keuchen: „Nein, diese Dauerwelle!“ und sah Leonie im Sessel die Hände vor das Gesicht schlagen.

Marcel umarmte sie zaghaft und überreichte ihr die Überreste der Blumen. Dann nahm er ihr das Gepäck ab. Diese Handlung schien ihm etwas Selbstsicherheit zu geben. Als nächstes sah Oliver, wie er den schweren Koffer mit einem Schwung, als wäre er leer, auf einen landwirtschaftlichen Hänger wuchtete.

„Also, stark ist er ja, der Marcel“, gab Oliver zu bedenken. Doch

Irene antwortete nicht. Sie war völlig gefangen genommen von einem anderen Detail: „Oh nein, er holt sie mit einem Trecker ab!" Sie zeigte mit ausgestrecktem Arm auf den Bildschirm, als hätte sie in einem Zoo ein besonders hässliches Tier entdeckt.

„Äh ... findest du das nicht romantisch?", fragte Oliver vorsichtig nach.

„Nein, das ist peinlich!"

„Er hätte wohl lieber eine Kutsche nehmen sollen", bemerkte Leonie und versuchte dabei ganz unbedarft zu klingen.

„Noch schlimmer!", fand ihre Mutter. „Das wäre ja oberkitschig!"

Oliver sah zu Leonie hinüber und zog die Augenbrauen hoch. In diesem Moment schrie Irene auf: „Schaut euch das an! Überall Luftballons!", und wollte sich ausschütten vor Lachen.

Leonie schaute betroffen auf ihre Mutter. „Aber ... das ist doch ganz süß von ihm", wendete sie ein.

„Ach komm", kicherte Irene, „das ist doch kein Kindergeburtstag." Die Augen gespannt auf den Fernseher gerichtet, gluckste sie amüsiert vor sich hin, ohne zu merken, dass die anderen beiden um sie herum auffallend still geworden waren.

Als Marcel seiner Auserwählten beim Aufstieg zur Fahrerkabine helfen wollte, aber offenbar nicht wusste, wie er sie in sittlich vertretbarem Rahmen anfassen sollte, brach sie wieder in Gelächter aus, das während der Traktorfahrt langsam in ein Wimmern überging. Als der Bauer auf den Hof fuhr, keuchte Irene: „Wenn jetzt im Haus noch alles voller Rosenblätter ist, kann ich nicht mehr!"

Oliver sah über ihren Kopf hinweg zu Leonie, die in ihrem Sessel zusammengesunken war. Jetzt wendete sie langsam den Kopf, sah zu ihm hinüber und formte mit ihrem Mund ein stummes: „Sorry!"

***

Mittwoch, 13. April, am Vormittag

Warum eine Blechkiste?

Diese Frage ging ihm nicht aus dem Kopf. Wenn er eine Leiche heimlich begraben wollte, würde er sie einfach so verscharren; dann würde nach einigen Jahren nicht mehr viel davon übrig sein.

Rainer Kowalski nahm noch einmal den Bericht zur Hand und überflog die Daten. Es handelte sich um ein Behältnis des Lebkuchenherstellers Schmitz mit den Maßen 40 x 30 x 17 Zentimeter. Die Fotos, die Kowalski auf seinem Schreibtisch ausgebreitet hatte, zeigten die farbenprächtigen Bilder auf dem Deckel und an den Seiten; historische Motive von Nürnberg, umgeben von aufwändigen Rankenverzierungen. Laut Auskunft des Herstellers wurde dieses Modell von 1955 bis 1959 hergestellt. Kowalski lächelte. So eine Kiste hätte er sich damals als Junge gewünscht; das wäre eine ideale Schatzkiste für seine Sammlung von Federn, Steinen und anderen Fundstücken gewesen.

Er riss sich aus seinen Erinnerungen los und konzentrierte sich wieder auf die Akte vor ihm. Die Angaben über die Pflanzenreste, die im Innern der Kiste gefunden worden waren, bestätigten die Aussage seines Freundes Manfred Lutz: Moos und Frühlingsblumen.

Weiter unten wurde das Tuch beschrieben, in dem der Leichnam eingewickelt war. Es war ein Stück Leinen von der Größe einer Zeitungsseite. Es musste allerdings einmal größer gewesen sein, denn es war nur an drei Seiten umsäumt. An einer Seite war der Stoff sauber entlang der Webrichtung gerissen, vermutlich um das Format passend zu machen.

Und dann war da noch das Kreuz ...

Rainer Kowalski nahm das kleine Plastiktütchen in die Hand, in dem das kleine Schmuckstück lag, ein zierliches Silberkreuz an einer feinen Kette. Auf der Vorderseite lief eine fein gravierte Linie die Balken entlang. Heutzutage wurde so etwas massenweise produziert, aber dieses Exemplar kam aus einer anderen Zeit, wie sich herausgestellt hatte. Die Kollegen hatten seine Herkunft zurückverfolgen können; es stammte von einem Juwelier in Schleswig-Holstein.

„Ja, das ist eine Arbeit meines Vaters“, hatte die Inhaberin des Geschäfts am Telefon versichert, nachdem man ihr die Fotos gemailt hatte. „Das war damals in den Fünfzigern ein beliebtes Konfirmationsgeschenk.“

Schon wieder dieser Zeitraum der Fünfzigerjahre. Er zog noch einmal den Bericht der Biologin hervor. Wenn die Blechkiste ursprünglich in der Lehmschicht begraben war und durch die wachsende Baumwurzel darunter langsam an die Oberfläche gedrückt wurde, kam sie in ihrer Schätzung zu dem Ergebnis, dass der metallene Sarg vermutlich Anfang der Sechzigerjahre vergraben wurde.

Rainer Kowalski lehnte sich zurück und betrachtete das Kreuz in seiner Hand. In Gedanken fügte er die Einzelheiten zusammen: ein neugeborener Junge, tot. Ein Tuch aus Leinen. Moos und Blumen. Eine Kette mit Silberkreuz. Und eine Kiste.

Eine Schatzkiste ...

Langsam formte sich in seinem Kopf eine Geschichte.

***

Mittwoch, 13. April, abends

„Tut mir leid, Günter." Eberhard Brammer schüttelte ernst den Kopf. „Das ist bei unserer derzeitigen Haushaltslage nicht drin."

„Aber ohne ein vernünftiges Mischpult kann die Band nicht gut spielen. Für die Restaurierung des Altarbilds war doch auch Geld da, und hier geht es um einen wesentlich geringeren Betrag!"

„Die Restaurierung wird noch aus anderen Mitteln finanziert, sonst wäre uns dieser Schritt gar nicht möglich gewesen", korrigierte der Kirchenvorsteher. „Und das eine kann man nicht gegen das andere ausspielen. Immerhin geht es beim Abendmahlsbild um ein bedeutendes Kulturgut unserer Kirche, das außerdem optisch im Mittelpunkt unserer Gottesdienste steht."

„Und beim Mischpult geht es um die musikalische Anbetung in unserer Kirche im wichtigsten Gottesdienst des ganzen Kirchenjahres!", regte Günter sich auf. Seit gut einem halben Jahr verband diese beiden so verschiedenen Männer eine etwas seltsame Freundschaft, doch jetzt brachte die konservative Beharrlichkeit des anderen den Organisten auf die Palme. „Ich glaube, du willst nur nicht, dass eine Jugendband im Gottesdienst Musik macht, weil du das nicht magst und das gegen deine Vorstellungen von Kirchenmusik verstößt. Dabei geht es hier nicht um bürgerlichen Anstand, sondern um die Ehre Gottes!"

Eberhard Brammer hob beschwichtigend die Hände. „Günter, reg dich nicht auf", versuchte er den zornigen Musiker zu beruhigen. „Ich möchte dich doch nicht verletzen. Ja, ich gebe zu, dass diese Art von Musik nicht mein Geschmack ist. Aber darum geht es nicht."

Günter holte tief Luft. „Heute haben wir wieder Bandprobe", rief er. „Wochenlang haben wir geübt, und alle nehmen ihre Aufgabe sehr ernst. Wir wollen den Gottesdienst so gut wie möglich gestalten und die ganze Gemeinde mit den Lobpreissongs in die Anbetung hineinführen. Aber wie soll das gehen ohne ein gutes Mischpult? Da hört sich der beste Musiker schlecht an, ohne dass er etwas dafür kann. Verstehst du, darin liegt die große Enttäuschung der Jugendlichen!"

Jetzt hatte sich Günter wieder etwas beruhigt. Eberhard Brammer schaute ihn schweigend an und schien mit sich zu kämpfen.

„Tut mir leid, dass ich so heftig geworden bin", sagte Günter. Der andere machte nur eine wegwerfende Geste.

„Weißt du überhaupt, was ein Mischpult ist?", fragte Günter.

„Ehrlich gesagt, nicht genau", gab der Kirchenvorsteher zu.

„Von dort aus wird der Gesamtklang gesteuert. Stell dir vor, zu Hause ist dein Schaltkasten für die Elektrik kaputt. Da kannst du die schönsten Lampen haben, den teuersten Fernseher und die beste Köchin am Herd, es wird dir alles nichts nützen, weil nichts mehr funktioniert. So ist es mit einer Band, deren Mischpult den Geist aufgibt, verstehst du, Eberhard?"

Der nickte. „Jetzt hab ich es begriffen."

„Und, siehst du da jetzt eine Möglichkeit, doch eins anzuschaffen?"

Eberhard Brammer schüttelte langsam den Kopf. „Tut mir leid, Günter. Wir haben einfach nicht das Geld dafür."

Rumms! Günter schlug das Fenster zu und drehte den Griff zum Verriegeln herunter. Er hatte den Bandraum gelüftet und bereitete alles für die Probe vor. Immer wieder ging ihm dieses Gespräch durch den Kopf. Er war wütend, hilflos und frustriert, und er wusste, seine jugendlichen Mitmusiker würden es in einer halben Stunde auch sein, wenn er ihnen berichtete. Bis zuletzt hatten sie gehofft, eine Lösung zu finden. Doch Eberhards Nein war sein letztes Wort, und es war einfach kein anderes Mischpult aufzutreiben.

Er warf einen Blick auf das schrottreife Gerät vor ihm auf dem Tisch. Ein Mikrofonstecker hing schief in der wackeligen Buchse. Er wusste: Wenn man aus Versehen daran stieß, kam ein Knattern und Knacken aus den Lautsprecherboxen. Günter seufzte.

Jetzt hörte er Stimmen, die sich näherten. „Gut, was soll's", sagte er sich und atmete tief durch. Bloß nicht runterziehen lassen!

***

Mittwoch, 13. April, zur gleichen Zeit

Er gab die Internetadresse der Kirchengemeinde ein und drückte die Entertaste. Er wollte nur kurz nachschauen, ob die Sekretärin die Termine der nächsten Kirchenvorstandssitzungen schon ins Netz gestellt hatte. Doch plötzlich erschien das Gesicht von Oliver Kahn auf dem Bildschirm. Der ehemalige Nationaltorhüter lächelte ihn an, und eine Sprechblase forderte: *„Eier, Eier, wir brauchen Eier!"* Dann lief von links eine Schriftzeile ins Bild: *„Ich vermag alles durch den, der mich mächtig macht – Christus!" (Philipper 4,13).* Und darunter: *„Ostern – das Gelbe vom Ei. Demnächst in Ihrer Kirche!"*

Als im Anschluss daran die Homepage der Gemeinde erschien, musste Eberhard Brammer unwillkürlich lächeln. Dann räusperte er sich, und obwohl er allein in seiner Wohnung saß, nahm er auf seinem Stuhl eine gerade Haltung ein. Das war witzig, keine Frage – aber gehörte so etwas wirklich auf die Seite einer Kirchengemeinde?

Immerhin ging es um Ostern, den Kern ihres Glaubens! Andererseits hatte er nicht den Eindruck, dass die beiden Jungs, die seit Wochen alle paar Tage etwas Neues zum Thema Ostern auf die Homepage brachten, den Glauben verspotteten. Im Gegenteil: Sie machten neugierig auf Ostern. Aber ihre Art und Weise war auch etwas respektlos.

Seit Monaten schon spürte Eberhard Brammer, dass er in Dingen, die für ihn früher völlig klar gewesen waren, innerlich ins Wanken geriet. Früher war christliches Leben für ihn von klaren Verhaltensregeln bestimmt, an die sich alle zu halten hatten, die zur Kirche gehörten. Natürlich war das praktisch nicht immer der Fall, aber gerade deshalb fühlte er sich als Kirchenvorsteher berufen, über die Einhaltung dieser Regeln zu wachen. Dann kam die Gemeindeversammlung im letzten Sommer, wo er schmerzlich erfahren musste, wie sehr ihn viele dafür kritisierten. Und ausgerechnet der Mensch, der in seinen Augen am meisten gegen sein verinnerlichtes Regelwerk verstieß, hatte sich in dieser Situation öffentlich zu ihm gestellt: der Organist Günter Neumann!

Eberhard Brammer seufzte. Ihm ging das letzte Gespräch mit Günter noch im Kopf herum. Er hätte ihm gern den Gefallen getan, ein Mischpult anzuschaffen; das schien für die Musiker wirklich wichtig zu sein. Doch er hatte als Vorsitzender des Kirchenvorstands auch die Verantwortung für die Gemeindefinanzen, und das war zur jetzigen Zeit einfach nicht machbar.

Der Vorwurf des Organisten, er lehne sein Anliegen nur ab, weil ihm die moderne Band-Musik zuwider sei, hatte ihn getroffen. Denn da war etwas Wahres dran. Für ihn war das eigenwillige Orgelspiel von Günter in jedem Gottesdienst erneut eine Anfechtung, und die Vorstellung, am Ostersonntag mit Schlagzeug und E-Gitarre begleitet zu werden, kam ihm wie eine Entweihung der Kirche vor. Doch er begann zu verstehen, dass diese Art, Gott zu loben, ebenfalls ihr Recht hatte, auch wenn es nicht seine war.

Das Klingeln des Telefons unterbrach seine Gedanken.

„Brammer!“, meldete er sich laut und knapp.

„Guten Abend“, hörte er eine wohlbekannte Stimme, „hier ist Frieda Matzke. Herr Brammer, ich komme gleich zur Sache.“

„Ich bitte darum.“

„Haben Sie meinen Brief bekommen?“

„Selbstverständlich, Frau Matzke“, versicherte der Kirchenvorsteher. „Ihr Schreiben ist bei mir eingegangen und wird auf der nächsten Sitzung als Antrag eingebracht. Wir werden am 30. April darüber beraten.“

„Was? Das ist ja erst in zwei Wochen!“, klang es entsetzt aus dem Hörer. „Bis dahin ist doch alles zu spät! Wer weiß, was diesen Polizisten in der Zwischenzeit noch alles einfällt, um unseren Friedhof zu schänden! Denken Sie denn gar nicht an das ehrende Gedenken unserer Pastoren, die hier ihre letzte Ruhe ..."

„Frau Matzke", unterbrach er sie barsch, „ich kann Ihnen versichern, dass ich weit davon entfernt bin, Entehrungen unserer Gräber zu dulden und die ganze Zeit an Ruhe jeder Art denke! Dennoch sehen wir uns in der Pflicht, die Ermittlungen der Polizei zu unterstützen. Nach unseren Informationen ist allerdings nicht damit zu rechnen, dass weitere Gräber untersucht werden müssen."

Er hörte schweres Atmen in der Leitung und stellte sich ihr vor Wut verzerrtes Gesicht vor.

„Schön, dass Sie Ihre Pflichten als Staatsbürger so ernst nehmen", zischte ihre Stimme in sein Ohr. „Doch hier geht es um mehr! Es geht darum, ob wir andere weiterhin auf dem herumtrampeln lassen, was uns heilig ist! Was die Polizei auf den Gräbern getan hat, ist geschehen, aber ich erwarte mindestens im Nachhinein ein Protestschreiben an die Behörde! So geht man nicht mit den Ruhestätten unserer Hinterbliebenen um! Wir haben sie dort feierlich beigesetzt, und die wühlen einfach darin herum. Unerträglich finde ich das!"

Die Stimme von Frieda Matzke zitterte. Muss die wütend sein, dachte Herr Brammer.

„Und was ist mit dem zweiten Punkt meines Antrags?"

Eberhard Brammer räusperte sich. „Wenn ich Sie richtig verstehe, Frau Matzke, fordern Sie die Entlassung unseres Organisten ..."

„... weil er den Gottesdienst ruiniert, genau!", schrie sie. Herr Brammer nahm schnell den Hörer vom Ohr. Ihre Stimme war auch aus einem halben Meter Abstand noch deutlich zu hören: „Das Maß ist voll, Herr Brammer, und ich verlange, dass Sie noch vor Ostern etwas gegen ihn unternehmen! Da will er mit einer Bande von Halbstarken in der Kirche Krawall machen, wie auf dem Schützenfest – ja, geht's noch? Aber das ist ja kein Wunder bei einem, der auch sonst vom anderen Ufer ist!" Es folgte ein Schwall von Beschimpfungen; er verstand nur einzelne Bruchstücke wie „Tastenclown", „schwule Orgelpfeife", „sündig" und „Gefahr für die Jugend".

„Frau Matzke!", donnerte er in ihren zornigen Redeschwall. „Ich bin nicht bereit, mir derartige verbale Entgleisungen gegen einen unserer Mitarbeiter anzuhören! Ich betrachte unser Gespräch als beendet und wünsche Ihnen noch einen guten Abend!"

Er hörte aufgeregtes Keuchen im Hörer. „Das wird Ihnen noch leidtun, mich so abzuservieren!", keifte Frieda Matzke. „Ich werde den Bischof anrufen, ich werde eine Kampagne starten, eine Unterschriftenaktion, jawoll! Sie werden ..."

„Auf Wiederhören, Frau Matzke!", bellte Herr Brammer und legte auf.

Einen Moment lang saß er nur da, das Gesicht in den Händen verborgen. Dann hob er langsam wieder den Kopf und schaute zum Fenster hinaus, ohne wirklich etwas wahrzunehmen. Was ging nur in dieser Frau vor, fragte er sich. Warum zog sie in den Kampf wie Don Quichote gegen Windmühlen? Er schüttelte den Kopf und seufzte. Er würde Frieda Matzke nie verstehen. Doch eines wurde ihm nach diesem Gespräch klar: Man musste dieser Frau Einhalt gebieten. Nur wie?

***

Donnerstag, 14. April, nachmittags

„Das können wir nicht machen!"

„Wieso nicht? Du hast doch gehört, was deine Schwester erzählt hat."

„Ja, bei der Bandprobe war Günni wohl ziemlich mies drauf wegen des Mischpults ..."

„Und wegen der Matzke! Die geht rum und verbreitet Lügen über ihn. Die will ihn fertigmachen! Dagegen müssen wir was tun!"

„Ja, aber so ..."

Johannes und Max wandten sich wieder dem Bildschirm zu.

„Zugegeben, das sieht richtig echt aus", sagte Johannes anerkennend. „Auf den ersten Blick merkt man gar nicht, dass etwas verändert wurde, aber beim zweiten Hinschauen fällt's einem auf."

„Und stell dir mal vor, wie das ist, wenn alle drum herumstehen, und in diesem feierlichen Moment merken sie plötzlich, was da gezeigt wird ..." Max war begeistert von der Vorstellung.

„Ich weiß nicht ..." Johannes war unschlüssig. „Ist das nicht etwas zu heftig?"

„Was die Matzke macht, ist auch heftig", ereiferte sich Max und wurde lauter, ohne es zu merken. „Alle sagen, dass man ihr mal das Maul stopfen muss, aber keiner tut's! Ich hab gehört, der einzige, der es mit ihr aufnimmt, ist der Brammer!"

Bei diesem Namen verzogen sich die Gesichter der beiden Jungs, als hätten sie in eine Zitrone gebissen.

„Der alte Spießer ist auch nicht viel besser", stellte Johannes fest. „Keine Ahnung, warum ausgerechnet Günni sich mit ihm gut versteht."

„So gut wohl auch nicht. Marieke hat doch erzählt, dass sie sich über das Mischpult gestritten haben."

„Mag sein, aber ..." Johannes zeigte auf den Bildschirm des Laptops. „Was machen wir jetzt damit?"

„Ich bin dafür, wir tun's.", antwortete Max fest entschlossen.

„Es gibt aber ein Problem", wendete Johannes ein. „Wir kriegen das nicht alleine hin. Das kostet Geld. Und wir brauchen Hilfe beim Ein- und Ausbauen."

„Das heißt, wir brauchen einen Verbündeten ...", überlegte Max.

„... der das Ganze auch bezahlt", ergänzte Johannes. „Einen Erwachsenen."

„Deinen Vater?" Max sah seinen Freund fragend an. Der hob gleich abwehrend die Hände: „Bloß nicht! Mit dem kann man sowas nicht durchziehen. Der wird Verständnis haben, aber dann wird er auch Verständnis für Frau Matzke haben und versuchen, uns das Ganze auszureden ... Nee, den lassen wir mal lieber aus dem Spiel. Außerdem haben wir ihm doch versprochen, keinen Mist zu machen."

„Stimmt, das haben wir. Aber das hier ist ja nicht einfach ein blöder Scherz", wandte Max ein. „Hier geht es um etwas Wichtiges."

„Tja ... und wen könnten wir jetzt einweihen?"

Ein paar Minuten herrschte brütendes Schweigen. Der Name, den Max dann nannte, stieß bei Johannes zuerst auf heftige Ge-

genwehr. Doch je länger sie darüber nachdachten, umso mehr wurde ihnen klar, dass ihr Vorhaben ohne diese Person niemals gelingen konnte. Doch was würde wohl über sie beide hereinbrechen, wenn sie ihren Plan offenbarten? Ablehnung, Wut, Entsetzen? Beschwerden bei ihren Eltern? Oder würden sie Unterstützung und Rückendeckung bekommen? Sie wussten es nicht. Es kam auf einen Versuch an.

Jetzt brauchten sie nur noch den Mut, tatsächlich zum Telefon zu greifen.

***

Donnerstag, 14. April, abends

„Das ist doch die Höhe!“, empörte sich Magda Ehrmann. „Das ist ungerecht! Das ist doch kein fairer Prozess!“

Sie deutete mit dem Finger auf ihre aufgeschlagene Bibel. Gerade eben hatte Theo Braun einen Absatz aus dem 14. Kapitel des Markusevangeliums vorgelesen. Die Teilnehmer des Bibelkreises hatten in ihren Ausgaben mitverfolgt, wie Jesus vor dem Hohen Rat stand und angeklagt wurde. „Hier steht, dass es falsche Zeugen gibt, die gegen Jesus aussagen. Das ist doch ein abgekartetes Spiel!“

„Sie haben Recht“, stimmte Theo ihr zu. „Offenbar wollen die Gegner Jesu ihn unbedingt mit allen Mitteln verurteilen und schrecken nicht davor zurück, bezahlte Zeugen auftreten zu lassen, die falsche Aussagen machen.“

„Und das bei einem öffentlichen Gericht!“ Frau Ehrmann war immer noch aufgeregt.

„Und das sind auch noch religiöse Leute, Priester und Schriftgelehrte und so“, stimmte Rita Stark ihr zu.

„Gut, dass so etwas heute in unserem Rechtsstaat nicht so einfach möglich ist“, stellte Herr Brammer fest.

„Da wär ich mir nicht so sicher“, knurrte Frieda Matzke. Sie wirkte heute Abend wieder einmal sehr angespannt. Eberhard Brammer wusste, dass sie nach dem gestrigen Telefongespräch wahrscheinlich noch immer wütend auf ihn war. Die anderen hingegen schrieben ihre schlechte Laune einfach ihrer Persönlichkeit zu.

„Wie meinen Sie das denn?“, fragte Irene Anders nach.

„Ich meine, dass auch heutzutage Vertreter der Justiz das, was anderen heilig ist, mit Füßen treten“, begehrte sie auf. „Ich meine die Polizisten, die die Pastorengräber durchwühlt haben! Und die Kirchenleute finden das anscheinend in Ordnung!“ Sie schoss einen giftigen Blick in Herrn Brammers Richtung.

„Aber Frau Matzke, das ist doch etwas völlig anderes“, kam Herr Brammer Theo zuvor. „Die Polizei hat doch ihre Arbeit gemacht im Dienste der Wahrheitsfindung. Hier im Text geht es dagegen um Wahrheitsverfälschung und krasse Ungerechtigkeit.“

„Wollen Sie mir etwa unterstellen, mir ginge es nicht um Wahrheit und Gerechtigkeit?“, rief Frieda Matzke. „Im Gegenteil, was ich sage, ist wahr: Die Gräber wurden entweiht! Und ich fordere Gerechtigkeit, ich fordere, dass die Kirchengemeinde so etwas nicht duldet, aber Sie ...“

„Beruhigen Sie sich, Frau Matzke“, rief Theo dazwischen. „Hier ist nicht der Ort, um persönliche Streitigkeiten auszutragen. Lassen Sie uns bitte wieder zum Bibeltext zurückkehren.“

„Ich dachte, wir sprechen hier darüber, was der Bibeltext für uns bedeutet“, giftete sie zurück. „Aber bitte ...“ Sie verschränkte demonstrativ die Arme und schaute feindselig in die Runde. Die anderen sahen einander verunsichert an.

„Ich frage mich, warum Jesus sich nicht verteidigt“, meldete sich Lieselotte Rustig. „Hier steht in Vers 61: *‚Er aber schwieg still und antwortete nichts.‘* Warum wehrt er sich nicht?“

„Vielleicht will er durch seine Haltung zeigen, dass er die ganze verlogene Veranstaltung nicht mitmacht“, mutmaßte Herr Brammer.

„Oder er weiß, dass sein Protest sowieso nichts bringt, und das kann ich gerade gut nachfühlen!“, zischte Frau Matzke. Ruckartig zückte sie ein Taschentuch und putzte sich die Nase.

„Immer noch Allergie?“ fragte Lieselotte Rustig mitfühlend. Frieda Matzke winkte nur unwirsch ab.

„Da gibt's doch diese Stelle im Alten Testament bei Jesaja ...“, erinnerte sich Magda Ehrmann, „wie geht das noch? *‚Wie ein Schaf, das zur Schlachtbank geführt wird ...‘* Moment, ich hab's gleich.“ Sie fing an, in ihrer Bibel zu blättern.

„Sie meinen Jesaja, Kapitel 53?“, half Theo.

„Ja, genau.“ Sie hielt beim Blättern inne und fuhr mit ihrem Zeigefinger die Zeilen hinab. „Hier steht es: *‚Als er gemartert ward, litt er doch willig und tat seinen Mund nicht auf wie ein Lamm, das zur Schlachtbank geführt wird; und wie ein Schaf, das verstummt vor seinem Scherer, tat er seinen Mund nicht auf.‘*“ Sie schaute in die Runde wie ein Kind, das einen Schatz entdeckt hat.

„Und was bedeutet das jetzt?“, fragte Rita Stark.

„Dort bei Jesaja geht es um den verheißenen Erlöser, der für uns leidet“, erklärte Theo und las die vorherigen Verse vor: *„Fürwahr, er trug unsre Krankheit und lud auf sich unsre Schmerzen. Wir aber hielten ihn für den, der geplagt und von Gott geschlagen und gemartert wäre. Aber er ist um unsrer Missetat willen verwundet und um unsrer Sünde willen zerschlagen. Die Strafe liegt auf ihm, auf dass wir Frieden hätten, und durch seine Wunden sind wir geheilt.“*

„Das heißt, Jesus sagt nichts zu seiner Verteidigung, um zu zeigen, dass er dieser Erlöser ist?“, überlegte Herr Brammer.

„Dann erfüllen sich also diese Worte bei Jesaja, als Jesus vor dem Hohen Rat steht“, stellte Rita Stark fest.

„Aber irgendwann sagt er dann ja doch wieder etwas“, gab Irene Anders zu bedenken. „Hier, in Vers 62. Als der Hohepriester ihn fragt, ob er der Erlöser sei, antwortet Jesus …“ Sie suchte die Stelle in ihrer Bibel und las: *„Ja, der bin ich. Ihr werdet den Menschensohn an der rechten Seite Gottes sitzen und auf den Wolken des Himmels kommen sehen.“*

„Genau, und an seiner Stelle wäre ich auch geplatzt!“, brach es aus Frieda Matzke heraus. „Diese vielen Verleumdungen und Intrigen gegen ihn! Ich weiß genau, wie man sich fühlt, wenn alle gegen einen sind! Still leiden hilft da nicht, da muss man standhaft bleiben und kämpfen!“

„Haben Sie den Eindruck, dass Jesus hier kämpft?“, fragte Theo.

„Na klar“, rief Frau Matzke. „Der zeigt hier doch allen endlich mal, wo der Hammer hängt! Das ist doch ’ne Ansage: Er ist der Erlöser, ihm gehört alle Macht, und wenn er am Ende der Tage wiederkommt, dann werden sie schon sehen, was passieren wird! Dann macht er im Gericht ein für alle Mal reinen Tisch und fegt die alle weg … oh, Entschuldigung!“ Mit einer heftigen Handbewegung hatte sie aus Versehen ihrer Bibel einen Stoß gegeben, sodass ihre Teetasse, die daneben stand, überschwappte. Sofort waren helfende Hände da, die Papiertaschentücher zückten und Teepfützen aufwischten.

„Tut mir leid, das wollte ich nicht", verkündete Frieda Matzke. „Aber der Tee war ja sowieso kalt. Naja, Hauptsache meine Bibel hat nichts abbekommen."

Irene Anders bückte sich und hob etwas auf, was unter den Tisch gefallen war. Jetzt hielt sie einen hellen, länglichen Streifen in der Hand. „Ich glaube, das haben Sie eben verloren ... oh, was für ein wunderschönes Lesezeichen!"

Frieda Matzke sah zu ihr hinüber. „Ja, das ist meins." Sie hielt die Hand auf, um es entgegenzunehmen, doch Irene betrachtete es noch fasziniert. „Das ist ja aus Stoff, und handbestickt! Haben Sie das selbst gemacht?"

„Ja, das hab ich gemacht. Könnte ich es bitte wiederhaben?"

Doch Frau Ehrmann und Frau Rustig reckten schon die Hälse, und Irene reichte es ihnen herüber. „Wir wollen nur mal kurz sehen ... oh, ganz feiner, sauberer Kreuzstich", lobte Magda Ehrmann. „So etwas kann heute kaum noch jemand", bedauerte Frau Rustig.

„Ich hatte auch einmal so ein schönes Lesezeichen für meine Bibel", erzählte Magda Ehrmann wehmütig. „Damals haben wir im Mädchenkreis hier in der Gemeinde welche gestickt. Aber vor einigen Jahren hat es mir jemand kaputt gemacht."

„Wer tut denn sowas?", fragte Irene Anders entrüstet.

„Billy", seufzte Frau Ehrmann. „Es war wohl aus meiner Bibel gefallen, ohne dass ich es gemerkt hatte, und neben seinem alten Socken gelandet ... ich gebe ihm immer einen alten Socken, wisst ihr, und den kann er dann zerkauen und zerreißen. Und da hat er wohl gedacht, das Lesezeichen wäre auch für ihn. Das war das einzige Mal, dass ich richtig böse auf ihn war!"

„Wenn ihr mit euren herzigen Hundegeschichten durch seid, könntet ihr mir vielleicht freundlicherweise mein Lesezeichen zurückgeben!", unterbrach Frieda Matzke. Aber da war das kleine Kunstwerk schon zu Theo Braun hinübergewandert. Der nahm es vorsichtig in Empfang.

Er hielt ein längliches Stück Leinen in den Händen, sorgfältig gesäumt und bestickt. Es war ein schlichtes Kreuz darauf mit einem kleinen Stern, und daneben stand: „Markus 14,62". Theo bewunderte die saubere Ausführung und die Regelmäßigkeit, mit der sich die Buchstaben in geschwungener Schrift aneinander reihten; lediglich zwischen der 1 und der 4 erschien ihm der Abstand eine Spur zu groß.

„So eine kunstvolle Handarbeit braucht bestimmt sehr viel Zeit und Geduld", sagte Theo anerkennend. „Ich selbst könnte so etwas nie im Leben ... ach, Moment mal! Ist das nicht die Bibelstelle, die wir gerade haben?", rief Theo erstaunt.

„Wie bitte?" Frieda Matzke schien überrascht.

„Ja, hier!" Theo hielt das Lesezeichen hoch. „Markus 14, Vers 62. Diese Bibelstelle scheint Ihnen viel zu bedeuten."

„Ah ja, das ... ist mein Konfirmationsspruch", erklärte Frau Matzke knapp. Als Theo ihr das Lesezeichen zurückgab, rammte sie es wie eine Axt zwischen die Seiten ihrer Bibel, schlug mit einem Rumms das Buch zu und sagte während des ganzen weiteren Abends kein Wort mehr.

Merkwürdig, dachte Theo. Diese Frau war unberechenbar. Er wurde aus ihrem Verhalten einfach nicht schlau.

***

Donnerstag, 14. April, zur gleichen Zeit

„Tut mir leid, Olli", sagte Leonie kleinlaut.

„Ach, nicht so schlimm", beruhigte Oliver sie. Er goss gerade Tee auf, schwarzen für sich und Roiboos-Vanille für Leonie. „Du hast dir wirklich Mühe gegeben. Die Ideen waren gut, nur eben nicht der Geschmack deiner Mutter." Er stellte die beiden dampfenden Becher auf den Küchentisch. „Nur gut, dass wir die Ideen nicht in die Tat umgesetzt haben."

Oliver setzte sich und schaute auf den Schreibblock, den Leonie vor sich liegen hatte. Da standen die Notizen ihrer letzten Planung, doch fast alle Stichworte waren jetzt mit einem dicken Balken durchgestrichen.

„Was bleibt denn noch?", fragte Oliver.

Leonie schaute auf ihre Liste. „Na ja, eigentlich nur noch der erste Vorschlag: Blumenstrauß, hinknien, fragen ..."

„Na gut." Oliver zuckte mit den Achseln. „Dann mach ich es eben so."

Aber Leonie wollte nicht so schnell aufgeben. „Uns ist einfach noch nicht die richtige Idee gekommen. Denk doch mal nach."

Beide hielten ihre Becher in den Händen und versanken in brütendes Schweigen, nur unterbrochen von gelegentlichem Pusten, damit der heiße Tee abkühlte.

„Vielleicht können wir irgendwie an eure erste Zeit anknüpfen, an etwas, das zu eurer Geschichte gehört. Erzähl doch mal ein bisschen von euch ..."

„Ach, ich weiß nicht." Oliver wirkte ein wenig peinlich berührt. „Das hast du ja selbst miterlebt. Zuerst war ich ja zu schüchtern, um sie anzusprechen. Dann hab ich euch zum ersten Mal besucht, um den Computer zu reparieren, und da wurde die Kaffeetasse umgestoßen und meine Hose war nass ... weißt du noch?"

Leonie grinste. Natürlich wusste sie es noch.

„Das war mir total peinlich", fuhr Oliver fort. „Ich dachte, ich könnte mich bei euch nie mehr sehen lassen und schrieb deiner Mutter einen Brief. Doch ich hatte nicht den Mut, ihn ihr zu geben, und wollte ihn frühmorgens in die Zeitungsröhre stecken. Aber dann ..."

„Das ist es!", rief Leonie plötzlich. „Die Zeitung, natürlich! Du schreibst ihr einen romantischen Brief und steckst ihn morgens in die Zeitung. Dann schlägt sie die Zeitung auf, findet den Brief, und erinnert sich daran, dass ihr ja durch Briefe zueinandergefunden habt. Dann öffnet sie den Umschlag ..."

„Und was schreib ich da?", fragte Oliver hilflos.

„Na, dass du immer daran zurückdenkst, wie es war, als ihr euch kennengelernt habt, dass da Briefe und Missverständnisse hin- und hergingen, aber du froh bist, dass ihr euch gefunden habt, und dass du willst, dass dieser Brief jetzt direkt ihr Herz erreicht ... sowas halt. Ganz einfach!"

Oliver hatte sich, während sie sprach, Leonies Block geschnappt und schrieb hektisch mit. „Das ist gut", murmelte er. „... di-rekt-ihr-Herz-er-reicht ... hab ich mitgeschrieben!" Er sah zufrieden aus.

„Am besten, du machst es Samstag früh. An dem Morgen geht sie immer so um Neun in die Küche, stellt die Kaffeemaschine an, geht dann zur Gartenpforte, um die Zeitung zu holen, nimmt sich einen Kaffee und blättert sie durch."

„Und dann?"

Dann warten wir beide heimlich im Flur ..."

„Äh – du auch?"

„Natürlich!" sagte Leonie entrüstet. „Glaubst du etwa, ich lass mir das ... ich lass dich allein? Ich muss dich doch heimlich reinlassen, der Schlüssel wäre viel zu laut. Außerdem muss ich aufpassen, dass du nicht kneifst!"

Anscheinend fand Oliver diese Argumente einsichtig. „Und wie geht es dann weiter?", fragte er.

„Wir warten im Flur, bis sie den Brief entdeckt und gelesen hat", spann Leonie den Plan weiter. „Wir hören das ja; sie wird überrascht rufen oder romantisch seufzen oder so. Dann kommen wir rein, und dann kommen Kniefall, Frage, Ring ..."

„Ah, Ring! Brauch ich ja auch noch." Oliver griff noch einmal nach dem Block und schrieb das Stichwort unter seine Notizen.

„Und was kommt dann?", fragte er.

„Kuss und Frühstück", antwortete Leonie, und Oliver spürte, dass er nach dieser anstrengenden Romantikplanung Hunger bekam.

***

Freitag, 15. April, vormittags

Theo ging langsam den Gang entlang, vorbei an vielen Türen, die links und rechts in Büros führten. Er konnte ein gewisses Maß an Beklemmung nicht abschütteln, das sich am Eingang eingestellt hatte, als er feststellte, dass man nicht einfach in dieses Gebäude hereinspazieren konnte. Erst nachdem er der Frau in Uniform hinter einer Glasscheibe sein Anliegen nannte, öffnete sich die Tür, und er durfte eintreten.

„Den Gang hinunter und die vorletzte Tür links", hatte die Polizistin freundlich gesagt und ihm mit der Hand den Weg gewiesen. Jetzt wanderte er zwischen den nüchternen bilderlosen

Wänden hindurch und schaute verstohlen links und rechts auf die Türschilder. Hin und wieder blickte er durch offene Türen auf Schreibtische, Uniformen, Computer und Stahlschränke.

„Hier entlang, Herr Pastor!", hörte er eine Stimme. Der Kopf von Kommissar Kowalski schaute weiter vorn aus einem Zimmer heraus und verschwand gleich wieder. Theo beschleunigte seinen Schritt und stand gleich darauf im Büro des Kommissars. Der gab ihm die Hand, ging zu seinem Schreibtisch und wies einladend auf einen Stuhl davor. Theo setzte sich und sah sich um. Der Raum war hell, mit einer großen Fensterfront, die zu einem großen Parkplatz hinausging. Die Einrichtung war sachlich bis nüchtern: Büroschränke und Schreibtisch in stählernem Grau, die Wände schmucklos weiß, Aktenordner, eine Rechtssammlung in einem Regal, in der Ecke eine Kaffeemaschine mit Bechern daneben. Alles war aufgeräumt und geordnet; das hatte sich Theo ganz anders vorgestellt.

„Ja, ich weiß, ein bisschen mehr Deko könnte hier nicht schaden", kommentierte der Kommissar die umherwandernden Blicke seines Besuchers. „Aber wir sind gerade erst in diesen Neubau umgezogen. Im alten Gebäude war es zu eng, aber auch irgendwie ... gemütlicher." Kowalski lächelte ihn an und Theo überlegte, was an einem Polizeirevier überhaupt gemütlich sein konnte.

„Aber die Inneneinrichtung unseres Reviers ist ja nicht der Grund, weshalb ich Sie angerufen habe." Kowalski griff nach einer Akte und schlug sie auf.

„Ich möchte Sie bitten, mir etwas zur Verfügung zu stellen, was mir bei meinen Überlegungen helfen könnte", begann der Kommissar.

Theo machte eine offene Handbewegung: „Gerne, was brauchen Sie denn?"

„Ihre Menschenkenntnis", antwortete Kowalski. Und auf Theos erstaunten Blick hin fuhr er fort: „Sie sind Seelsorger, Sie kennen Ihre Leute und wissen viel darüber, was in Menschen vorgehen kann. Daher schlage ich ein kleines Experiment vor. Ich erzähle Ihnen den Anfang einer Geschichte und wir sehen gemeinsam, wie sie weitergehen könnte, einverstanden?"

Theo kam sich etwas überrumpelt vor, doch er willigte ein.

„Stellen Sie sich vor, ein Mädchen wird ungewollt schwanger.

Und nehmen wir an, der Vater ihres Kindes ist weg und es gibt keinen Rückhalt von den Eltern. Was wird sie tun?"

„Zu einer Beratungsstelle gehen?", mutmaßte Theo.

„Guter Vorschlag", sagte Kowalski. „Doch jetzt versetzen Sie sich einmal zurück in die frühen Sechzigerjahre."

„In die frühen Sechziger?", rief Theo überrascht aus. In seinem Gesicht spiegelten sich sämtliche Fragen, die ihm in diesem Moment durch den Kopf schossen. Aber er behielt sie für sich und kehrte zu den Überlegungen des Kommissars zurück.

„Zu der Zeit ist es sicherlich schwieriger für die junge Frau, besonders auf dem Land", überlegte er.

„Also, was tut sie?"

„Hmm, zu der Zeit ..." Theo überlegte. „Da gibt es nicht viele Möglichkeiten. Entweder illegal abtreiben lassen ... oder das Kind bekommen."

„Und im Dorf wäre dann der Ruf ruiniert, oder?"

„Ja, wahrscheinlich", vermutete Theo. „Sie würde lange Zeit schief angesehen werden, und es könnte sogar sein, dass ihr Kind später auf Ablehnung stoßen würde."

„Wenn, aus welchen Gründen auch immer, eine Abtreibung ausgeschlossen wäre und ihr klar würde, welche Zukunft sie als alleinerziehende Mutter im Dorf hätte ..."

Theo merkte, in welche Richtung der Kommissar seine Gedanken lenken wollte. „Sie meinen, dann würde sie abhauen und das Kind an einem anderen Ort bekommen?"

„Ist das so abwegig?", fragte Kowalski.

„Ich weiß nicht ..." Theo zögerte. „Wir reden doch hier über die Babyleiche, die auf unserem Friedhof gefunden wurde. Wenn da eine junge Mutter aus ihrem Dorf in unser Dorf geflohen wäre – was hätte sie dadurch gewonnen? Meine Gemeinde in allen Ehren, aber ich vermute, damals wäre es ihr in dieser Gegend genauso gegangen wie anderswo auch. Sie müsste schon ziemlich verzweifelt sein, um so zu handeln."

„Ich denke, wir können davon ausgehen, dass sie verzweifelt war." Rainer Kowalski erhob sich, ging zu der Kaffeemaschine, nahm sich einen Becher und sah Theo fragend an: „Sie auch?"

„Nein Danke", lehnte Theo ab. Er war gerade zu angespannt.

„Trotzdem stimmt etwas nicht an dieser Geschichte“, gab Theo zu bedenken. „Wie konnte die junge Frau das Kind bekommen, ohne dass es jemand merkte? Denn es muss heimlich passiert sein, das ist doch klar, oder? Bei allem Tratsch, der gerade durchs Dorf geht, kommt keine Erinnerung an eine schwangere Frau hoch, die auf einmal wieder schlank war, ohne dass da weit und breit ein Kind zu sehen war.“

„Das stimmt, was Sie sagen.“ Der Kommissar kam mit seinem dampfenden Becher zum Schreibtisch zurück und rührte darin herum. „Deshalb komme ich auf folgendes Szenario: Sie wird schwanger, ihre Lebensumstände werden immer belastender, sie haut schließlich ab, kommt hier an, wo sie keiner kennt, versteckt sich, was weiß ich wo ...“

„Gut, das war sicherlich für kurze Zeit möglich. Schuppen und Scheunen gab es genug“, gab Theo zu.

„Sehen Sie, so könnte es gewesen sein“, fuhr Kowalski fort. „Die ganze Geschichte hat nur einen Haken: Sie ist völlig spekulativ. Fest steht nur: Sie bringt das Kind zur Welt ... und dann ...“ Er macht eine bedeutsame Pause.

Theo sah ihn gespannt an. „Was dann?“, fragte er.

„Genau an diesem Punkt möchte ich gern Ihre Hilfe in Anspruch nehmen.“ Der Kommissar stellte seinen Becher ab und beugte sich vor. „Ich habe meine eigenen Schlussfolgerungen, doch ich möchte wissen, ob Sie das genauso sehen, von ihrem Standpunkt als Seelsorger aus. Ich zeige Ihnen jetzt eine Auflistung dessen, was wir bei der Leiche des Kindes gefunden haben, und Sie sagen mir, wie die Geschichte Ihrer Ansicht nach weitergeht, in Ordnung?“

Er reichte Theo ein Blatt Papier über den Tisch und wartete geduldig. Theo vertiefte sich in die Liste. Seine Lippen bewegten sich lautlos, als ob er einen schwer verständlichen Text lesen müsste. Ab und zu ließ er einzelne Wörter hören wie „Moos und Blumen, aha ...“ oder „zur Konfirmation, sieh an ...“ Schließlich ließ er die Liste sinken.

„Und?“, forderte ihn Kowalski auf.

„Sie hat das Kind nicht getötet.“ Theo erschrak selbst ein wenig darüber, wie überzeugt er sich anhörte; in Wirklichkeit fühlte er sich gar nicht so sicher. Aber er hatte dieses Spiel nicht angefangen, sondern sein Gegenüber.

„Ich glaube es jedenfalls nicht – so wie sie ihr Kind beerdigt hat ..."

„Erzählen Sie bitte genau, was sie aus welchem Grund Ihrer Meinung nach getan hat." Der Kommissar sah ihn erwartungsvoll an.

„Also, ich stelle mir vor, sie hält ihr totes Kind in den Armen und überlegt, was sie tun soll. Dann nimmt sie die Kiste ..."

„Wo hat sie die her?", unterbrach ihn der Kommissar. „Und warum hat sie die bei sich? Ist diese Kiste nicht eher ein Beweis dafür, dass unsere Geschichte Humbug ist? Kein Mensch nimmt doch auf der Flucht, wenn man nur das Nötigste einpacken kann, eine so große Blechkiste mit!"

„Vielleicht doch", wendete Theo ein, „wenn es mehr ist als nur eine Blechkiste. Denn man nimmt nicht nur das Nötigste auf eine Flucht mit, sondern auch das Wertvollste."

Theo sah, wie Kowalski langsam nickte und fuhr fort: „Früher bewahrten Kinder, und besonders Mädchen, in solchen ausrangierten Kisten gern ihre persönlichen Schätze auf. Und wenn diese junge Frau von zu Hause wegläuft, weil es dort keinen Schutz mehr gibt, dann ist es verständlich, wenn sie persönliche Gegenstände mitnimmt, die ihr einen Rest von Geborgenheit geben, und die sind in dieser Kiste. Sie ist für sie so etwas wie ..."

„Eine Schatzkiste", murmelte Kowalski.

„Ja, genau das wollte ich sagen." Theo war für die Bemerkung dankbar. „Und jetzt nimmt sie alles heraus, denn jetzt kommt ihr größter Schatz hinein – ihr Kind!"

„Und woher wollen Sie wissen, dass sie diese warmen Gefühle für ihr Baby hat?" Die Stimme des Polizisten hörte sich skeptisch an. „Vielleicht empfindet sie in diesem Augenblick gar nichts oder hasst den kleinen Jungen sogar, weil die Schwangerschaft mit ihm schließlich ihr Leben zerstört hat. Vielleicht bringt sie ihn deswegen um und will jetzt einfach nur den Leichnam loswerden ..."

„Dagegen sprechen das Moos und die Blumen", wendete Theo ein. „Sie legt ihn ja nicht einfach in die harte Kiste. Sie bereitet ihm darin ein weiches Bett aus Moos. Dann nimmt sie das

Tuch ..." Theo warf noch einmal einen Blick auf die Liste vor ihm. „Offenbar reißt sie noch ein Stück ab, damit es die richtige Größe hat."

Der Kommissar nickte anerkennend.

„Sie wickelt ihren Sohn ein, bettet ihn vorsichtig in die ausgepolsterte Kiste, legt Blumen dazu und den vermutlich wertvollsten Gegenstand, den sie besaß und der ihr viel bedeutet haben muss."

„Das Silberkreuz?"

„Ja. Aus vielen Gesprächen bei Goldenen Konfirmationen weiß ich, dass sich tiefe Emotionen und Erinnerungen mit so einem Gegenstand verbinden können."

Der Kommissar lehnte sich zurück; seine Miene wirkte jetzt entspannter. „Also hat sie ihren Sohn geliebt?"

„Ja, mit Sicherheit", versicherte Theo. „Und deshalb glaube ich nicht, dass sie ihn getötet hat. Ich vermute eher, dass ihr Kind die Geburt nicht überlebte, und sie ihren Jungen dann heimlich begraben hat. Die Kiste, die Blumen, das Tuch, das Kreuz ... das deutet doch eher auf einen Abschied mit großer Liebe und Schmerz hin."

„Hm." Kommissar Kowalski sah den Pastor nachdenklich an. „Wissen Sie was, Pastor Braun? Ich denke mir das ähnlich wie Sie. Aber das Problem ist: Das sind alles nur Vermutungen. Es gibt keine Beweise für diese Theorie, es sind nur psychologische Rückschlüsse."

Er nahm einen Schluck Kaffee. „Es gibt allerdings auch keine Beweise für Mord. Der Rechtsmediziner hat zwar keine Spuren von Gewalteinwirkung feststellen können. Das ist aber nach dieser langen Zeit bei dem Zustand der Leiche auch kaum noch möglich. Eine Tötung durch Ersticken oder Vergiften ließe sich nicht mehr nachweisen. Natürlich haben wir DNA-Spuren gesichert, aber mit wem wollen Sie die abgleichen? Wenn nicht noch weitere Spuren und Hinweise auftauchen, werden wir wohl kaum in dieser Sache weiterkommen."

Theo legte den Kopf schief. „Warum führen wir dann dieses Gespräch?", fragte er.

„Ich wollte verstehen, was da passiert ist", antwortete der Kommissar. „Jedenfalls wollte ich es versuchen. Ich wollte wissen, ob auch andere außer mir sich diesen Fall so zusammenreimen. Und da habe ich die Chance genutzt, mit jemandem zu sprechen, der die Sache aus der Sicht eines Seelsorgers betrachtet. Und der unter Schweigepflicht steht. Sie haben mir sehr geholfen, vielen Dank."

„Ich frage mich nur eins", überlegte Theo. „Warum begräbt sie ihren Sohn an dieser Stelle und nicht woanders? Warum in dieser Ecke mit den Pastorengräbern?"

„Vermutlich, weil es alte Gräber sind, die nicht mehr belegt werden. Niemand hebt dort neue Gruften aus, dort kommen keine Angehörigen mehr hin, und es werden nur die nötigsten Gartenarbeiten verrichtet, sodass die Kiste unentdeckt bleibt."

„Oder es gibt noch tiefere Gründe ..." Theo starrte versunken vor sich hin.

„Welche?" Mit dieser Frage holte ihn Kowalski nach einer Weile aus seinen Gedanken.

Theo schreckte hoch: „Wie bitte? Ach, ich weiß nicht ... keine Ahnung. Wie geht es jetzt eigentlich weiter?"

„Die Staatsanwaltschaft prüft gerade, ob Anklage wegen eines Tötungsdelikts erhoben wird. Ich gehe angesichts der Indizienlage allerdings nicht davon aus. Und andere mögliche Vergehen wären inzwischen verjährt."

„Welche wären das?", erkundigte sich Theo.

„Störung der Totenruhe, illegale Bestattung ... wie auch immer, diese Akte wird höchstwahrscheinlich ..." – er klappte den Aktendeckel zu – „... geschlossen."

***

Freitag, 15. April, mittags

Sie hatte es gerade noch von ihrer Haustür bis zum nächsten Stuhl geschafft. Jetzt saß sie schwer atmend in ihrer Küche und schaute auf den Umschlag in ihrer Hand, der eben gerade durch den Briefschlitz in ihrem Flur gelandet war. Ihr Name stand darauf, in Josefs Handschrift. Und seinen Namen hatte er als Absender oben links in die Ecke geschrieben. Das war normal, das machte man so, sagte sich Rita Stark. Doch in ihr stieg die Angst auf, es könnte ein Zeichen für den Inhalt des Briefs sein – für den Abstand, den er vielleicht zu ihr haben wollte.

Sie hatte noch nie einen Brief von ihm bekommen. Wozu auch? Sie lebten ja in einem Dorf und hatten sich häufig gesehen. Nun fühlte es sich fremd an, persönliche Worte von ihm zu bekommen, ohne ihm in die Augen sehen zu können.

Wieder wogte eine Welle der Furcht durch ihren Bauch. Vielleicht hat er eben deshalb diese Situation gesucht, um ihr zu sagen, was sie am meisten fürchtete?

Das Küchenmesser, mit dem sie immer ihre Briefe öffnete, lag neben ihr auf dem Tisch, doch noch fand sie nicht den Mut, es zu benutzen. Sie befühlte den Umschlag; er war prall gefüllt und schwer. Die Briefmarke zeigte, dass Josef mit dem üblichen Porto nicht ausgekommen war.

So viele Seiten, nur für sie ...

Langsam griff ihre Hand zum Messer. Das Papier gab mit einem ratschenden Geräusch nach. Rita musste kräftig an den gefalteten Bögen ziehen, die fast das Aufnahmevermögen des Umschlags sprengten. Dann hielt sie seinen Brief in der Hand. Seine Handschrift wirkte sauber und sicher. Mit klopfendem Herzen begann sie zu lesen.

Sonntag, den 10. April

Liebe Rita!
Jetzt bin ich nach zwei Wochen hier im Kloster Burwalde angekommen. Mir geht es gut; mein Körper hat sich nach und nach an die Anforderungen des Wanderns gewöhnt, was ich ihm nie zugetraut hätte.

Aber wie du weißt, bin ich nicht der Fitness wegen zu dieser Pilgerreise aufgebrochen. Ich hatte gehofft, dass dieser Weg für mich ein Mittel ist, auch innerlich weiterzukommen, und ich möchte dir gern in diesem Brief erzählen, worum es dabei geht.

Die letzten Monate mit dir waren sehr schön. Wir haben viel Zeit zusammen verbracht und verstehen uns gut. Du hast mir sehr offen alles über dich erzählt. Wie verwirrend muss es für dich gewesen sein, als du gemerkt hast, dass ich dagegen immer dann, wenn du mehr über meine Vergangenheit erfahren wolltest, sehr einsilbig wurde.

Und du hast sicherlich auch gespürt, dass ich mich gescheut habe, den nächsten Schritt zu tun und dir meine Liebe zu gestehen. Du bedeutest mir sehr viel, und ich habe gespürt, dass es für dich umgekehrt genauso ist. Aber dennoch konnte ich diesen Schritt noch nicht tun, obwohl du dich danach sehnst und ich mich auch.

Beides hängt miteinander zusammen, und du sollst jetzt alles darüber erfahren. Ich hoffe, du kannst mich verstehen.

Bevor ich vor fünfzehn Jahren nach Norddeutschland gezogen bin, habe ich ein ganz anderes Leben geführt als heute. Ich war verheiratet; meine Frau hieß Regina. Eineinhalb Jahre nach unserer Hochzeit bekamen wir unsere Tochter Anne. Nach außen hin schien alles perfekt: eine Familie, ein Haus und ein Einkommen, das einen gehobenen Lebensstandard ermöglichte. Einen sehr gehobenen Lebensstandard! Wir waren reich, das kann man so sagen. Ich hatte die Firma meines Vaters übernommen und sie zu einem großen Unternehmen aufgebaut, das schließlich weltweit tätig war. Ob es teure Urlaubsreisen waren, Kleidung, Autos oder Schmuck: Wir konnten es uns leisten. Und dennoch waren wir arm – aber das habe ich erst später gesehen. Viel zu spät. Wir waren arm an Liebe, denn Liebe braucht Zeit miteinander.

Und die hatte ich nicht, denn ich habe eigentlich immer nur gearbeitet. So ein Unternehmen verlangt vollen Einsatz. Ich dachte, ich würde für meine Familie arbeiten, für meine Frau und meine Tochter Anne. Heute weiß ich, dass ich einer Lüge auf den Leim gegangen war. Ich habe für mich gearbeitet, für meinen Erfolg, der immerzu gehalten und gesteigert werden musste. Ich merkte nichts von der schleichenden Entfremdung zwischen mir und Regina. Wie denn auch? Ich war ja kaum noch zu Hause.

Eines Tages kam ich von einer Geschäftsreise zurück, und schon als ich den Schlüssel im Schloss herumdrehte, hatte ich plötzlich das Gefühl, dass etwas anders war als sonst. Drinnen war alles perfekt eingerichtet und aufgeräumt – perfekt und steril. Und leer.

Um es kurz zu machen: Regina war weg und hatte Anne mitgenommen. Meine Tochter war damals fünf Jahre alt.

Wir wurden geschieden, und ihr wurde das Sorgerecht für Anne zugesprochen. Natürlich hatte ich das Recht, sie regelmäßig zu sehen. Doch Regina verhinderte das systematisch. Die ersten Male rief sie noch in letzter Minute an und sagte das Treffen ab; Anne sei krank geworden oder wollte mich partout nicht sehen, hieß es. Dann war sie auf einmal an einen unbekannten Ort verzogen, und auch telefonisch war sie nicht mehr zu erreichen. Was ich auch unternahm, ich konnte ihren Aufenthaltsort nicht herausbekommen. Mein Anwalt konnte mir da auch nicht helfen. Regina hatte das gut geplant, und sie hatte eine Menge Zeit dazu gehabt.

Das letzte Mal hatte ich meine Frau bei dem Scheidungsprozess gesehen. Ich habe noch vor Augen, wie sie abgeschirmt durch ihren Anwalt in ein Auto stieg, als ich gerade aus dem Gebäude kam. Ich sah durch die Scheibe das Gesicht meiner Tochter. Ich rief ihren Namen; ich rief ihr zu: „Ich werde immer für dich da sein!" Den Blick, den sie mir damals zuwarf, werde ich nie vergessen.

Es war der stärkste Schmerz, den ich jemals empfunden habe. Ich hatte meine Frau verloren, das war schlimm. Doch meine Tochter zu verlieren, schien mir unerträglich. Und dennoch – seitdem habe ich sie nie wiedergesehen. Ich habe nie herausbekommen, wo sie war. Alle meine Briefe kamen mit dem Vermerk „Adressat unbekannt" zurück. Ich kam an keine Adresse und keine Telefonnummer. Ich zahlte regelmäßig großzügigen Unterhalt auf ein Konto, das sich allerdings auch nicht zurückverfolgen ließ.

Ich hatte geschäftlich eine längere Auszeit genommen. Jetzt, als alles zu spät war, war das plötzlich möglich! Ich ging für ein paar Wochen in ein Kloster. Habe ich dir erzählt, dass ich katholisch war? Jedenfalls fand ich dort gut ausgebildete Begleiter, die mir halfen, meine Situation durchzuarbeiten. Ich bekam Kraft, alles so anzunehmen, wie es war. Ich konnte alles in Gottes Hand legen. Und ich zog Konsequenzen.

Ich beschloss, noch einmal ganz neu anzufangen. Ich verkaufte die Firma, das Haus, die Autos, und zog nach Norddeutschland, dorthin, wo ich jetzt lebe. Ich wollte ein bescheidenes Haus, ein einfaches Leben, eine übersichtliche Welt. Auf diesem Niveau kann ich bis heute von dem damals verdienten und gut angelegten Geld leben, und muss sagen: Ich vermisse nichts aus meinem vorherigen Leben. Ich ging in eure Gemeinde und beschloss, meine Zeit und Aufmerksamkeit fortan den wirklich wichtigen Dingen im Leben zu widmen: Menschen und Gott.

Und es gab noch etwas, das ich mir geschworen hatte: Ich wollte nie wieder heiraten. Denn es gab einen wunden Punkt, der mich bis heute quält: Dass ich zweimal ein wichtiges Versprechen gebrochen hatte. Das erste Versprechen hatte ich meiner Frau vor dem Traualtar gegeben – und es war meine Schuld, dass die Ehe scheiterte!

Und das zweite Versprechen waren die Worte an meine Tochter: „Ich werde immer für dich da sein!" Ich konnte dieses Versprechen nie einlösen. Egal, ob ich dazu überhaupt eine Chance hatte oder nicht: Ich habe es nicht gehalten!

Das ist meine große Schuld, und ich habe gemerkt, dass ich auch mit einem radikalen Neuanfang vor meiner Geschichte nicht weglaufen kann. Wie heißt es so treffend in Psalm 51: „Denn ich erkenne meine Missetat, und meine Sünde ist immer vor mir." So fühle ich mich in dieser Sache. Petrus hatte unseren Herrn Jesus Christus dreimal verraten, aber gleich danach komm ich mit meinem zweifachen Wortbruch.

Und dann kamst du, Rita!

Ich war auf dich nicht vorbereitet. Ich hatte dich jahrelang als Küsterin der Gemeinde wahrgenommen; eine nette Frau, so wie es viele nette Menschen in diesem Dorf gibt. Aber dann, im letzten Sommer ... du weißt ja, wie wir uns plötzlich näherkamen.

Es war unverhofftes Glück. Und gleichzeitig bekam ich Panik! Denn auch wenn wir uns einander zaghaft näherten – wir beide wussten, was gerade mit uns geschah, oder?

Eines kann ich dir versichern: Ohne mein Vorleben hätte ich dir längst einen Heiratsantrag gemacht. Mein Herz spricht eine eindeutige Sprache und würde am liebsten keinen Widerspruch zulassen. Und dennoch gibt es da einen Einspruch, und mein Kopf sagt: Der wiegt schwer!

Was ist mit meinen bisherigen Versprechen?

Ich hatte meiner Frau die Treue versprochen, und auch wenn ich jetzt zu eurer evangelischen Gemeinde gehöre – tief in meinem Inneren glaube ich, dass die Ehe unauflöslich ist. Wenn ich ihr die Ehe versprochen und gebrochen hatte – und so sehe ich meinen Anteil an der Geschichte – wie kann ich dann dir die Ehe versprechen? Ich möchte nicht noch einmal so etwas versprechen und nicht halten können!

Und wenn ich meiner Tochter versprochen hatte, immer für sie da zu sein, und es nicht halten konnte – wie kann ich dann dir versprechen, immer für dich da zu sein? Du bist mir viel zu wertvoll, als dass ich dich enttäuschen könnte!

Ich hatte geschworen, nie mehr zu heiraten, um niemanden mehr zu verletzen. Jetzt bist du da, und – ja, es ist wahr: Ich liebe dich! Ich wünsche mir nichts sehnlicher, als mit dir für immer zusammen zu sein! Und da ist diese Stimme in mir, die sagt: Du kannst das nicht tun – um ihretwillen! Du kannst sie nicht in den unheilvollen Strudel deines früheren Lebens und deiner Wortbrüche hineinziehen!

Verstehst du jetzt, wie es in mir aussieht?

Drei Stunden später. Der Brief hat Kraft gekostet, aber ich bin erleichtert. Ich glaube, besser kann ich es nicht sagen. Ich denke, ich werde diesen Brief noch ein paar Tage mit mir herumtragen, bevor ich ihn abschicke. Doch du sollst ihn erhalten, bevor ich am nächsten Sonntag zurückkomme.

Herzliche Grüße – ich liebe dich!
Josef

***

Freitag, 15. April, früher Abend

Die Sonne stand schon tief und färbte den Himmel rot, als Theo den Friedhofsweg entlangging. Die Grabsteine links und rechts von ihm warfen lange Schatten, und hier und da sah er das flackernde Rot einzelner Grableuchten. Theo wusste, dass einige Leute Friedhöfe unheimlich fanden, und für einen Augenblick kamen ihm Szenen aus den Horror-Romanen in den Sinn, die seine Frau geschrieben hatte. Doch für ihn, der direkt neben dem Friedhof wohnte und regelmäßig hier arbeitete, strahlte dieser Ort Ruhe und Frieden aus.

Um diese Zeit war er hier allein, und genau das wollte er. Seine Gedanken kreisten immer wieder um die Kiste mit der Leiche des kleinen Jungen und darum, welche Geschichte wohl damit verbunden war. Wenn die Vorstellungen des Kommissars halbwegs richtig waren – was musste in der Mutter damals vorgegangen sein?

Theo versuchte, sich ihre Angst und Not vorzustellen, aber auch ihre Entschlusskraft. War es der Mut der Verzweiflung, der sie dazu trieb, das Kind heimlich auf dem Friedhof zu begraben? War es einfach das Naheliegendste, es bei den alten Pastorengräbern zu tun, weil dort niemand mehr den Spaten ansetzen würde? Oder war noch etwas anderes mit im Spiel?

Theo hatte das Gefühl, noch einmal zum Fundort gehen zu müssen, um mit seinen Überlegungen weiterzukommen. Jetzt näherte er sich den historischen Grabsteinen mit ihrem altmodisch geschwungenen Rand, die etwas höher aufragten als die modernen. Er blieb vor der Grabstätte stehen. Mittlerweile war das Absperrband verschwunden. Der Efeubewuchs war zwar wieder hergerichtet, doch man sah noch deutlich die Spuren der Ermittlungen; die Polizei hatte hier wirklich jeden Zentimeter durchkämmt. Als Ausgleich dafür lagen etliche Blumensträuße auf den Bodendeckern; Zeichen dafür, dass das rätselhafte Schicksal des kleinen Jungen, der hier vor vielen Jahren heimlich begraben wurde, viele Menschen im Ort berührte.

Theos Blick ging weiter über die Grabsteine; das Licht der Abendsonne ließ den Sandstein orange leuchten. Er war immer wieder fasziniert von dem vielen Text, der anders als bei heutigen Grabsteinen die gesamte Fläche in Anspruch nahm. Nicht nur Namen, Geburts- und Sterbedaten wurden da genannt, sondern auch die Dienstjahre, der Name der Ehefrau und die Anzahl der Kinder. Und darüber Sätze wie: *„Hier erwarten eine fröhliche Auferstehung die sterblichen Gebeine von Pastor Heinrich Mertens ...“*

Theo stutzte. Konnte das sein? Ging es vielleicht am Ende auch darum?

Er schüttelte den Kopf. Das kam ihm zu abstrus vor. Doch andererseits – es hatte eine Logik, die ihm nicht mehr aus dem Kopf ging.

***

Samstag, 16. April, frühmorgens

„Komm, Billy, komm!“ Magda Ehrmann sah zu ihrem Dackel zurück, der sich nur schwer von dem Geruch am Fuß der Straßenlaterne trennen konnte. Jetzt riss er sich los und trottete hinter seinem Frauchen her.

Oliver Schütz schaute vorsichtig um die Ecke. Mittlerweile wusste er, zu welcher Zeit die neugierige alte Dame ihren Dackel ausführte. Er wollte auf keinen Fall, dass sie ihm diesmal in die Quere kam. Doch hier hinter der dichten Hecke in der Seitenstraße hatte sie ihn sicher nicht bemerkt. Er wartete noch eine Minute. Dann wagte er sich aus der Deckung.

Er schaute auf die Uhr; es war viertel vor Sieben. Die Straße lag noch im morgendlichen Dämmerschlaf. Mit raschen Schritten ging er den Gehsteig entlang, bis er vor Irenes Haus stand. Er sah prüfend zu den Fenstern; es schien alles ruhig zu sein.

Hinter der Gartenpforte ragte die Morgenzeitung aus der Plastikröhre mit der Aufschrift des Lokalblatts. Oliver zog sie vorsichtig heraus, was gar nicht so einfach war; die Wochenendausgabe war diesmal so dick, dass sie fest in der Röhre klemmte. Doch schließlich gab sie nach und lag schwer in seiner Hand.

Oliver zog den Brief hervor; er hatte lange gebraucht, um im Schreibwarengeschäft das richtige Briefpapier samt Umschlag auszusuchen, und noch länger, um den Brief danach zu schreiben. Gestern hatte er einen ganzen Papierkorb mit zerknüllten Entwürfen gefüllt; gut, dass heute Altpapierabfuhr war, dachte er und sah unwillkürlich zur Tonne, die auch vor Irenes Haus an der Straße stand.

Doch am Ende hatte er es geschafft, die richtigen Worte zu finden, und nun schlug er die Zeitung auf, um den Umschlag an der richtigen Stelle zu platzieren. Dabei rutschte ein dicker Stapel Werbeprospekte heraus, den er gerade noch auffangen konnte. Das hätte ihm gerade noch gefehlt, dachte er erschrocken. Dass die am Wochenende auch immer so viel Reklame reinlegen mussten!

Er schob die Prospekte wieder in die Zeitung zurück, als er stutzte. Ein Hochglanzfoto schaute aus dem Stapel heraus: Ein Paar am Strand vor untergehender Sonne. Er zog es hervor und hielt eine Werbung für Trauringe in der Hand. Die Angebote waren nicht schlecht, doch er war bereits versorgt; seine Hand tastete nach dem kleinen Kästchen in seiner Jackentasche. Das Bild fand er dagegen unerträglich kitschig, wie die Buchcover dieser Schnulzenromane von Jane Bennett: rote Abendsonne, Wellen, Strand,

Händchenhalten ... aber vielleicht würde Irene das romantisch finden? Ja, diese Werbung würde ihr mit Sicherheit auffallen. Warum sollte er nicht seinen Brief in diesen Prospekt legen? Das passte thematisch doch perfekt!

Kurz entschlossen schob er den Umschlag zwischen die glitzernden Abbildungen, sodass er fest in der Mitte klemmte, legte den Stapel Reklame wieder in die Zeitung zurück und verstaute alles zusammen in der Zeitungsröhre.

Zufrieden machte er sich davon. In etwa einer Stunde würde Leonie ihn heimlich ins Haus lassen. Er merkte, wie sein Herz klopfte. Jetzt konnte eigentlich nichts mehr schiefgehen!

***

Samstag, 16. April, kurz vor 9 Uhr

Theo sprang in sein Auto, zog die Fahrertür zu und drehte den Zündschlüssel. Normalerweise ging er zu Fuß oder nahm das Fahrrad, wenn er im Dorf unterwegs war. Doch die Stimme von Herrn Pohlmann hatte am Telefon so dramatisch geklungen, dass er jetzt das Auto nahm. „Herr Pastor, bitte kommen Sie schnell", hatte Theo seine Stimme noch im Ohr, „Frau Matzke dreht jetzt völlig durch! Sie steht vor meinem Laden und will Unterschriften gegen Ihren Organisten sammeln! Damit können Sie doch unmöglich einverstanden sein, oder? Außerdem vergrault die mir noch die ganzen Kunden!"

Als Theo mit seinem Wagen auf den kleinen Parkplatz neben dem Edeka-Markt einbog, sah er schon Frau Matzke vor dem Eingang stehen, unter dem Arm so etwas wie eine schwarze Mappe. Neben ihr stand wild gestikulierend der Geschäftsinhaber. Als Theo ausstieg, hörte er beide lautstark streiten.

„Nein, Frau Matzke, Sie können nicht einfach vor meinem Laden alle Leute ansprechen!"

„Ach nein, und warum nicht?"

„Das habe ich Ihnen jetzt schon mehrfach erklärt: Weil Sie dazu eine Genehmigung brauchen, und die werde ich Ihnen nicht geben!" Herr Pohlmann stand aufgebracht neben Frau Matzke. Er war einen Kopf größer als sie und schaute mit hochrotem Kopf auf sie herab. Doch die energische Frau ließ sich davon nicht beeindrucken.

„Und ich habe Ihnen schon dreimal gesagt, dass ich die nicht brauche! Ich stehe hier auf dem Gehweg, das ist öffentlicher Grund, und da haben Sie mir gar nichts zu genehmigen oder zu verbieten!“, entgegnete sie.

„Aber Sie vertreiben mir dadurch alle Kunden!“, beschwerte sich der Kaufmann.

Frieda Matzke stemmte die Hände in die Hüften.

„Ich bin auch Kundin bei Ihnen, falls Sie das vergessen haben sollten, und ich fühle mich nicht abgeschreckt! Außerdem: Wo sind sie denn alle, Ihre angeblichen Kunden? Es ist ja keiner da, hier ist tote Hose! Wie mir scheint, ist es ein Wunder, dass es Ihren Laden überhaupt noch gibt, bei dieser Geschäftsführung!“

„Da können Sie mal sehen, Frau Matzke, wie weit Sie es mit Ihrer Aktion schon gebracht haben! Wenn Sie hier stehen, traut sich doch keiner mehr hier herein, die machen sofort kehrt und kaufen woanders ein!“

„Guten Morgen.“

Auf Theos Gruß flogen ihre Köpfe herum. „Pastor Braun!“, riefen sie wie aus einem Mund.

„Gut, dass Sie kommen!“ Dieter Pohlmann schien am Ende seiner Nervenkraft zu sein. „Vielleicht gelingt es Ihnen ja, diese störrische alte Frau zur Vernunft zu bringen!“

„Wie haben Sie mich eben genannt?“, schrie Frau Matzke. „Störrische alte Frau? Da hört doch wohl alles auf! Ich nehme hier mein Grundrecht auf Meinungsfreiheit in Anspruch, von dem Sie anscheinend noch niemals etwas gehört haben ...“

„Beruhigen Sie sich, Frau Matzke“, versuchte Theo ihren Wutausbruch zu stoppen. „Erklären Sie mir doch lieber mal, was Sie hier vorhaben.“

„Ich wüsste nicht, warum ich Ihnen Rechenschaft geben sollte“, entgegnete sie schnippisch, „aber bitte: Ich habe eine Unterschriftenaktion gestartet, gegen unseren Organisten!“ Mit einer energischen Bewegung reichte sie ihm ein Klemmbrett, an dessen Seite ein Kugelschreiber an einem Bindfaden baumelte.

Schon beim ersten Blick auf das Blatt Papier, das da auf dem

Klemmbrett befestigt war, sah Theo seine schlimmsten Befürchtungen bestätigt. Er las:

Schluss mit dem Orgelterror!
Zeigt dem warmen Organisten die kalte Schulter!

Wollen Sie sich etwa jeden Sonntag von einem homosexuellen Orgelspieler betasten lassen?

Wir auch nicht!

Deshalb fordern wir den Kirchenvorstand auf, den Organisten Günter Neumann mit sofortiger Wirkung zu entlassen!

Darunter waren für Namen, Adressen und Unterschriften viele Linien gezogen, die allesamt noch frei waren.

Theo schüttelte den Kopf und hob den Blick. Jetzt fiel ihm auch der offensichtlich selbstgebastelte Button auf, den sie an ihren Mantel geheftet hatte. Orgelpfeifen waren darauf zu sehen, die mit einem dicken roten Kreuz durchgestrichen waren, umrahmt von der Aufschrift: „Schwule Organisten – Finger weg!"

Frieda Matzke sah ihn herausfordernd an. „Sie dürfen mit gutem Beispiel vorangehen, Herr Pastor. Einfach Namen und Adresse aufschreiben, Unterschrift daneben und fertig."

„Sie glauben doch wohl nicht im Ernst, dass Pastor Braun dieses Schmierblatt unterschreiben wird!", platzte es aus Herrn Pohlmann heraus.

„Ja, warum denn nicht?", keifte Frau Matzke zurück. „Hier geht es um das Wohl unserer Gemeinde, und das müsste einem Pastor doch wohl am Herzen liegen, oder?"

„Natürlich liegt mir das am Herzen", antwortete Theo, „und gerade deswegen werde ich nicht unterschreiben."

„Da sehen Sie's", trumpfte Herr Pohlmann auf, „unser Pastor ist eben ein vernünftig denkender Mensch!"

„Feige ist er, nichts weiter", konterte Frau Matzke, als wäre Theo gar nicht da. „So wie alle hier! Der Brammer ist auch schon eingeknickt. Vor einem Jahr hat der noch ganz anders geredet! Aber es wird Zeit, dass endlich mal jemand etwas unternimmt gegen diese gottlosen Umtriebe!"

„Frau Matzke, so geht das wirklich nicht", versuchte Theo sie zu besänftigen. „Sie berufen sich auf Ihr Recht auf Meinungsfreiheit, aber was Sie hier schreiben, ist in der Wortwahl total daneben und verletzt die Persönlichkeitsrechte unseres Organisten auf gröbste Weise! Sie können hier doch nicht öffentlich andere Leute beleidigen!"

„Und schon gar nicht vor meinem Laden!", schloss sich Herr Pohlmann an.

„Ich sage nur, was Sache ist, um weiteren Schaden von unserer Kirchengemeinde abzuwenden", schrie Frau Matzke, „dafür sollten Sie mir dankbar sein! Und ich lasse mir nicht den Mund verbieten, weder von Ihnen, Herr Pastor, noch von diesem Kleinkrämer hier ..."

„Es reicht jetzt, Frau Matzke!" Die Geduld von Herrn Pohlmann hatte ein Ende. „Ich fordere Sie ein letztes Mal auf, vom Eingang meines Geschäfts zu verschwinden, mitsamt Stift und Liste! Andernfalls sehe ich mich gezwungen, die Polizei zu rufen!"

„Dann holen Sie doch die Polizei!", höhnte sie. „Mal sehen, ob die Staatsgewalt eine schwache Frau verhaften wird, nur weil sie öffentlich ihre Meinung äußert! Ich wette, das würde auch die Presse interessieren!"

Sie griff in ihre Manteltasche und holte ein Handy heraus. Theo und der Kaufmann sahen sich erstaunt an. Sie hätten diese technische Ausrüstung nicht von Frau Matzke erwartet. „Ein Anruf, und die sind da und machen ein schickes Foto von mir und Ihrem Laden", drohte sie und wedelte mit dem Mobiltelefon in ihrer Hand.

Platsch – ein dicker Tropfen landete auf Theos Kopf. Platsch – ein zweiter mitten auf der Unterschriftenliste, die er immer noch in der Hand hielt. Frieda Matzke riss ihm das Klemmbrett aus der Hand und presste es schützend an ihren Mantel, als plötzlich ein heftiger Regenguss einsetzte. Alle drei suchten im Vorraum vom Eingang des Edeka-Ladens Schutz und sahen durch die Glastür, wie draußen der Regen auf das Pflaster prasselte.

„Na gut", lenkte Frau Matzke ein, „unter diesen Umständen räume ich den Platz vor Ihrem Laden. Sind Sie nun zufrieden?"

„Danke", presste Dieter Pohlmann hervor; er war noch immer aufgebracht und musste sich stark zusammenreißen.

„Dann mache ich eben drinnen weiter“, kündigte sie an, drehte sich um und wollte in den Markt hineingehen, als der Händler ihr mit ausgebreiteten Armen in den Weg sprang.

„Oh nein, Frau Matzke“, rief er. „Sie werden nicht meinen Laden betreten!“

„Was?“ Frau Matzke sah ihn fassungslos an. „Wollen Sie etwa einer alten Stammkundin wie mir Hausverbot erteilen?“

„Der Stammkundin nicht, aber der Unterschriftensammlerin schon“, erklärte Herr Pohlmann entschieden. „Sie sind als Kundin in meinem Geschäft herzlich willkommen, Frau Matzke, aber ohne dieses Ding da!“ Sein Zeigefinger wies auf das schwarze Klemmbrett unter ihrem Arm. „Bringen Sie das weg und kommen Sie zurück, dann sind wir wie immer ganz für Sie da!“

Einen Augenblick lang standen sie sich feindselig gegenüber, Frieda Matzke mit gesenktem Kopf und stechendem Blick, Dieter Pohlmann weiterhin mit ausgebreiteten Armen und dem Mut der Verzweiflung in den Augen.

Theo wollte schon etwas sagen, da zischte sie: „Das ist Erpressung! Aber so leicht gebe ich nicht auf, dass Sie’s nur wissen!“ Mit diesen Worten drehte sie sich um und stapfte hinaus in den Regen, der mittlerweile etwas nachgelassen hatte.

Die beiden Männer atmeten auf.

„So habe ich noch niemals zuvor eine Kundin behandelt.“ Herr Pohlmann schüttelte betrübt den Kopf. „Aber ich wusste mir einfach nicht mehr anders zu helfen.“

„Sie haben das Richtige getan“, tröstete ihn Theo, „und ich finde, Sie haben dabei noch viel Geduld bewiesen.“

***

Samstag, 16. April, zur gleichen Zeit

Irene Anders füllte den Wassertank der Kaffeemaschine und zählte leise mit, während sie einen Löffel Kaffeepulver nach dem anderen in die Filtertüte schaufelte. Ihre Handgriffe liefen automatisch ab; so machte sie es jeden Morgen. Normalerweise tat sie das noch im Halbschlaf, doch heute war Wochenende, da konnte sie etwas später aufstehen. Sie sah auf die Küchenuhr: Es war kurz vor Neun.

Sie schaltete die Kaffeemaschine an, ging in den Flur und schlüpfte in ihre Joggingschuhe. Jeden Morgen dachte sie erneut, wie unpraktisch es doch war, dass sie jedes Mal rausgehen musste, um die Zeitung zu holen. Doch in ihrer Straße hing an jeder Gartenpforte eine Zeitungsröhre, also machte sie es genauso; als Zugezogene war es manchmal besser, sich der Nachbarschaft anzupassen. Zum Glück war heute Morgen trockenes Wetter.

In ihrem blassrosa Jogginganzug und den Sportschuhen sah sie jetzt aus, als wollte sie gleich eine Runde durch die Marsch laufen. Manchmal tat sie das auch, doch jetzt war die halbe Strecke schon bei der Gartenpforte zu Ende.

Sie zog die Zeitung hervor; sie war diesmal besonders dick und schwer. Sie klemmte den dicken Packen Papier unter den Arm, drehte sich um und wollte wieder zur Haustür gehen, da spürte sie plötzlich, dass die Zeitung leichter wurde, und ein klatschendes Geräusch hinter ihr ließ sie herumfahren. Ein ganzer Stapel Werbeprospekte war aus der Zeitung gefallen und lag auf dem Gehweg. Kein Wunder, dachte sie, mit diesem schweren, glatten Hochglanzpapier konnte das auch leicht passieren. Sie bückte sich, sammelte die Prospekte auf und wollte wieder zum Haus gehen, da fiel ihr Blick auf die Altpapiertonne an der Straße. Warum nicht gleich den ganzen Ballast entsorgen, anstatt ihn ins Haus zu schleppen?, fragte sie sich.

Sie ging wieder zur Pforte, legte die Zeitung auf einen Mauerpfeiler und blätterte kurz den Stapel durch, um zu sehen, ob sie nicht doch die eine oder andere Werbung gebrauchen könnte. Die Angebote vom Edeka-Laden zum Beispiel legte sie beiseite. Aber was dann kam, konnte eigentlich alles weg: Der Prospekt vom Möbelcenter, vom Elektrohandel, vom Autohaus, vom Baumarkt ...

Auf einmal hielt sie inne. Das Bild von Trauringen und einem Paar, das glücklich und unbeschwert am Strand der Abendsonne entgegenlief, schickte eine Welle der Wärme durch ihren Bauch. Plötzlich standen ihr Bilder von Oliver vor Augen und die Erinnerungen liefen in schneller Folge ab wie in einem Filmtrailer. Ihre Gefühle überschlugen sich; sie seufzte. Ja, das war schon längst ihr Wunsch: mit ihm zusammen in ein gemeinsames Leben zu laufen, für immer!

Sie sah ihn vor sich, mit seiner etwas ungeschickten Art und seiner Schüchternheit, die er gar nicht nötig hatte. Würde er sich trauen, ihr irgendwann einen Antrag zu machen? Und wann war irgendwann?

Irene betrachtete versonnen das Bild auf dem Prospekt. Er musste ja nichts Spektakuläres unternehmen, dachte sie; sie wünschte sich nur, er würde sie einfach fragen, ob sie ihn heiraten wollte.

„Ja, ich will!", würde sie sagen.

Sie fuhr erschrocken zusammen. Hatte sie das eben laut gesagt? Verstohlen blickte sie sich um, doch es war niemand auf der Straße zu sehen. Schnell packte sie die Werbeprospekte, ging zur Altpapiertonne und pfefferte den ganzen Stapel hinein – Deckel zu, fertig!

Plötzlich spürte sie kalte Tropfen auf ihrer Stirn; der plötzlich einsetzende Regen holte sie endgültig aus ihren Träumen. Mit der Zeitung unter dem Arm lief sie schnell zurück ins Haus.

Etwas später saß sie mit einem dampfenden Kaffeebecher in der Hand am Küchentisch und blätterte in Ruhe die Zeitung durch, als sie das Gefühl hatte, vor der Küchentür leise Stimmen zu hören.

„Leonie, bist du das?", rief Irene.

Wieder hörte sie Geflüster. Dann ging die Tür auf und ihre Tochter trat ein, gefolgt von Oliver.

„Oh, das ist aber eine Überraschung! Du kommst zum Frühstück? Wie nett!" Sie drehte sich zur Kaffeemaschine um und nahm einen Becher vom Regal. „Setz dich doch, ich habe gerade Kaffee gekocht." Als sie sich umdrehte, sah sie beide mit erwartungsvollen Gesichtern am Tisch sitzen.

„Ist was?", fragte sie etwas verwirrt.

„Ach nö, gar nichts", winkte Leonie ab, doch beide schauten sie immer noch mit seltsamem Blick an.

„Hab ich was im Gesicht?", fragte Irene unsicher; unwillkürlich ging ihre Hand zum Mund. „Oder liegen meine Haare komisch?" Mit tastenden Bewegungen begann sie, ihre Frisur zu kontrollieren. „Ich komme gerade aus dem Bett, wisst ihr ..."

„Nein nein, du siehst perfekt aus wie immer", beruhigte Oliver sie und erntete ein Lächeln, das ihn immer noch innerlich lahmlegen konnte.

Leonie schien das Thema wechseln zu wollen. „Steht heute irgendetwas Besonderes in der Zeitung?“, fragte sie in gelangweiltem Ton.

„Nur das Übliche“, antwortete Irene und faltete die Zeitungsseiten zusammen, um den Tisch zu decken. Oliver sah sich suchend um. „Es ist doch Samstag. Gibt's in der Wochenendausgabe nicht immer Werbung?“, fragte er.

„Ja, einen ganzen Stapel!“ Irene räumte die Zeitung beiseite und holte Teller aus dem Schrank. „Aber mir sind draußen alle Prospekte aus der Zeitung gerutscht, und da habe ich sie gleich in die Papiertonne geworfen. Zum Glück kommt ja heute die Müllabfuhr ...“

Ein Rumpeln riss sie aus ihrer Unterhaltung. Sie sahen aus dem Küchenfenster. Draußen wurde gerade die Altpapiertonne im Regen vom Müllauto an den Haken genommen; mit einem dumpfen Poltern fuhr sie am orangefarbenen Laster hoch, kippte und leerte ihren Inhalt in den stählernen Bauch des Fahrzeugs.

Einen Moment war es still.

„Wieso fragst du?“, fragte Irene unsicher. „War etwas dabei, was dich interessiert?“

„Ach nein, ich wollte nur ... den Prospekt vom Elektromarkt ...“, stammelte Oliver. „Die hatten einen ... Aktenvernichter im Angebot ...“

***

Samstag, 16. April, etwa eine Stunde später

So plötzlich der Regen begonnen hatte, so unvermittelt hatte er auch wieder aufgehört. Frieda Matzke ging ohne einen Einkaufswagen durch die Glastür des Edeka-Ladens. Um zu demonstrieren, dass sie ohne Klemmbrett gekommen war, schritt sie mit hoch erhobenen Händen und ebenso erhobenen Hauptes an Dieter Pohlmann vorbei, der gerade dabei war, Preise auszuzeichnen und ihr mit einem gequälten Lächeln zunickte.

Mit raschem Schritt ging sie an den Konserven vorbei. Diesmal hatte sie auf einen Einkaufswagen verzichtet, denn sie hatte nicht vor, einzukaufen. Sie wusste genau, wen sie um diese Zeit hier treffen konnte, und tatsächlich – da standen Magda Ehrmann und

Lieselotte Rustig wie erwartet an der Fleischtheke. Doch diesmal hatte Hilde Pohlmann viel zu tun und musste Kunden bedienen, sodass die Damen sich nicht mit ihr unterhalten konnten, sondern etwas abseits neben der Kühltruhe standen, während der Dackel Billy an den Rädern des Einkaufswagens schnupperte, an den er angeleint war.

„Ach, sieh mal an, die Frieda“, wurde sie von Frau Ehrmann begrüßt.

„Das ist aber mutig von dir, dass du dich hierher traust“, bemerkte Frau Rustig und schaute sie etwas spöttisch an. „Nach dem, was ich gehört habe, hast du hier ja heute Morgen ordentlich Rabatz gemacht.“

„Erstaunlich, wie schnell sich das verlogendste Gerücht herumspricht“, entgegnete Frau Matzke spitz. „Und ich finde es auch erstaunlich, wie leicht du den dümmsten Dorfklatsch glaubst!“

Lieselotte Rustig ignorierte den Vorwurf. „Dann erzähl doch mal, was da wirklich los war“, forderte sie die andere auf. „Wie ich hörte, bist du gegen Günter Neumann Sturm gelaufen.“

„Was, gegen unseren Organisten? Was hast du denn gegen den netten jungen Mann?“ Frau Ehrmann sah Frieda Matzke erstaunt an.

„Dieser nette junge Mann spielt unsere Orgel so furchtbar, dass er in der Hölle auftreten könnte!“, ereiferte die sich.

„Also, mich hat das noch nie gestört“, sagte Frau Ehrmann.

„Und wenn er etwas lauter spielt, hört man auch dein Schnarchen nicht so laut“, kicherte ihre Freundin Frau Rustig und stubste sie mit dem Ellenbogen in die Seite.

„Also bitte, Lieselotte!“, empörte sich Frau Ehrmann. „Ich schnarche doch wohl nicht, oder?“

„Wuff!“ kam es wie zur Bestätigung von unten. Sie beugte sich zu ihrem Hund hinunter und streichelte ihn. „Nein, das tun wir doch nicht, was, Billy? Wir stören doch nicht den Gottesdienst ...“

Frieda Matzke stand daneben und machte die Miene eines Menschen, dem das schwere Schicksal bestimmt war, von Idioten umgeben zu sein.

„Es geht hier nicht darum, ob Günter Neumann jemanden beim Kirchenschlaf stört“, mahnte sie in scharfem Ton. „Sondern es geht hier um Andacht zur Ehre Gottes, und so wie er die Tasten malträtiert, kommt das Gegenteil dabei raus. Es ist unerträglich, musikalische Gotteslästerung! Herr Brammer sitzt auch immer mit Stöpseln in den Ohren da! Und wenn ich daran denke, dass er am Ostersonntag mit dieser neuen Jugendband im Gottesdienst spielen will ..."

„Ja, darauf freue ich mich jetzt schon!" Frau Ehrmann strahlte. „Das haben wir in meiner Jugend auch gemacht: die Wandergitarre geschnappt und christliche Lieder gesungen, die ein bisschen schmissiger waren. Dabei mussten wir immer aufpassen, weil das zu Adolfs Zeiten nicht so gern gesehen wurde. Aber ich kenne die Lieder heute noch auswendig ..." Und sie begann zu singen: „Welch ein Freund ist unser Jesus ..."

„Spar dir den Atem, Magda", fuhr Frieda Matzke dazwischen. „Du kannst mir später von deiner Jugend erzählen. Jetzt geht es um die Jugend von heute, und da finde ich es unverantwortlich, dass so einer wie der Neumann ..."

„Na komm schon, gib's doch zu", forderte sie Frau Rustig auf. „Jetzt kommen wir doch zum springenden Punkt, oder? Du kannst es einfach nicht ertragen, dass er vom anderen Ufer ist."

„Wie, der Herr Neumann?" Frau Ehrmann blickte beide verwundert an. „Ist er gar nicht evangelisch?"

Frieda Matzke verdrehte die Augen zur Decke, während Frau Rustig sich ihrer Freundin zuwendete: „Doch doch, aber Frieda hat etwas gegen Schwule!"

„Das kann ich verstehen", sagte Magda Ehrmann. Ihre Freundin zog fragend die Augenbrauen hoch. In Frieda Matzkes Blick hingegen glimmte ein Hoffnungsschimmer. „Ehrlich?", fragte sie.

„Ja, meinem Enkel geht es genauso, und allen seinen Freunden auch", versicherte die alte Dame und zog an der Hundeleine, um Billy vom Beschnuppern von Ketchupflaschen abzuhalten.

„Sag ich doch!", trumpfte Frieda Matzke auf. „Jugendliche haben eben ein untrügliches Gespür dafür, was richtig und was falsch ist!"

Frau Ehrmann schien sich darüber zu freuen, dass ihr Enkel so gelobt wurde. „Das hast du aber schön gesagt, Frieda. Ja, der Marvin sagt immer: Schule ist doof."

Einen Augenblick lang war Stille vor der Kühltruhe.

„Du hast das falsch verstanden, Magda", korrigierte Frau Rustig ihre Freundin. „Frieda hat was gegen Schwule, nicht gegen Schule."

„Ach so?" Magda Ehrmann blinzelte verwirrt.

„Um es kurz zu machen ..." Frieda Matzke griff entnervt in ihre Jackentasche und holte ein zusammengefaltetes Stück Papier heraus. „Hier ist eine Unterschriftenliste gegen Neumann, und hier ist ein Stift!" Sie reichte Frau Rustig den Zettel und knipste herausfordernd den Kugelschreiber an. „Wenn euch etwas an unserer Kirche liegt, dann könnt ihr es jetzt beweisen!"

Frau Rustig hob abwehrend eine Hand und reichte mit der anderen die Unterschriftenliste an Magda Ehrmann weiter. „Nein danke. Ich hab weder etwas gegen dich noch gegen Günter Neumann, und eure sexuelle Orientierung ist mir egal."

„Wieso *unsere*?", brauste Frieda Matzke auf. Sie war ganz rot geworden, ob vor Wut oder vor Scham, war nicht zu erkennen. „Es geht hier natürlich nur um seine, klar? Meine ... Orientierung geht ja wohl niemanden etwas an!"

„Warum denn nicht?", stichelte Frau Rustig und lächelte boshaft. „Also, ich finde, wenn wir schon so offen darüber sprechen ..."

„Ich verbitte mir das!", rief Frau Matzke und wurde vor Aufregung immer lauter. „Bei mir ist alles in Ordnung, dass du es nur weißt! Oder denkst du etwa, ICH BIN AUCH ANDERSRUM?"

Erschrocken registrierte sie, dass sie die letzten Worte vor Wut laut geschrien hatte; an der Fleischtheke standen alle Leute wie versteinert und starrten sie an.

„Ich hab da mal eine Frage", meldete sich Magda Ehrmann und hielt den Zettel hoch. „Wenn ich das hier unterschreibe ..."

Frieda Matzke wendete sich ihr hoffnungsvoll zu. „Ja, Magda?"

„Gibt es dann auch etwas zu gewinnen? Einen Einkaufsgutschein oder ein Wellnesswochenende im Harz?"

Wütend riss Frau Matzke ihr das Blatt aus der Hand. „Ich sehe, ich verschwende hier nur meine Zeit!" Sie drehte auf dem Absatz um und stapfte Richtung Ausgang.

Mit anerkennendem Blick wandte sich Frau Rustig ihrer Freundin zu.

„Magda, Magda", sagte sie in gespielt tadelndem Ton, „du bist ganz schön durchtrieben!"

„Ich weiß überhaupt nicht, was du meinst", sagte Magda Ehrmann unschuldig.

***

Samstag, 16. April, nachmittags

Rita Stark leerte den Briefkasten, schloss die Tür hinter sich, ging den Flur entlang und betrat das Wohnzimmer. Sie legte die Post auf den Tisch, wo sich bereits ein beachtlicher Stapel angesammelt hatte, blieb stehen, schloss die Augen und atmete tief ein.

Seit Josef auf seine Pilgerwanderung aufgebrochen war, kam sie zweimal in der Woche in seine Wohnung, um nach dem Rechten zu sehen. Und jedes Mal wurde sie spätestens im Wohnzimmer von unterschiedlichen Gefühlen überfallen. Einerseits spürte sie seine Gegenwart, denn jeder Gegenstand um sie herum gehörte zu ihm. Doch gerade dadurch wurde ihr seine Abwesenheit noch schmerzlicher bewusst.

Rita schnappte sich die kleine Gießkanne auf dem Fensterbrett, füllte sie in der Küche mit Wasser und begann, die Blumen zu gießen. Anschließend setzte sie sich in einen Sessel am Fenster und schaute hinaus. Am Himmel zogen graue Wolken entlang und legten einen ähnlichen Grauschleier auf ihre Seele. Doch sobald sie den Blick nach unten in seinen Garten richtete, sah sie die Farben der Krokusse durch die dunkle Erde brechen.

Vielleicht kam es darauf an, wohin man sieht, fragte sie sich.

Sie holte den Brief hervor, den Josef ihr geschrieben hatte. Obwohl er erst gestern angekommen war, sah er bereits so aus, als hätte sie ihn schon jahrelang mit sich herumgetragen. Und tatsächlich hatte sie diese Seiten schon so oft gelesen, dass sie jede Zeile auswendig kannte.

Josefs Zögern, seine Vergangenheit, die ihn noch festhielt, die Bindung der gegebenen Versprechen – das waren die grauen Wolken über ihr. Natürlich war ihr von Anfang an klar gewesen, dass ein Mann in seinem Alter seine Vergangenheit haben musste und sie mit Sicherheit nicht die erste Frau in seinem Leben war. Sie selbst hatte ja auch eine leidvolle Scheidungsgeschichte hinter sich. Umso überraschter war sie von sich selbst, als sie feststellte, dass es ihr innerlich einen Stich gab, von seiner Frau und seiner Tochter zu erfahren.

Doch der Ernst, mit dem er zu seinem Wort stehen wollte, das offene Bekenntnis seiner Fehler und sein Verantwortungsgefühl für Beziehungen – das waren die Krokusse, die Frühlingsfarben, die das Grau durchbrachen und ein neues Leben verhießen.

Immer wieder kamen diese Gedanken in ihr hoch. Und immer wieder leuchteten aus seinem Brief dieselben Worte auf: *„Jetzt bist du da, und – ja, es ist wahr: Ich liebe dich! Ich wünsche mir nichts sehnlicher, als mit dir für immer zusammen zu sein.“* Und am Ende die letzten vier Wörter seines Briefes: *„Ich liebe dich! Josef.“*

Eine Welle der Sehnsucht durchflutete sie. Warum quält sich der arme Mann so, fragte sie sich. Warum musste er sich unbedingt wochenlang zu Fuß durch deutsche Wälder schleppen, um Frieden zu finden?

Er hätte sich ihr doch anvertrauen können.

Er hätte doch nur in ihre Arme kommen müssen, und sie hätte ihm gezeigt, dass alles gut war!

Tränen stiegen in ihr auf. Sie war sich ihrer Gefühle sicher und hatte sich längst für ihn entschieden. Doch mit welchem Gefühl, mit welcher Entscheidung würde er wohl morgen am Bahnhof ankommen?

Das Klingeln der Türglocke schreckte sie auf. Wer mochte das sein? Alle Nachbarn und Freunde wussten, dass er auf Reisen war. Vielleicht ein Vertreter, dachte sie, ein Paketdienst oder die Zeugen Jehovas ...

Sie ging nach vorn und öffnete die Tür. Vor ihr stand eine junge Frau Mitte zwanzig. Sie schien überrascht und verwirrt zugleich zu sein. Rita kannte sie nicht, und doch kamen ihre Gesichtszüge ihr vertraut vor.

„Entschuldigung“, stammelte die junge Frau und warf noch einmal einen kurzen Blick auf das Klingelschild. „Ich wollte zu Herrn Thoma.“

„Der ist zur Zeit verreist“, gab Rita Stark zur Auskunft, „aber er kommt morgen wieder. Kann ich ihm etwas ausrichten?“

„Ich weiß nicht ...“ Die Besucherin schien mit sich zu ringen.

„Wer sind Sie denn?“, fragte Rita.

Ihr Gegenüber zögerte. Dann sagte sie: „Ich bin Anne Thoma, seine Tochter."

***

Samstag, 16. April, zur gleichen Zeit

„Atemlos durch die Nacht ..." dudelte das Handy, bis Leonie mit einer wischenden Bewegung auf dem Display dem digitalen Gesang von Helene Fischer ein Ende machte.

„Hallo Olli", meldete sie sich, und um Vorwürfen zuvorzukommen, fing sie gleich an zu reden: „Ich weiß, das ist heute Morgen wieder schief gegangen, aber das lag bestimmt nicht an dir. Und an mir auch nicht. Es war einfach … unglücklich, verstehst du? Diese blöde Werbung, die Altpapiertonne, die Müllabfuhr ..."

„Ja, schon gut", unterbrach Oliver sie. „Ich mach dir ja keine Vorwürfe. Solche Dinge können eben passieren."

Leonie atmete erleichtert auf.

„Besonders mir", fügte Oliver hinzu. „Und deshalb habe ich beschlossen, kein Risiko mehr einzugehen."

„Und ... das heißt?", fragte Leonie vorsichtig nach.

„Das heißt, ich werde sie zu einem Spaziergang einladen, wenn das Wetter gut ist. Ich werde zu unserer Kirche gehen, weil da unsere Geschichte begann. Und dort werde ich sie einfach fragen, ob sie mich heiraten will!"

Leonie war sprachlos. Sein Plan war zwar nicht sehr originell, aber die Entschlusskraft, die sie bei ihm spürte, wog alles andere auf.

„Ein guter Plan", antwortete sie. Was jetzt zählte, war Motivation! „Tu einfach, was du als Mann tun musst!", sagte sie mit fester Stimme. Das hatte sie einmal im Fernsehen gehört, als sie beim Zappen durch die Programme in einen Western geraten war.

„Genau, das werde ich", versicherte Oliver. „Ich warte nur auf gutes Wetter und die passende Gelegenheit."

Mit diesen Worten endete ihr Gespräch.

Es gab in dieser Sache nichts mehr zu bereden. Was jetzt zählte, waren Taten.

***

Palmsonntag, 17. April, nachmittags

„Was er wohl sagen wird, wenn er uns zusammen sieht?"

„Hoffentlich kriegt er keinen Herzinfarkt."

Die beiden Frauen standen auf dem Bahnsteig und sahen abwechselnd zur großen Uhr und die Bahngleise entlang. Anscheinend hatte der Zug Verspätung.

„Vielleicht erkennt er mich gar nicht mehr." Anne klang besorgt und aufgeregt. Auch Rita war innerlich angespannt. Vor drei Wochen war Josef zu seiner Pilgertour aufgebrochen. In dieser Zeit war der einzige Kontakt der Brief gewesen, den sie vor zwei Tagen bekommen hatte. Pilgern würde bedeuten, in die Einsamkeit mit sich selbst zu gehen, hatte Josef gesagt, und sein Handy zu Hause gelassen. So würde ihn die Begegnung mit ihnen beiden unvorbereitet treffen.

Er war losgezogen, um den Verlust seiner Tochter zu bewältigen und den Mut zu finden, sich erneut zu binden. Und jetzt standen sie beide hier.

Würde er das verkraften?

Und noch etwas ging Rita durch den Kopf. Er würde bestimmt viel Zeit mit seiner Tochter verbringen wollen, und das sollte er auch. Aber – würde denn auch Zeit für sie selbst bleiben? Rita schämte sich für diese Gedanken und versuchte, sich die aufkeimende Mischung aus Eifersucht und Angst zu verbieten, aber das half wenig.

Dabei war ihr Anne sympathisch. Rita hatte das Bild noch vor Augen, als die junge Frau vor der Haustür stand und sie mit unsicherem Blick ansah. Seltsamerweise hatte Rita schon bei ihrem Anblick geahnt, wer sie war, noch bevor sie ihren Namen gehört hatte. Jetzt stand Anne vorn an der Bahnsteigkante und blickte in die Richtung, aus der der Zug kommen musste. Rita betrachtete sie verstohlen von der Seite. Im Gegensatz zu Josef, war sie klein und zierlich, doch die Linie ihrer Nase und die Kinnpartie verrieten die Verwandtschaft.

Aber vor allem war es ihr Blick. Als sie in ihre Augen sah, hatte sie das Gefühl, als würde Josef sie ansehen.

Jetzt knackte es im Lautsprecher über der Bahnhofsuhr. „Der Nahverkehrszug RE 4418 von Hannover nach Norddeich-Mole verspätet sich voraussichtlich um zehn Minuten", erklang es scheppernd. „Wir bitten um Ihr Verständnis."

Anne seufzte.

„Das kommt leider öfter vor", bemerkte Rita. Dann verfielen die beiden Frauen wieder in Schweigen und hingen ihren Gedanken nach.

Den ganzen Abend lang hatten sie gestern geredet, erst in Josefs Haus, dann in Ritas Wohnung, wo Anne schließlich ein Gästebett bezog. Und heute Morgen setzten sie ihre Unterhaltung beim Frühstück fort, bevor sie gemeinsam zum Gottesdienst gingen. Rita hatte Küsterdienst, und Anne wollte sie gern begleiten und die Kirche kennenlernen, die ihr Vater anscheinend regelmäßig besuchte. Heute am Palmsonntag hatte Theo darüber gepredigt, wie Jesus auf einem Esel feierlich in Jerusalem einzog und die Leute mit Palmwedeln in der Hand jubelnd am Straßenrand standen. Rita musste dabei immer wieder an Josefs bevorstehende Ankunft am Bahnhof denken. Auch ohne Palmwedel wurde er aufgeregt erwartet.

„Erzähl mir doch noch etwas über eure Hochzeit", brach Rita das Schweigen.

Annes Miene hellte sich schlagartig auf. „Das wird hoffentlich ein wunderschönes Fest", begann sie. „Wir feiern in einem Vorort von München. Dort haben Fabians Eltern ein Hotel, habe ich das gestern schon erzählt? Wir haben ziemlich viele Gäste eingeladen. Jetzt sind wir mitten in den Planungen. Zu Hause ist mein Schreibtisch übersät mit Listen. Wahnsinn, an was man alles denken muss ..."

Während sie die Einzelheiten ihrer geplanten Hochzeitsfeier schilderte, hörte Rita zwar lächelnd, aber nur mit halbem Ohr zu. Sie fügte innerlich noch einmal alles zusammen, was sie bisher über Anne erfahren hatte.

Zu ihrer Mutter hatte sie kaum noch Kontakt. Als Kind wurde ihr erzählt, dass ihr Vater sie nicht mehr sehen wollte. Alle weiteren Fragen nach ihm wurden von ihrer Mutter mit eisigem Schweigen beantwortet. Sie wuchs weiterhin in reichen Verhältnissen auf, doch emotional wurde es zwischen Mutter und Tochter zunehmend ärmer. Sie kam in ein Internat, wo sich ihr bayrischer

Akzent langsam verlor. Später studierte sie Betriebswirtschaft und arbeitete im Management eines Lebensmittelkonzerns. Es gab immer genug Geld, aber nie genug Liebe, bis sie vor zwei Jahren Fabian kennenlernte. In seiner Familie erfuhr sie zum ersten Mal, was es bedeutete, eine liebevolle Familie zu haben. Seine Eltern waren zwar auch durch ihre Arbeit sehr eingespannt; sie betrieben mehrere vornehme Hotels der Spitzenklasse. Aber dennoch war ihr Zuhause nicht nur kostspielig eingerichtet, sondern auch reich an menschlicher Wärme und Herzlichkeit. So etwas hatte Anne in ihrer Familie nie erlebt.

Rita konnte es sich nur schwer vorstellen, dass Josef als Vater so versagt hatte. Was sie an ihm so anziehend fand, war gerade das Gefühl der Geborgenheit, das er ihr gab. Sie erinnerte sich noch an Annes erstaunten Blick, mit der sie nach ihrer Ankunft durch seine gemütliche Wohnung ging, die von einem bescheidenen, normalen Lebensstil zeugte. „Wohnt hier wirklich mein Vater, Josef Thoma?", hatte sie verwundert gefragt. Auch was Rita über ihn erzählte, konnte sie anscheinend nur schwer mit ihren eigenen Erinnerungen an ihn zusammenbringen. Es war, als würden sie über zwei völlig verschiedene Persönlichkeiten reden.

Die herzliche Aufnahme bei ihren Schwiegereltern und der Entschluss, mit Fabian eine eigene Familie zu gründen, hatte in Anne erneut die Sehnsucht nach ihrem Vater wachgerufen. War es nicht üblich, dass Bräute bei der Hochzeit von ihrem Vater zum Altar geführt wurden? Sie begann, im Internet zu recherchieren, fand seine Adresse hier in Norddeutschland und machte sich schließlich zu Beginn ihres Osterurlaubs auf den Weg.

Rita stellte sich vor, wie Josef seine Tochter unter feierlichem Orgelspiel den Mittelgang der Kirche hinunter zum Altar führte, und das Bild wechselte vor ihren Augen: Mal sah sie seine Tochter Anne an seinem Arm, mal sich selbst.

Eine Stimme riss sie aus ihren Träumen.

„Rita?"

Sie merkte, dass Anne sie mit seltsamem Blick ansah; offenbar hatte sie längst aufgehört zu reden.

„Rita, der Zug kommt!"

Die Front des Nahverkehrszugs erreichte schon das Ende des

Bahnsteigs. Bremsen quietschten. Anne stand neben ihr und rang angespannt mit den Händen. Ritas Augen suchten die Fenster und Türen nach dem Gesicht ab, das sie so lange vermisst hatte. Ihr Herz schlug ihr bis zum Hals.

***

Teil 3

Karwoche

Dienstag, 19. April, später Vormittag

„Jetzt sieht es endlich wieder vertraut aus, so wie immer", seufzte Herr Brammer erleichtert. Er sah kurz zur Spanplatte hinüber, die nun ausgedient hatte und an einer Säule lehnte, und wieder zurück zum Altar.

„Und trotzdem sieht es aus wie neu", bemerkte Rita Stark.

Sie standen mit Pastor Braun und Dr. Schaber um den Altar herum und betrachteten das restaurierte Bild. Jesus feierte nach wie vor mit seinen Jüngern das Abendmahl, jedoch nun im Glanz frischer, strahlender Farben.

„Wunderbar", fand auch Theo. „Das haben Sie wirklich sehr gut gemacht!"

„Freut mich, dass es Ihnen gefällt", sagte Dr. Schaber und nahm seine Brille ab. „Trotz der martialischen Reinigungsversuche, die das Gemälde in den letzten Jahren über sich ergehen lassen musste, ist es uns gelungen, die Farben so wieder herzustellen, wie sie wahrscheinlich damals zur Zeit der Anfertigung bestanden." Er putzte seine Brille mit dem Zipfel seines grauen Arbeitskittels und setzte sie wieder auf.

„Hervorragend!", rief Herr Brammer. „Mit diesem Kunstschatz können wir in den nächsten Tagen würdige Gottesdienste feiern. Wir sind Ihnen zu Dank verpflichtet, Herr Dr. Schaber!"

Mit einem „Na ja, das ist schließlich unsere Aufgabe", winkte der kleine Mann bescheiden ab, aber seine Stimme verriet Zufriedenheit und Stolz.

„I moan, mi tritt a Pferd! Des schaugt ja toll aus!", dröhnte es plötzlich hinter ihnen. Sie fuhren herum. Ein Mann, groß und breit wie ein Schrank, kam mit einem breiten Lächeln den Gang hinunter, Hand in Hand mit einer jungen Frau, die an seiner Seite noch zierlicher wirkte, als sie es ohnehin schon war.

„Josef!", rief Theo überrascht, während Rita ihm lächelnd entgegensah.

„Du bist wieder im Lande", stellte Theo erfreut fest, während Josef Thoma allen Männern die Hand gab.

„Ja, und des is d'Anni." Doch außer dem Restaurator kannten sie bereits alle; Rita hatte sie nach dem Gottesdienst mit Josefs Tochter bekannt gemacht.

„Wir haben uns ja schon am Sonntag gesehen“, begrüßte Theo sie. Und zu Josef gewandt: „Wie war deine Pilgerreise?“

„Mei, des wor al langa Weech. Und de Gschicht, dej ist no vui länga. Des vazöll i an anders Moi.

Fier heit: ’s gitt vui Neis. D’Anni mecht heian – und i mog des a.“

„Ja, da gratuliere ich herzlich und wünsche dem Brautpaar für die gemeinsame Zukunft alles Gute!“ Dr. Schaber deutete gegenüber Anne und Josef eine Verbeugung an.

„Äh, nein, das ist ein Missverständnis“, sagte Anne. „Es geht nicht um die gemeinsame Zukunft von uns beiden. Ich meine ...“ Sie sah Josef hilfesuchend an. „Irgendwie zwar schon, aber ...“

„Verzeihung, die Herrschaften“, entschuldigte sich Dr. Schaber peinlich berührt und nahm seine Brille ab. „Ich hatte gedacht, dass Sie beide den Bund der Ehe schließen wollen ... es tut mir leid, wenn ich Sie da falsch verstanden habe.“ Er fing wieder an, seine Brille an seinem Kittel zu putzen.

„Hams scho richti ghejat“, beruhigte ihn Josef. „Ner, mir zwoa san net des Poor, vastengas?“

„Ach so, Sie wollen gar nicht diese junge Dame zum Altar führen?“ Dr. Schabers Putzbewegungen wurden hektischer.

„Zum Altar fier i s scho“, antwortete Josef, „oba lem mecht i nacha miet derer scheena Fra!“ Und zur Bestätigung nahm er Rita in den Arm, die etwas rot wurde.

„Das ... das ist doch ...“ Der Restaurator schien fassungslos.

„Mich heiratet er nämlich kurz danach“, erklärte Rita und schaute verlegen zu dem großen Bayern auf.

Die Brille in der Hand des kleinen Kunstexperten schien jetzt ernstlich bruchgefährdet zu sein. Trotz der kühlen Temperaturen in der Kirche, traten Schweißperlen auf seine Stirn. Er setzte die Brille wieder auf, blickte verwirrt zwischen den beiden Frauen in Josefs Armen hin und her und sah dann hilfesuchend zu Theo hinüber.

„Moin zusammen!“, unterbrach sie eine Stimme aus dem Seitenschiff. Günter Neumann tippte zum Gruß an seine Schirmmütze und schlenderte auf die Gruppe zu. Als er das Altarbild sah, blieb er überrascht stehen. „Donnerwetter, die Farben leuchten ja wie ein heller Frühlingsmorgen!“

„Sind Sie nicht der Organist?“, erinnerte sich Dr. Schaber. Gleich darauf wurde er blass. „Wollen Sie jetzt etwa ... spielen?“

„Nur ein wenig üben“, antwortete Günter. „Ich habe da für Karfreitag ein Stück herausgesucht, bei dem man das Leiden Christi geradezu fühlen kann! Aber lassen Sie sich hier nicht stören.“

Hastig blickte Dr. Schaber auf seine Uhr. „Ich muss ... dringend wieder los! Gesegnete Feiertage allerseits!“, stieß er hervor, schnappte seine Aktentasche und floh in panischer Hast aus der Kirche.

„Wos hod a nacha?“, fragte Josef erstaunt.

„Ach, diese Kunstmenschen sind manchmal etwas seltsam“, versuchte Herr Brammer zu erklären und fügte mit einem kurzen Blick zur Orgelempore hinzu: „Ich muss allerdings auch gehen. Wir sehen uns dann im Gottesdienst am Gründonnerstag!“

Während Günter oben an der Orgel seine Noten zurechtlegte, verabschiedete man sich unten im Kirchenschiff. Zuletzt gingen Anne, Josef und Rita den Gang hinunter. Rita blickte noch einmal über die Schulter zum Altarbild. Alle wieder zusammen an einem Tisch, dachte sie, vertraut, und doch neu – so wie bei ihnen. Und sie schickte vor der Kirchentür noch ein stilles Dankgebet zum Himmel.

***

Mittwoch, 20. April, später Vormittag

Das Knarren der schweren Tür hallte durch die dunkle Kirche. Der flackernde Lichtschein einer Kerze fiel durch die Türöffnung und erleuchtete von unten das zernarbte Gesicht mit den weißen Haaren. Der leicht geöffnete Mund entblößte nur einige wenige Zahnstummel. Das eine Auge versuchte lauernd, das Dunkel zu durchdringen, während das andere als blinder Fleck weiß aufleuchtete.

Das Geräusch der zufallenden Tür hallte noch von den Wänden wider, als die Gestalt die Stufen der schmalen, gewundenen Steintreppe emporstieg. Der Kerzenleuchter in ihrer Hand warf einen riesigen buckligen Schatten die Steinwand hinauf.

Fledermäuse huschten lautlos um die Säulen, doch der Alte schien sie nicht zu bemerken. Oben am Ende der Treppe erhob sich ein dich-

ter Wald mächtiger Orgelpfeifen. Er stellte den Leuchter in eine Halterung über der Orgelbank. Sein buckliger Rücken krümmte sich über die Tasten. Zuerst hörte man nur einen tiefen Ton leise durch das finstere Gewölbe schwingen, dann wurde er lauter und schwoll zu einem dunklen Akkord an. Wie von Geisterhand entzündet, flammten auf den Kronleuchtern, die hoch über dem Kirchenschiff schwebten, die Kerzen auf, eine nach der anderen. Der Alte warf den Kopf in den Nacken; sein Mund verzerrte sich zu einem zahnlosen Lachen, das im Orgeldröhnen unterging, als sich unten im Kirchenschiff das Hauptportal öffnete.

Rupert von Hohenstein presste sich in den Schatten einer Säule. Noch hatte der unheimliche Organist ihn nicht bemerkt. Mit drei Schritten könnte er bei ihm sein und ihn ohne Mühe überwältigen. Doch er musste zuerst wissen, was hier vor sich ging. Und vor allem – wo war Constanze?

Ein Blick von der Empore hinab ins Kirchenschiff ließ ihn zusammenfahren. Vorn am Altar stand der Graf in einem festlichen Gewand und sah erwartungsvoll den Mittelgang hinunter. Rupert folgte seinem Blick und erstarrte – dort war Constanze! Sie war zurechtgemacht wie eine Braut; ihr weißes Kleid schimmerte unwirklich zwischen den leeren dunklen Kirchenbänken. Wie in Trance schritt sie unter den mächtigen Orgelklängen den langen Gang entlang auf den Altar zu, gefolgt von vier Brautjungfern mit auffallend blassen Gesichtern, aus denen leere Augen blickten. Sie hatten sie betäubt oder hypnotisiert, dachte Rupert und ballte vor Wut die Fäuste.

Hektisch gingen seine Augen zwischen dem Grafen und Constanze hin und her. Ihr Abstand verringerte sich von Schritt zu Schritt. Er musste etwas unternehmen, sofort! Doch wie sollte er es mit so vielen Vampiren gleichzeitig aufnehmen?

„Wie soll er es mit so vielen Vampiren gleichzeitig aufnehmen?“, fragte Maren. Sie war in das Arbeitszimmer ihres Mannes gekommen und hatte sich in einen Sessel fallen lassen. Theo kam diese Unterbrechung gerade recht; er hatte an seiner Karfreitagspredigt gearbeitet und war ebenfalls nicht weiter gekommen. „Helfen wir uns doch gegenseitig“, hatte er vorgeschlagen.

Jetzt hatte Maren ihm die Situation im Spukschloss geschildert und sah ihn erwartungsvoll an.

Theo sah grübelnd zur Decke empor.

„Also, Ritter Rupert steht oben auf der Empore, unten seine Liebste mit ein paar Vampirdamen und dem bösen Grafen, drei Meter neben ihm der bucklige Musiker, und … was hat er als Waffe dabei?"

„Einen Knoblauchzopf und ein Kreuz in der Jackentasche", gab Maren zur Auskunft. „Wenn du willst, schreibe ich ihm auch noch einen Hammer und einen Holzpflock ins Gepäck."

„Gut. Hmm ... wie könnte er das bloß anstellen?", überlegte Theo.

„Stell dir doch einfach vor, ich wäre da unten, umgeben von Vampirfrauen, und würde auf den Meister der Vampire zuschreiten, der mich vor dem Altar mit einem genüsslichen Biss in meinen Hals zu der Seinen machen möchte, und du würdest oben stehen. Wie würdest du mich retten?"

Sie schickte einen zweifelnden Blick zu ihrem Mann hinüber. „Würdest du mich überhaupt retten?"

„Na klar doch", beeilte sich Theo zu versichern.

„Dann beeil dich, mein Held!" Um Marens Mundwinkel spielte ein spitzbübisches Lächeln. „Gleich bin ich vorn am Altar angekommen, und der Graf bleckt schon die Zähne!"

„Also ... ich springe hinter der Säule hervor, greife mir den Kerzenleuchter und ziehe dem hässlichen Typen an den Tasten eins über die Rübe."

„Die Musik bricht ab, der Tumult lässt unten in der Kirche alle erschreckt innehalten und nach oben sehen ...", nahm Maren den Faden auf.

„Und ich nutze die Schrecksekunde aus", erzählte Theo weiter. „Ich nehme den Knoblauchzopf und bewerfe von oben die Blutsauger mit Knoblauchzehen!"

„Das klingt wie eine Szene aus dem ‚fliegenden Klassenzimmer' von Erich Kästner", kommentierte Maren ungeduldig. „Ganz schwacher Versuch."

„Na gut, dann werfe ich den Strang mit den tollen Knollen eben genau zwischen dich und die Vampirmädels. Die kreischen auf und weichen zurück, und ich ... ich steige auf die Brüstung der Empore, springe zum Kronleuchter, schwinge mich wie Tarzan in die Mitte, springe ab und lande direkt zwischen dir und dem Gruselgrafen!"

„Ja", überlegte Maren. „Die Brautjungfern flüchten vor Schreck Richtung Ausgang ..."

„... und ich schrei: ‚Lauf, Jane ... äh, Maren!'" Theo ging jetzt ganz in seiner Rolle auf.

„Constanze", korrigierte Maren.

„Wie bitte?"

„Es geht doch eigentlich um Constanze, nicht um mich."

„Ach, stimmt ja." Theo legte die Hand vor seine Augen, um sich die Szene besser vorstellen zu können. „Du ... äh, Constanze fliegt den Gang hinunter ..."

„Soll sie vielleicht den Knoblauchzopf mitnehmen?", schlug Maren vor. „Der liegt da noch."

Theo nickte: „Gute Idee! Sie rennt also aus der Kirche. Ich dreh mich derweil zum Bräutigam um ..."

„Rupert", berichtigte Maren.

„Was?" Theo sah kurz auf. „Ach ja, Rupert, den mein ich doch. Jedenfalls dreht der sich um und sieht, wie Lord Voldemort mit gezückten Beißerchen auf ihn zustürzt. Es kommt zum Kampf ..."

„Da muss es dann richtig zur Sache gehen", warf Maren ein. „Das krieg ich schon hin. Aber wie geht's weiter?"

„Ich stell mir vor, irgendwann ringt Graf Raffzahn unseren Helden nieder und will seine Zähne in dessen Hals schlagen, da bekommt der tapfere Rupert gerade noch rechtzeitig das Kreuz in seiner Tasche zu fassen und hält es dem Angreifer vor das blaublütige Bleichgesicht!"

„Sehr schön!", rief Maren. „Der Herr der Vampire schreckt zurück ..."

„... fällt hinten über, stößt sich den Kopf am Altar und bleibt bewusstlos liegen!", ergänzte Theo.

„Nein, viel zu einfach", widersprach Maren. „Er schlägt im Fallen Rupert das Kreuz aus der Hand. Das schlittert quer über den Fußboden unter eine Kirchenbank."

„Na großartig", maulte Theo. „Jetzt hätten wir ihm doch bloß noch den Pflock an die Brust setzen müssen, und mit dem Hämmerchen ..."

„Komm weiter", drängte ihn Maren. „So wird es spannender. Keiner von beiden ist bewusstlos. Beide fallen, aber Rupert rappelt sich als erster wieder auf. Er flüchtet die Treppe rauf ..."

„Na gut", lenkte Theo ein. „Dann hastet er eben die Stufen hoch ..."

„Der Graf hinterher ...", ergänzte Maren.

„Rupert rennt die Empore entlang Richtung Ausgang", spann Theo den Faden weiter. „Er erreicht eine Tür, reißt sie auf und steht plötzlich … oben in der Eingangshalle, auf der Brüstung im ersten Stock."

„Wo ist eigentlich Constanze geblieben?", wunderte sich Maren. „Die muss er doch noch retten!"

„Das kommt jetzt", kündigte Theo an. „Retter Rupert kommt also oben auf der Brüstung an und sieht unten in der Halle seine Angebetete, umringt von den Brautjungfern!"

„Und warum fallen die nicht gleich über sie her?", fragte Maren zweifelnd.

„Du hast doch dafür gesorgt, dass sie noch den Knoblauchzopf hat", gab Theo zu bedenken. „Den schwingt sie über ihrem Kopf und hält damit die blassen Blondinen auf Abstand."

„Ja, so könnte das gehen", überlegte sie. „Wie wäre es, wenn sich inzwischen der gesamte Hofstaat dort versammelt hätte? Die ganze Halle ist voller ausgehungerter Vampire, in der Mitte Constanze, die den Zopf schwingt, und der Kreis zieht sich langsam immer enger um sie ..."

„Und der todesmutige Rupert spürt oben schon den fauligen Atem vom blutgierigen Baron im Nacken ..."

„Ja, das ist gut!" Maren war begeistert. „Das ist spannend, so soll es sein! Die Situation scheint ausweglos. Gleich wird Constanze unten vor Erschöpfung zusammenbrechen ..."

„... und Rupert hat keine Chance gegen alle auf einmal", fügte Theo hinzu. „Außerdem ist er völlig wehrlos: Knoblauch weg, Kreuz weg ..."

„Genau. Aber dann plötzlich ..." Maren sah ihn erwartungsvoll an.

Theo sah erwartungsvoll zurück.

„Na los, Theo“, forderte ihn Maren auf. „Wie geht es weiter?“

„Keine Ahnung!“ Theo zuckte mit den Schultern. „Ich fürchte, jetzt gibt es nur noch ein mögliches Ende: das große Blutspenden.“

„Ach komm“, rief seine Frau empört. „Das kann doch nicht dein Ernst sein! Du kannst die beiden doch nicht den Vampiren zum Fraß vorwerfen!“

„Was kann ich denn dafür?“, verteidigte er sich. „Du wolltest es doch so spannend machen, und das haben die beiden jetzt davon! Unser Rupert kann höchstens noch für eine letzte Umarmung zu seiner Liebsten runterspringen ...“ Plötzlich hielt er inne. Sein Gesicht hellte sich auf: „Hey, ich glaube, ich habe die rettende Idee! Pass auf: Rupert greift nach einem der schweren Samtvorhänge vor den hohen Fenstern und schwingt sich damit direkt in die Mitte zu seiner Tusnelda.“

„Constanze“, korrigierte Maren.

„Genau“, fuhr Theo fort. „Dabei wird der Vorhang vom Fenster weggerissen, die ersten Lichtstrahlen der aufgehenden Sonne fallen herein – und dagegen sind Vampire doch allergisch, oder nicht?“

„Sie zerfallen zu Staub“, rief Maren begeistert, „und unser Paar ist gerettet! Bravo, Theo!“

Theo deutete eine Verbeugung an und bekam einen Kuss. „Mein Held!“, seufzte Maren übertrieben schwärmerisch. „Jetzt weiß ich: Wenn mich jemals Vampire, Drachen oder Riesenaffen rauben sollten, wirst du mich retten!“

„Klar doch“, versicherte Theo. „Aber jetzt muss ich erst einmal mit dieser Predigt weiterkommen.“

„Wie kann ich dir denn dabei helfen?“, fragte Maren.

„Ich glaube, das hast du bereits“, überlegte Theo. „Deine Vampirgeschichte hat mich auf ein paar Gedanken gebracht. Da kommt ja auch das Kreuz vor, und die bösen Mächte können es nicht ertragen. Das Kreuz bietet Schutz.“

„Aber in meinem Roman schlittert es doch unter die Kirchenbank, und dann scheint der Kampf verloren“, wendete Maren ein.

„Stimmt, für einen Moment sieht es so aus, als wenn das Böse doch siegen würde", gab Theo zu. „Aber im Neuen Testament ist es genauso. Als Jesus am Kreuz starb, dachten auch alle, er hätte verloren und seine Gegner hätten gewonnen."

„Und dann kam die Auferstehung", stellte Maren fest.

„Ja, mit dem Sonnenaufgang am Ostermorgen erschien plötzlich alles in einem neuen Licht", stimmte Theo zu. „So wie in der Vampirgeschichte: Als das Morgenlicht hereinfiel, war es aus mit den bösen Mächten. Und in der Bibel erkannten die Jünger erst nach der Auferstehung, dass das Kreuz keine Niederlage war, sondern der Sieg über den Tod und alles, was von Gott trennt!"

„Mit dem Kreuz ist es also anders, als es auf den ersten Blick scheint", überlegte Maren.

„Stimmt." Theo drehte sich um und fing an, etwas in seinen Computer zu tippen. „Das ist ein gutes Thema für Karfreitag", sagte er über die Schulter, „vielen Dank!"

„Gern geschehen." Maren stand auf, ging zur Tür und warf einen Blick zurück auf ihren Mann, der sich gerade murmelnd über die Tastatur beugte. Sie wusste, dass er seine Gedanken jetzt schnell niederschreiben musste, bevor sie ihm entglitten; ihr selbst ging es oft genug genauso. Mit einem leisen „Vampirjäger!" schloss sie vorsichtig die Tür hinter sich.

***

Gründonnerstag, 21. April, ungefähr 19 Uhr

„Christe, du Lamm Gottes, der du trägst die Sünd der Welt ..."

Während die Gemeinde sich mit traditionellen Gesängen und Gebeten auf das Abendmahl vorbereitete, konnte sich Frieda Matzke nur schwer konzentrieren. Sie versuchte, vor den anderen Gottesdienstbesuchern eine andächtige Haltung zu bewahren, aber dennoch ertappte sie sich dabei, wie sie unruhig auf ihrem Platz hin- und herrutschte.

Sie war innerlich völlig aufgewühlt. In ihr tobte ein Gefühlschaos. Sie fühlte sich gedemütigt, alleingelassen, missverstanden und ungerecht behandelt. Tief unter diesen Gefühlen gärte eine dunkle, schmerzhafte Traurigkeit, doch an die Oberfläche kam schließlich eine große Wut.

Sie war wütend auf den Organisten Günter Neumann, der neulich nach dem Gottesdienst auf ihre Drohung hin, sie werde gegen ihn und sein Orgelspiel offizielle Schritte unternehmen, nur freundlich lächelte.

Sie war wütend auf Herrn Pohlmann, weil er ihre Unterschriftenaktion behindert hatte.

Sie war wütend auf die Frauen im Edeka-Laden und überhaupt auf alle in dieser Gemeinde, weil sie irgendwann gemerkt hatte, dass niemand sie dabei unterstützen wollte.

Sie war wütend auf die Polizei, die auf den Pastorengräbern die Totenruhe gestört hatte.

Sie war wütend auf Herrn Brammer und Pastor Braun, die nichts dagegen unternommen hatten und auch noch voll hinter Günter Neumann standen.

Sie war wütend auf sich selbst, weil es ihr nicht gelungen war, an irgendeiner dieser Fronten einen Sieg zu erringen. Und sie war wütend, weil sie jetzt so wütend war, hier im Gottesdienst!

War sie auch wütend auf Gott?

Sie dachte an einen Vers aus dem Buch Hiob: *„Der Herr hat's gegeben, der Herr hat's genommen; der Name des Herrn sei gelobt!"* Die ersten beiden Versteile konnte sie mitsprechen, aber den letzten nicht mehr.

Schon sehr lange nicht mehr!

„Kommt, denn es ist alles bereit!", verkündete Pastor Braun und breitete einladend die Arme aus. „Schmeckt und seht, wie freundlich der Herr ist!"

Frieda Matzke stand auf, trat aus der Kirchenbank und reihte sich in die Prozession zum Altar ein. Jetzt begannen wieder Orgelklänge über ihnen zu schweben, die langsam in etwas dissonante Akkorde übergingen. Frieda Matzke schnaubte ärgerlich. Warum konnte dieser Orgelheini nicht einmal etwas Schönes, Harmonisches zustande bringen?

Sie stellte sich in den Halbkreis, der sich vor dem Altar versammelte, und schloss die Augen, doch die Klänge und ihr Ärger ließen sie nicht zur Ruhe kommen. Vielleicht half ihr ja das neu restaurierte Altarbild zu dem inneren Frieden, den sie brauchte, sagte sie sich. Es war von ihrem Platz nur wenige Schritte entfernt.

„Christi Leib, für dich gegeben." Während Pastor Braun langsam die Hostien austeilte, betrachtete Frieda Matzke das Bild. Ihr Blick glitt über die leuchtenden Farben, die Szene am Tisch des Herrn, die Gesichter der Jünger – und dann sah sie es!

Ihre Augen weiteten sich vor Entsetzen. Sie fühlte sich wie vor den Kopf geschlagen.

„Frau Matzke, geht es Ihnen nicht gut?", hörte sie wie von fern die Stimme von Pastor Braun, der sie besorgt ansah. „Sie sind ja ganz blass!"

„Da ... das Bild ...", brachte sie nur heraus. Die Leute neben ihr schauten sie irritiert an. Sie streckte den Zeigefinger aus und alle folgten ihrem Blick.

Das Altarbild sah auf den ersten Blick ganz normal aus. So kannten es alle in diesem Dorf seit Jahrhunderten: Jesus teilte mit seinen Jüngern Brot und Wein. Johannes, der Lieblingsjünger, ruhte an der Brust des Herrn, während sich Judas am Bildrand schon aufmachte, um Jesus zu verraten.

Es gab nur zwei Veränderungen: Johannes hatte das Gesicht von Günter Neumann – und Judas trug unverkennbar die Züge von Frieda Matzke!

„Oha!", entfuhr es Theo Braun, und ein Raunen ging durch den Halbkreis vor dem Altar, gefolgt von einem Schrei, der das Orgelspiel zerriss und durch die ganze Kirche hallte.

Als sich die Köpfe vom Altarbild zu Frau Matzke wendeten, sah man sie nur noch am Ende des Gangs zum Ausgang laufen. Gleich darauf fiel krachend die Kirchentür hinter ihr zu.

***

Gründonnerstag, 21. April, später am Abend

„Wenn Sie gekommen sind, um sich zu entschuldigen, vergessen Sie's!" Frieda Matzke hatte ihm die Tür aufgemacht, drehte sich jetzt um und ging den Flur entlang Richtung Wohnzimmer. Theo entschloss sich, das als Aufforderung zu nehmen. Er trat ein, zog die Wohnungstür hinter sich zu und folgte ihrem lauten Schimpfen.

„Eine Unverschämtheit ist das, eine bodenlose Frechheit!" Sie stand mit gerötetem Kopf und verkrampften Fäusten mitten in ihrem Wohnzimmer; die dunklen alten Möbel mit der altmodischen beigen Textiltapete verbreiteten eine bedrückende Atmosphäre.

„Mich vor allen Leuten als Judas hinzustellen, unglaublich! Und nur, weil ich mir in dieser Gemeinde nicht alles bieten lasse, sondern auch mal meinen Mund aufmache, wenn hier was schiefläuft!“

Sie war immer lauter geworden. Jetzt ließ sie sich schweratmend in einen Sessel fallen. Tränen liefen ihre Wangen hinab. Ihre Unterlippe zitterte. Sie griff nach einem Taschentuch.

Theo setzte sich auf das Sofa, um mit ihr auf Augenhöhe zu sein. „Ich wollte vorbei kommen, um zu sehen, wie es Ihnen geht.“

„Wie soll es mir wohl gehen, wenn ich mitten im Gottesdienst vor der ganzen Gemeinde derartig gedemütigt wurde?“, schluchzte sie. „Als ob ich jemals jemanden verraten hätte. Ich doch nicht! Aber gewisse andere Leute hier in der Gemeinde!“ Die Wut bekam in ihrer Stimme wieder die Oberhand. „Ich sage nur: Pastorengräber! Ich will ja keine Namen nennen, aber was hat Eberhard Brammer denn dagegen unternommen, dass die einfach so entweiht wurden? Oder etwa Sie, Herr Pastor? Ist das nicht Verrat an der kommenden Auferstehung der Toten? Aber nicht mit mir. Das Maß ist voll, Herr Pastor! Ich werde alle verklagen: den komischen Pinseldoktor, der das Bild versaut hat, den Kirchenvorstand, die Polizei ... alle!“ Ihre Hände verkrampften sich um das Taschentuch. Theo schwieg und ließ die Vorwürfe einfach im Raum stehen.

„Aber was mich wirklich auf die Palme bringt“, fuhr sie fort, „ist das Bild von dieser Orgelpfeife an der Brust unseres Herrn. Das ist wirklich Verrat, sag ich Ihnen, Verrat am Wort Gottes, jawohl! Denn was der da aus dem ehrwürdigen Instrument holt, ist die musikalische Hölle! Und außerdem werden solche Schwuchteln niemals in den Himmel kommen!“

Sie hatte von einem Tischchen ihre Bibel gegriffen und tippte aufgewühlt mit dem Zeigefinger auf den Einband: „Das steht glasklar-da-drin!“

Theo schlug in Ruhe die Beine übereinander. „Ich scheine da in meiner Bibel etwas überlesen zu haben“, sagte er zweifelnd.

„Dass Sie das nicht wissen, Herr Pastor ...“ Frieda Matzke begann hektisch, in ihrer Bibel zu blättern. Dabei redete sie aufgeregt weiter: „Eigentlich wundert es mich nicht, dass Sie diese Bibelstelle nicht kennen. In dieser Gemeinde ist ja manches nicht so, wie es sein sollte. Wenn ich mich nicht immer wieder selbst darum kümmern würde ... aber das nimmt man mir ja übel, wie man heute gesehen hat! Eine Unverfrorenheit ... da, ich hab's!"

Sie fuhr mit ihrem Zeigefinger die Seite hinunter bis zu der gesuchten Stelle und las vor: „Erster Korinther sechs: *‚Lasst euch nicht irreführen! Weder Unzüchtige noch Götzendiener, Ehebrecher, Lustknaben, Knabenschänder ...*" – hier machte sie eine bedeutungsvolle Pause und sah Theo vielsagend an – *„... Diebe, Geizige, Trunkenbolde, Lästerer oder Räuber werden das Reich Gottes ererben.*' „Ha!" Triumphierend sah sie zu Theo auf.

Der wirkte allerdings völlig unbeeindruckt. „Also, Frau Matzke, ich wüsste nicht, dass unser Organist irgendwelche Knaben geschändet hätte ... und bei den anderen Dingen auf dieser Liste bin ich mir auch unsicher. Die Tatsache, dass da auch Geizige genannt werden, macht mich übrigens selbst etwas nervös ..."

„Ach Herr Pastor, jetzt tun Sie doch nicht so!", brauste Frieda Matzke auf. „Sie wissen genau wie ich, dass die ... dass die das so machen!"

„Frau Matzke, bitte regen Sie sich nicht auf. Ich kenne diese Bibelstelle, aber es gibt auch noch andere, die man bedenken sollte ... darf ich mal?"

Er wies auf ihre Bibel. Widerstrebend gab sie ihm das Buch.

Während er blätterte, redete sie weiter vor sich hin: „Sie wollen mir jetzt sicher irgendwelche Sätze über Gnade und Liebe zeigen, aber geben Sie sich keine Mühe. Ich weiß, was ich da gelesen habe! Und am Jüngsten Tag, wenn unser Herr wiederkommt, wird das Gericht über diese Welt hereinbrechen, so steht es geschrieben! Dann werden die Toten auferstehen und er wird die Schafe von den Böcken trennen, die einen zur Rechten, die anderen zur Linken, die einen zur ewigen Herrlichkeit, die anderen zur ewigen Verdammnis! Es mag sein, dass auch ich verworfen werde. Aber auf keinen Fall wird so einer wie der Organist Neumann in die ewige Herrlichkeit eingehen ..."

„Auf keinen Fall zusammen mit Ihrem Sohn, meinen Sie?"

Frieda Matzkes Redeschwall brach schlagartig ab. Sie starrte Theo entgeistert an, der gerade ihr altes Lesezeichen gegen das Licht hielt.

„Markus heißt er, nicht wahr?“

„Was fällt Ihnen ein ... geben Sie das sofort her!“ rief sie entsetzt und riss ihm Bibel und Lesezeichen aus den Händen. Schützend verbarg sie beides in ihren Armen und funkelte ihn feindselig an.

„Verzeihen Sie, Frau Matzke, ich will Sie auf keinen Fall verletzen. Es muss sehr schmerzhaft für Sie sein, dass ich das anspreche. Aber es stimmt doch, oder?“

Sie schwieg. Plötzlich schien sie in ihrem Sessel in sich zusammenzufallen. Leise fuhr Theo fort: „Ich bin darauf gekommen, als ich mich neulich mit meiner Frau unterhielt. Es ging um etwas ganz anderes, und da sagte sie, dass es mit dem Kreuz anders sei, als es auf den ersten Blick scheint ...“

„Hören Sie auf mit Ihren Geschichten!“, flüsterte sie mit belegter Stimme. „Kommen Sie endlich zur Sache, und dann verlassen Sie sofort mein Haus!“

„Entschuldigung, Sie haben Recht“, gab Theo zu. „Ich versuche es kurz zu machen. Als wir im Bibelkreis Ihr altes Lesezeichen bewundern durften, las ich die Aufschrift: ‚Markus 14,62‘. Ich dachte, es wäre eine Bibelstelle mit einem Kreuz als Verzierung davor, und zufällig haben wir gerade über diesen Vers gesprochen. Doch dann ging mir der Satz meiner Frau nicht aus dem Kopf, und auf einmal verstand ich: Nicht nur das Kreuz, sondern alles auf Ihrem Lesezeichen bedeutet etwas anderes!“

Frau Matzke saß jetzt wie in Trance vorn auf der Sesselkante. Sie hatte immer noch die Bibel mit dem Lesezeichen darin in den Armen und begann, ihren Oberkörper langsam vor und zurück zu wiegen.

„Das ist nicht Ihr Konfirmationsspruch, sondern ein Andenken an Ihren verstorbenen Sohn Markus. Und die Zahlen bezeichnen keine Kapitel oder Verse, sondern ein Datum. Als ich die gestickte Schrift zum ersten Mal sah, haben wir die Sorgfalt bewundert, mit der Sie es angefertigt hatten. Doch zwischen der 1 und der 4 war ein etwas größerer Abstand, und das passte irgendwie nicht zum perfekten Gesamtbild. Als ich es eben gegen das Licht hielt, war unten zwischen beiden Zahlen ein kleines Loch zu sehen, so als wäre dort auch einmal etwas gestickt gewesen; ein Punkt zum Beispiel."

„Ich bin noch nicht dazu gekommen, es zu reparieren", sagte Frieda Matzke tonlos.

„Er ist also am 1.4.62 gestorben. Und noch etwas machte mich im Nachhinein stutzig. Eine Kleinigkeit, die ich bisher nicht beachtet hatte: Neben dem Kreuz war rechts oben noch ein kleiner Stern gestickt. Ich dachte, es wäre einfach eine bedeutungslose Verzierung. Aber nein – ein Kreuz mit einem Sternchen in der rechten oberen Ecke ist das Symbol für ‚tot geboren'. Also bedeutet die Schrift auf Ihrem Lesezeichen: ‚Markus, tot geboren am 1.4.62'. Und der Stoff ist ein Stück des Leinentuchs, in dem Sie ihn bestattet haben."

Sie schien sich jetzt ganz in sich zurückgezogen zu haben. Mit ausdrucksloser Miene wiegte sie sich schweigend weiter, immer vor und zurück, vor und zurück.

„Es muss für Sie sehr schmerzhaft gewesen sein zu erfahren, dass nach Jahrzehnten der Ruhe plötzlich die Überreste Ihres Sohnes ausgegraben wurden und der Ort, der immer Ihre geheime seelische Zuflucht war, nach Spuren durchkämmt wurde."

„Entweiht", flüsterte sie.

„Es war die Aufschrift, habe ich Recht?", mutmaßte Theo. „Dieser Spruch: ‚*Hier erwarten eine fröhliche Auferstehung die sterblichen Gebeine ...*' – das hatten Sie sich für Ihren Sohn gewünscht: den Einzug ins Reich Gottes zusammen mit den kirchlichen Würdenträgern! Umso schrecklicher finden Sie die Vorstellung, es könnten Leute mit dabei sein, mit denen Ihr Sohn niemals Umgang haben sollte – wie Günter Neumann zum Beispiel."

Beide schwiegen. Frieda Matzke sah müde aus. Doch in ihren Augen glimmte noch Widerstand. „Sie können mir gar nichts beweisen!", zischte sie gequält

„Das stimmt", nickte Theo. „Doch das muss ich auch nicht. Ich bin kein Polizist oder Detektiv, Frau Matzke, sondern immer noch Ihr Pastor."

Sie begann wieder mit wiegenden Bewegungen; ihr Gesicht wirkte jetzt wie eine undurchdringliche Maske.

„Sie haben mich gebeten zu gehen“, sagte Theo. „Das tue ich jetzt, es sei denn, Sie möchten mit mir reden. Das ist selbstverständlich auch später noch jederzeit möglich.“

Als Frau Matzke nicht reagierte, stand Theo auf und wendete sich zur Tür. Plötzlich spürte er ihre Hand in der seinen.

„Setzen Sie sich“, sagte Frieda Matzke.

Als Theo eine Stunde später auf die Straße trat, schlug ihm ein feuchter Sprühnebel ins Gesicht. Er schlug den Mantelkragen hoch und machte sich auf einen nächtlichen Spaziergang durch das Dorf. Häuser, Bäume und Autos waren nur als graue Umrisse erkennbar. Umso klarer erkannte Theo jetzt, was Frieda Matzke in ihrem Leben geprägt hatte.

Er sah sie noch vor sich, wie sie ihm gegenüber in ihrem Sessel saß und anfing zu erzählen. Auf einmal sah er das junge Mädchen vor sich, voller Sehnsüchte und Träume. Dann die junge Frau, schwanger und ohne Zukunft. Er sah sie mit dem Mut der Verzweiflung in ein unbekanntes Leben fliehen, erlebte die Nacht der Geburt mit. Das Trauma, ein totes Baby in den Armen zu halten. Die Trauer, der Schmerz, und die große Liebe, die sie in die letzten Handlungen steckte: das letzte Mal ihr Baby in ein Leinentuch wickeln, von dem sie zur Erinnerung einen Streifen abgetrennt hatte; ein letztes Mal zur Ruhe betten. Und plötzlich der Entschluss, der in ihr eine ungeheuer starke Energie freisetzte: Wenn sie schon in diesem Leben nicht für ihren Sohn sorgen konnte, dann wenigstens im nächsten!

Niemand hatte etwas bemerkt, und niemand würde jemals etwas merken – bis auf den Jüngsten Tag!

Die Frau, die damals am frühen Morgen unbemerkt den Friedhof verließ, schien keine Ähnlichkeit mehr mit der jungen trauernden Mutter zu haben. Beim Erzählen hatte sich auch in dem Wohnzimmer die Frau, die Theo gegenüber saß, immer mehr verändert. Aus dem Mädchen von damals wurde eine Frau, die sich durchbeißen musste, dabei immer bissiger wurde und langsam die Gestalt der Frieda Matzke annahm, wie sie alle im Dorf kannten – ohne zu wissen, welch großen Schmerz sie tief in sich trug, eingekapselt in eine Schutzhülle aus Härte und Lieblosigkeit.

„Was werden Sie jetzt tun?", hatte sie zum Schluss leise gefragt.

„Gar nichts", hatte Theo gesagt.

„Und – was ist mit Markus?"

„Sobald die Staatsanwaltschaft ihn freigibt, werden wir ihn würdig beerdigen."

Frieda Matzke nickte langsam.

„Ich möchte Sie noch um etwas bitten", fügte Theo hinzu. „Geben Sie Ihren Feldzug gegen Herrn Neumann auf. Sie fühlten sich heute verletzt durch ein Bild, das nur wenige gesehen haben und das morgen nicht mehr da sein wird; dafür wird Herr Brammer sorgen. Dagegen verbreiten Sie Ihre beleidigenden Bemerkungen gegen unseren Organisten bereits seit Wochen im Dorf! Hören Sie auf damit."

Frieda Matzke hob den Kopf und sah ihn mit roten Augen prüfend an. Dann wurde ihr Blick verschlossen.

„Vielen Dank, dass Sie mir zugehört haben. Gute Nacht, Pastor Braun!"

Mit diesem Bild im Kopf ging Theo Braun durch den Nieselregen auf das Pfarrhaus zu und angelte in seiner Manteltasche nach dem Hausschlüssel.

Als er den Mantel an die Garderobe hängte, kam ihm ein Gedanke. Warum sollte er diesem schweren Tag nicht am Ende etwas Positives entgegensetzen?

Er ging in sein Arbeitszimmer, schaltete den Computer an und rief die Homepage seiner Gemeinde auf.

Es erschien das Bild von einem zerbrochenen Ei auf einem Küchentisch mit der Überschrift: „Eins zwei drei ins faule Ei!" Darunter wurde ein Bibelvers eingeblendet: *„Er ist um unsrer Missetat willen verwundet und um unsrer Sünde willen zerschlagen. Die Strafe liegt auf ihm, auf dass wir Frieden hätten, und durch seine Wunden sind wir geheilt (Jesaja 53,5)."*

Dann wurde der Bildschirm schwarz. Ein Wort leuchtete auf: *„Karfreitag"*. Es verschwand wieder und wurde abgelöst durch die Worte: *„Und am Sonntag: Ostern – das Gelbe vom Ei. In Ihrer Kirche"*.

***

Karfreitag, 22. April, morgens
Theo schritt langsam durch den Seitengang der Kirche, einige Bögen Papier in der Hand, und murmelte leise vor sich hin. Er hatte es sich zur Gewohnheit gemacht, eine Stunde vor dem Gottesdienst seine Predigt noch einmal durchzugehen – im wahrsten Sinne des Wortes, denn er ging dabei gern auf und ab. Und so bot sich die alte Kirche an; hier war um diese Zeit noch Ruhe und viel Platz.

Obwohl Theo leise sprach, hörte er seine Stimme von den Wänden widerhallen. „Mit dem Kreuz ist es anders, als es auf den ersten Blick scheint." Dieser Kerngedanke seiner Predigt katapultierte seine Gedanken wieder in das Wohnzimmer von Frieda Matzke zurück. Die Eindrücke von gestern Abend gingen ihm noch nach.

Manchmal ließen Schicksalsschläge einen Menschen barmherziger werden, und manchmal geschah das Gegenteil, dachte sich Theo. Unterschiedliche Gefühle stiegen in ihm auf: Mitleid und Trauer über das Leid, das sie in sich trug, aber auch Entsetzen über die innere Verhärtung, zu der es mit den Jahren gekommen war. Und Empörung und Unverständnis über ihre Aggression gegen Andere, besonders gegen Günter Neumann.

Was würde Frieda Matzke wohl als nächstes tun?

Jetzt stand er vor dem Altar und betrachtete das Bild vom Abendmahl. Gut, dass es Gottes Entscheidung war, wen er in seiner Gemeinde als Lieblingsjünger und wen als Judas ansah, dachte Theo. Und gut, dass Gott allein entschied, was aus beiden werden würde.

Das Abendmahlsbild sah wieder normal aus. Gestern Abend hatten sie nach dem Gottesdienst entdeckt, dass jemand eine dünne Sperrholzplatte davorgesetzt hatte, auf der ein Kunstdruck des Gemäldes aufgeklebt war. Offenbar hatte jemand das Bild fotografiert und dann am Computer digital bearbeitet. „Das geht ganz einfach, kein Problem", hatte der Computerfachmann Oliver Schütz nach dem Gottesdienst versichert. Herr Brammer hatte dann dafür gesorgt, dass diese Platte entsorgt und das ursprüngliche Bild wieder sichtbar wurde.

Aber wer stand hinter diesem üblen Streich?

„Bitte entschuldigen Sie die Störung, Pastor Braun“, riss ihn eine wohlbekannte Stimme aus seinen Gedanken. „Könnte ich Sie kurz sprechen?“

Als er sich umdrehte, stand dort Herr Brammer im dunklen Karfreitagsanzug. Seine Hände ruhten auf den Schultern zweier Jungen, die links und rechts von ihm standen und Theo schuldbewusst ansahen – sein Sohn Johannes und dessen Freund Max!

„Es geht um die Sache mit dem Altarbild!“ Der Kirchenvorsteher blickte streng von einem Jungen zum anderen und hob dann würdevoll den Kopf. „Der Täter bekennt sich schuldig!“

Theo seufzte. „Jungs, ihr enttäuscht mich“, sagte er traurig. „Hatten wir nicht vereinbart, dass ihr keinen Mist baut, als es um die Clips auf der Internetseite ging? Keine derben Scherze, keine Verletzung anderer, das waren die Spielregeln. Und jetzt dieser üble Streich ...“

„Sie missverstehen die Situation“, unterbrach ihn Herr Brammer. „Ich bin es, der diese Aktion zu verantworten hat. Ich bin der Schuldige!“

„Sie, Herr Brammer?“ Theo starrte den Kirchenvorsteher fassungslos an. Auch die Jungen an seiner Seite machten verdutzte Gesichter.

„Ja, ich. Es tut mir leid, Pastor Braun, Sie menschlich derart enttäuschen zu müssen, aber ich wusste mir einfach keinen anderen Rat mehr, Frau Matzke in ihrem Feldzug gegen unseren Organisten zu stoppen. Die Diffamierungen gegen ihn nahmen überhand und verstießen meiner Ansicht nach fundamental gegen die Grundsätze unseres Miteinanders in der Gemeinde. Gespräche mit ihr erwiesen sich als sinnlos, und so bot sich mir hier die Gelegenheit, ihr mit einem deutlichen Zeichen Einhalt zu gebieten. Diese jungen Herren ...“ – er gab beiden gleichzeitig einen Klaps auf die Schultern – „... haben mir lediglich mit ihrer technischen Kompetenz dabei geholfen – auf meine ausdrückliche Anordnung hin! Ich habe sie sozusagen dazu angestiftet.“

Johannes und Max sahen sich verstohlen an; sie schienen überrascht zu sein. Theo wusste nicht recht, was er sagen sollte.

Herr Brammer ergriff wieder das Wort. „Ich schlage vor, dass wir diese beiden Jungs entlassen und uns kurz für zehn Minuten zurückziehen, wenn es Ihre Zeit erlaubt."

Als eine halbe Stunde später die ersten Gottesdienstbesucher in die Kirche kamen, merkten sie nicht, dass einige unter ihnen tief in Gedanken versunken waren.

Johannes und Max saßen in der letzten Bank und mussten erst einmal verarbeiten, was da geschehen war. Als Herr Brammer heute Morgen in ernstem Ton darauf bestand, dass sie sich alle zusammen stellen sollten und zu ihrer Tat stehen müssten, war ihnen das Herz in die Hose gerutscht und sie hatten das Schlimmste befürchtet. Und jetzt waren sie erleichtert. Doch warum hatte er alle Schuld auf sich genommen, fragten sie sich. Sie wussten, dass es anders war – sie hatten ihn angesprochen und sich dann gewundert, dass er tatsächlich auf ihren Vorschlag eingegangen war.

Auch Herr Brammer war erleichtert. Er hatte etwas Ungeheuerliches getan: Er hatte am Tisch des Herrn eine Provokation veranstaltet! War das Gotteslästerung gewesen? Auf jeden Fall war er schuldig, eine Glaubensschwester tief verletzt zu haben. Dennoch ertappte er sich dabei, dass er schmunzeln musste; die beiden hatten es wirklich faustdick hinter den Ohren. Doch ohne seine Hilfe hätten sie ihren Plan niemals umsetzen können.

Es hatte ihm gut getan, das alles Pastor Braun zu erzählen. Vorhin hatten sie in der Sakristei gebetet und er hatte Gottes Vergebung zugesprochen bekommen. Jetzt musste er noch Frieda Matzke um Vergebung bitten. Heute schien sie nicht zur Kirche zu kommen; ihr Platz blieb leer. Eberhard Brammer konnte es ihr nicht verdenken. Heute Nachmittag wollte er sie besuchen.

Theo Braun versuchte indessen, sich wieder auf den Gottesdienst zu konzentrieren, der gleich beginnen sollte. Er hatte das Gefühl, gleich aus dem Stegreif eine ganz andere Predigt über Schuld und Vergebung halten zu können. War das nicht auch ein zentrales Thema am Karfreitag?

Er ging aus der Sakristei in den Chorraum. Vor dem Altar hielt er inne und sah zum Kreuz empor, das über dem Abendmahlsbild schwebte. Er ahnte, dass Johannes und Max nicht ganz unschuldig waren; dazu kannte er sie zu gut. Aber waren wir nicht alle darauf angewiesen, dass einer alle Schuld auf sich nahm?

Mit diesen Gedanken ging er zu seinem Platz. Ihm gegenüber saß Herr Brammer in militärisch aufrechter Haltung. Er hatte sich selbst eine harte Bußübung an diesem Morgen auferlegt: Er wollte das Orgelvorspiel von Günter Neumann hören – ohne Ohrstöpsel!

***

Samstag vor Ostern, 23. April, früher Abend

Günter Neumann sah sich ein letztes Mal um. Hier vorn rechts im Seitenschiff der Kirche hatte er heute Nachmittag gemeinsam mit den jugendlichen Musikern einen Platz für die Band gefunden und alles aufgebaut. Doch der Gedanke an die Premiere morgen ließ ihm keine Ruhe. Zum ersten Mal würde unter diesen altehrwürdigen Gewölben eine Band die Gemeinde im Gottesdienst begleiten, da musste einfach alles stimmen! Als verantwortlicher Kirchenmusiker wollte er unbedingt die kritischen Stimmen in der Gemeinde mit Qualität überzeugen, deshalb war er noch einmal zur Kirche gekommen, um alles ein letztes Mal zu begutachten.

Sein Blick glitt über das Schlagzeug, das Keyboard, den Bass und die E-Gitarre. Er rückte Verstärker und Mikrofonständer zurecht, überprüfte Anschlüsse und verfolgte die Verkabelungen – alles in Ordnung.

Fast alles! Seufzend stand er vor dem kleinen Mischpult. Er hatte es so eingerichtet, dass es hoffentlich störungsfrei funktionieren würde. Unter die Beine des kleinen Tisches, auf dem das Gerät stand, hatte er weiche Pappdeckel geschoben, um Erschütterungen zu vermeiden, und die wackelige Mikrofonbuchse war mit viel Klebeband fixiert. Dennoch hatte er die Befürchtung, dass schon leises Husten zu technischen Ausfällen führen könnte. Irgendwie sah dieses Teil wie ein verbundener Notfallpatient aus, mit dem es langsam zu Ende ging.

Was sie am Sonntag brauchten, wäre eine Auferstehung dieses Mischpults, ging es ihm durch den Kopf.

Apropos Auferstehung – ihm fiel ein, dass vor der Predigt noch ein Video gezeigt werden sollte. Da musste er ja auch noch die Technik überprüfen! Die Leinwand war aufgebaut, Beamer und Laptop angeschlossen. Aber der Ton lief ebenfalls über die Verstärkeranlage der Band und somit über das Mischpult. Johannes und Max hatten sich so viel Mühe mit der Produktion dieses Videos gemacht, da wäre es schade, wenn die Technik nicht funktionieren würde! Also beschloss Günter, es sich vorher anzusehen und schaltete die Geräte ein.

Die Lautsprecher summten leise, Laptop und Beamer fuhren langsam hoch.

„Nun tu doch nicht so geheimnisvoll, Oliver", hörte er plötzlich eine helle weibliche Stimme vom Haupteingang her. „Warum wolltest du denn heute Abend unbedingt nochmal hier in die Kirche gehen?"

Das waren Irene Anders und Oliver Schütz auf ihrem Abendspaziergang, dachte Günter und wollte schon auf sie zukommen, um sie zu begrüßen, da ließ ihn der nächste Satz innehalten.

„Ich wollte mit dir hierherkommen, weil wir hier ungestört sind ...", hörte er Oliver sagen.

Günter erstarrte. Was sollte er jetzt tun? Gerade wollte er ansetzen, um dieses Missverständnis richtigzustellen, da fuhr Oliver fort: „... und weil hier alles mit uns begann!"

Schlagartig wurde Günter klar, worauf Oliver hinauswollte. Ach du meine Güte, dachte er, da konnte er jetzt unmöglich stören! Lautlos zog er sich hinter eine Säule zurück.

Plötzlich durchfuhr es ihn wie ein Blitz: der Beamer! Gleich würde vorn auf der Leinwand das Bild auf dem Laptop erscheinen! Er musste unbedingt alles wieder ausschalten, aber wie? Er kam unmöglich zum Beamer und zum Mischpult, ohne gesehen zu werden! Aber den Laptop konnte er vielleicht erreichen, dann könnte er ihn wenigstens stilllegen, damit vorn kein Bild erschien! Dazu müsste er vor der ersten Bank entlangkriechen ...

Günter Neumann ließ sich auf die Knie herab und robbte wie ein Indianer auf den Laptop zu, der am Ende der Bank auf der Sitzfläche stand.

„Irene", hörte er Olivers Stimme sagen. „Wir sind jetzt zehn

Monate zusammen, und ich möchte dir sagen ... Moment, ich habe es mir aufgeschrieben ..."

Günter hörte ihn in seinen Taschen kramen, dann ein Rascheln von Papier. Er war fast am Ende der Bank angekommen, ohne von dem Paar bemerkt worden zu sein.

Jetzt hörte er Irene leise flüstern; er verstand nur Bruchstücke wie „Schatz" und „du musst doch nicht ..."; offenbar wollte sie ihn beruhigen.

Günter war jetzt unter dem Laptop angekommen, wagte aber nicht, sich aufzurichten. Vorsichtig streckte er seine Hand aus und tastete blind nach der Tastatur über ihm.

„Doch, doch, ich möchte das jetzt sagen." Olivers Stimme klang trotz aller Aufregung fest und entschlossen.

Günters Finger fuhren suchend über das Tastenfeld. In seiner Position musste er seitenverkehrt denken; er schloss kurz die Augen und stellte sich die Lage der einzelnen Tasten vor. Doch er war sich nicht sicher, welche die richtige war, damit die Leinwand dunkel blieb.

„Also, was ich sagen will ...", begann Oliver.

Jetzt blieb Günter keine Zeit mehr. Er wagte es – und drückte. Er sah zur Leinwand hinüber: Gott sei Dank, das Bild war schwarz!

Doch plötzlich kam eine Stimme über die Lautsprecher: „Wo vorher Finsternis war ..."

Günter erschrak fast zu Tode, und auch Irene ließ einen kleinen Aufschrei hören. Entsetzt sah der Organist aus seinem Versteck, wie auf der Leinwand eine Kerze angezündet wurde.

„... ist jetzt Licht", hallte es durch die dämmerige Kirche.

„Was ist das?", fragte Irenes Stimme überrascht. „Äh, ich weiß nicht ...", sagte Oliver.

Günter überlegte fieberhaft, was er jetzt tun sollte. Er sah, wie auf der Leinwand eine Frauenhand sanft eine Männerhand ergriff. „Wo vorher Einsamkeit war ... ist jetzt Liebe", erklang es.

„Oh, Oliver ...", hörte er Irene seufzen.

Moment mal, dachte Günter, das lief doch eigentlich ganz gut!

Jetzt sah er eine Frau am Ende eines Stegs an einem See, der ein Mann ins Boot half. „Wo alles zu Ende schien… nimmst du mich mit auf einen neuen Weg", sagte die Stimme aus dem Lautsprecher, als die beiden gemeinsam Richtung Horizont fuhren.

„Schatz, das ist so romantisch!", flüsterte Irene.

„Ich weiß, es ist ein Risiko", erklang es jetzt zu einem Bild von einem Paar, das vom Sprungturm eines Schwimmbads sprang, gefolgt von einer Szene im Wald: „Ich weiß, es ist ein Abenteuer – aber ..."

Das Bild wurde wieder dunkel. Jetzt hallte ein pulsierender Herzschlag durch die Kirche, und aus dem Dunkel erschien auf der Leinwand der Umriss eines pulsierenden Herzens.

„... das ist es, was ich wirklich will ..."

Günter tastete erneut nach dem Laptop. Irene bezog das Video auf sich und ihre Liebe, doch Günter wusste, dass spätestens am Schluss der Bezug zur Auferstehung kommen würde. Noch konnte er die Sache retten!

„... ein neues Leben mit dir!" Nach diesen Worten drückte Günter erneut eine Taste – und diesmal die richtige. Das leuchtende Herz blieb als Standbild stehen!

Zuerst war alles still. Dann hörte Günter Oliver flüstern, ohne etwas zu verstehen. Dafür waren Irenes leise Worte umso deutlicher: „Ja, ich will!"

Regungslos blieb der Organist im Schatten der Kirchenbank auf dem Fußboden liegen. Erst als die Schritte der beiden verklungen waren und das Geräusch der zufallenden Kirchentür ihm signalisierte, dass er wieder allein war, erhob er sich.

Er hatte das Gefühl, schon jetzt am Abend vor Ostern so etwas wie eine Auferstehung miterlebt zu haben. Das Leben konnte tatsächlich neu beginnen, dachte er.

***

Teil 4

Ostern

Ostersonntag, 24. April, 9 Uhr morgens
„Das gibt's doch nicht!"

Theo seufzte, als er Günters Ruf aus der Kirche hörte. Anscheinend konnte er auch heute nicht ungestört seine Predigt vor dem Gottesdienst noch einmal durchgehen. Er hatte sich an diesem Morgen dazu in die Sakristei zurückgezogen. In einer Viertelstunde würden die Bandmitglieder zum Soundcheck kommen, und jetzt schien es Probleme zu geben. Theo legte seine Unterlagen beiseite und ging hinüber in den Kirchenraum.

„Was ist denn los?", erkundigte sich Theo.

„Ich glaub's nicht!"

Günter stand vor der Technik, die Hände in die Hüften gestemmt, und schüttelte nur den Kopf. Als Theo näher kam, drehte er sich um. In seinem Gesicht spiegelte sich Fassungslosigkeit.

„Warst du das mit dem Mischpult?", fragte er.

„Nein, ich habe das Ding nicht angefasst", versicherte Theo. „Wieso, ist es jetzt etwa völlig kaputt?"

„Komm und sieh selbst", sagte er. Theo trat neben ihn – und dann sah er die Bescherung. Auf dem kleinen Tisch stand ein nagelneues Mischpult, fertig aufgebaut und angeschlossen. Es war viel größer als das alte. Auf den Reglern lag eine Karte: „Frohe Ostern" hatte jemand in Blockbuchstaben darauf geschrieben. Theo nahm sie und drehte sie um. Auf der anderen Seite war ein Bild von einem Felsengrab in Israel, vor dessen Eingang der große Stein beiseite gerollt war. Darunter las er die Worte: *„Das Alte ist vergangen, siehe, Neues ist geworden. (2. Kor 5,17)"*.

„Das ist ja ein Ding!", staunte Theo. „Ich habe wirklich keine Ahnung, woher das kommt!"

Günters Finger strichen ehrfürchtig über das Gehäuse des Geräts. „Weißt du, was so ein Modell kostet?", fragte er, ohne von Theo wirklich eine Antwort zu erwarten. „Das ist das Feinste vom Feinen. Der Traum eines jeden Tontechnikers. Niemals hätte ich gewagt, so ein Nobelteil anschaffen zu wollen."

„Vielleicht ist es ja nur eine Leihgabe", mutmaßte Theo.

„Ja, vielleicht", überlegte Günter. „Aber wer hat so ein Ding und verleiht es auch noch? Ich habe seit Wochen rumtelefoniert und alle Musikerkollegen angesprochen ... vergeblich! Ich kann gar nicht glauben, was ich da sehe!"

Theo hielt die Karte am ausgestreckten Arm von sich, um sie zu betrachten. „So ging es bestimmt auch den Frauen, die zum Grab kamen und sahen, dass der Stein weggerollt war, wie auf diesem Bild", sagte er nachdenklich. Dann legte er dem Organisten, der immer noch wie gelähmt dastand, die Hand auf die Schulter.

„Einfach dankbar annehmen", schlug Theo vor. „Bestimmt klärt sich noch, woher das Mischpult kommt. Jetzt steht es hier vor uns und soll offenbar benutzt werden."

Sie hörten, wie die Kirchentür geöffnet wurde; jugendliche Stimmen näherten sich.

„Viel Spaß beim Soundcheck", wünschte Theo und holte Günter aus seiner Schockstarre heraus. „Ich bin gespannt auf eure Band!"

***

Ostersonntag, 24. April, 10 Uhr

„He is risen, he is risen, now he lives for evermore!" kam es druckvoll aus den Boxen. Und es klang gut!

Am Anfang hörte die Gemeinde noch zurückhaltend zu, doch dann fielen nach und nach immer mehr Stimmen ein, und am Ende ließen sich die meisten mitreißen:

„Auferstanden, auferstanden, nun lebt er in Ewigkeit!"

Günter Neumann hatte den Sound optimal eingestellt. Kein Problem mit diesem Mischpult vor ihm. Die Regler und Drehknöpfe ließen sich mit sanftem Widerstand bewegen und arbeiteten zuverlässig; nichts hakte, wackelte oder klemmte. Er ertappte sich dabei, dass seine Finger immer wieder über das hochwertige Gehäuse strichen – ein Traum wurde wahr!

Offenbar beflügelte das auch seine jugendlichen Musiker. Er sah konzentrierte Mienen und glänzende Augen; alles klappte so gut wie nie zuvor.

„Feiert Jesus, kommt, feiert ihn!"

So hatte er sich einen Ostergottesdienst immer vorgestellt, getragen von spürbarer Freude und vom lauten Lobgesang der Gemeinde! Das ging zwar auch mit Osterchorälen und der Musik von Johann Sebastian Bach, den er so verehrte. Aber die Musik, die sie heute spielten, war dem Lebensgefühl der meisten Menschen in diesem Dorf einfach näher.

Als das Video eingespielt wurde, ließ er seinen Blick durch die Kirche schweifen. Alle sahen gespannt auf die Leinwand. Besorgt schaute er zu Irene und Oliver hinüber, doch die beiden lächelten sich an und rückten noch näher zusammen. Schmunzelnd wandte sich der Organist wieder der Technik zu.

Dann kam Pastor Braun nach vorn, und irgendwie erschien er Günter nachdenklicher als sonst, wie er so dastand und erst einmal schweigend über die Bänke blickte.

„Ostern ist eine Überraschung", begann er. „Manchmal lösen Überraschungen Freude aus, und manchmal machen sie Angst. Denn es ist das Wesen von Überraschungen, dass sie unser gewohntes Leben durcheinanderbringen. Überraschungen werfen unsere Pläne über den Haufen. Die Frauen, die damals am Ostermorgen zum Grab gingen, wurden überrascht von dem, was sie vorfanden. Sie wurden überrascht von Gott!

Sie waren darauf vorbereitet, ein verschlossenes Grab zu finden mit einem Leichnam darin. Sie waren nicht darauf gefasst, das Grab offen zu finden – und leer!

Sie hatten erlebt, dass der Tod Schluss gemacht hatte mit ihren Hoffnungen. Ihre Erfahrung sagte ihnen, dass das endgültig war. Doch sie wurden überrascht davon, dass Gott diese Erfahrung über den Haufen warf. Auf einmal war neues Leben möglich! Was war ihre Reaktion? Eine Mischung aus Freude und Angst."

Er hielt kurz inne. Günter spürte, dass irgendetwas anders war als sonst. Und plötzlich wusste er es: Theo Braun war ohne seine Aufzeichnungen zum Mikrofon gegangen! Seine ausgearbeitete Predigt lag noch dort auf der Bank. Einen Augenblick lang dachte Günter daran, hinüber zu gehen und sie ihm zu holen, doch die Entschlossenheit, die von Theo ausging, hielt ihn zurück. Er schien genau zu wissen, was er tat. Theo Braun hatte sich offenbar dazu entschieden, heute Morgen völlig frei zu predigen.

„Für uns ist Ostern zunächst einfach ein fester Termin im Kalender, auf den wir uns vorbereiten. Wir planen, wie wir die Ostertage verbringen, und ich wette, dabei fragen wir kaum nach Gottes Plänen mit uns. Aber Gott kann uns überraschen. Wo alles so lief wie immer, kann plötzlich eine ganz andere Realität in unser Leben hineinbrechen und es geht auf einmal ganz anders weiter, als wir gedacht hätten. Das kann Freude auslösen, aber auch Angst. Doch dieses Risiko geht Gott ein. Er überrascht uns und möchte mit uns einen neuen Anfang machen."

Er machte erneut eine Pause, und sein Blick, der über die Bänke glitt, schien nicht nur Gesichter wahrzunehmen, sondern auch viele Lebensgeschichten dahinter.

„Ich habe in den letzten Tagen selbst erlebt, dass Gott im Leben von Menschen völlig unerwartet Neues entstehen lässt", fuhr er fort. „Deshalb habe ich meine Predigt heute Morgen beiseite gelegt. Sie ist sorgsam vorbereitet, aber Gott hat mich überrascht, und jetzt stehe ich hier vorn ohne ausgearbeitetes Konzept. Das ist ein Gefühl der Angst und Unsicherheit, aber auch der Freude. Denn was Gott in der Zwischenzeit unter uns getan hat, ist überraschend und neu. Ist es Ihnen auch schon einmal so gegangen? Hat Gott Sie auch schon einmal so überrascht, dass Sie Ihre ganzen Pläne getrost vergessen konnten? Haben Sie auch schon erlebt, dass er in Ihrem Leben überraschend einen völlig neuen Anfang gemacht hat?"

In der Kirche war es still. Kein Husten oder Räuspern war zu hören. So hatten sie ihren Pastor noch nie erlebt. Jetzt ging er zur Band hinüber und sprach kurz mit Sofia, die am Keyboard saß, und Lucky an der Gitarre; beide nickten. Dann kehrte er zum Mikrofon zurück.

„Ich schlage vor, wir nehmen uns eine Zeit, um zu überlegen, wo Gott uns in unserem Leben so überrascht hat, dass plötzlich alles ganz anders aussah. Unsere wunderbaren Musiker hier ..." – Theo wies auf die Jugendband – „... werden jetzt ein ruhiges Stück spielen, und Sie haben die Gelegenheit zu überlegen: Wo hat Gott in Ihrem Leben Neues entstehen lassen? Was ist Ihre persönliche Ostergeschichte?"

Das Keyboard setzte ein, Bass und Gitarre folgten. Eine Atmosphäre der Ruhe breitete sich aus. Die weichen Akkorde halfen, Gedanken aufsteigen zu lassen.

Rita Stark musste nicht lange nachdenken. Nach den Wochen voller Fragen, Sehnsucht und Angst sollte nun ein neues Leben mit Josef beginnen. Konnte es für sie ein größeres Glück geben? Sie griff nach seiner Hand neben ihr.

Josef Thoma spürte, wie ihre Hand völlig in der seinen verschwand. Er dachte an seinen beschwerlichen Weg, über lange Wege der Einsamkeit, durch scheinbar undurchdringliche Wälder der Vergangenheit bis hin zu steilen Anstiegen mit schweren Entscheidungen. Schnell war ihm klar geworden, dass er vor seiner eigenen Lebensgeschichte nicht davonlaufen konnte. Doch er hatte auch gespürt, dass Gott bei ihm war, bei jedem Schritt. Und dass er auch weiterhin bei ihm sein würde. Was geschehen war, blieb am Ende stehen. Doch es hing nicht mehr wie ein schwerer Rucksack auf seinen Schultern. Jetzt saß er zwischen seiner Tochter und seiner Braut, zwischen Vergangenheit und Zukunft, und mit beiden konnte er nun in ein neues Leben gehen.

Auch Oliver Schütz und Irene Anders hielten sich in der Kirchenbank an den Händen. Sie waren beide noch ganz erfüllt von den Gefühlen des gestrigen Abends. Als sie nach dem denkwürdigen Moment in der Kirche wieder bei Irene zuhause angekommen waren, hatte Leonie sie schon mit einem schelmischen Lächeln empfangen; als Überraschung hatte sie das Wohnzimmer mit Luftballons und verstreuten Rosenblättern dekoriert. Abwechselnd hatten dann Oliver und Leonie von ihren gescheiterten Versuchen erzählt, Irene mit einem romantischen Heiratsantrag zu überraschen. Es wurde ein Abend voller Lachen, wobei das Sofa für die beiden frisch Verlobten nicht klein genug sein konnte. Und als vorhin das Video im Gottesdienst eingespielt wurde, hatte Irene zum Taschentuch greifen müssen. Es war ihnen ein Rätsel, wie dieser Film gestern Abend plötzlich wie von allein losgehen konnte. Doch war das nicht egal, wenn damit das Leben neu begann?

Vielleicht kann es auch für mich neu beginnen, dachte Günter Neumann. Er erinnerte sich an das Gespräch mit Rita, als sie hier vor drei Wochen in der Kirche saßen. Was Rita da angesprochen hatte, war nicht immer einfach für ihn. Und die letzten Wochen waren hart. Der Gerüchtefeldzug von Frau Matzke hatte ihn belastet, auch wenn er sich das nicht anmerken ließ. Und der Kampf um ein neues Mischpult ebenfalls. Aber dann war da heute Morgen dieses Geschenk des Himmels ... Er schüttelte den Kopf. Wo kam dieses Ding bloß her? Auf jeden Fall war das eine musikalische Auferstehung für ihn und die ganze Band.

Herr Brammer atmete tief ein. Er fühlte sich erschöpft. Es schien ihm, als hätte er in den letzten Tagen die ganze Passionsgeschichte selbst durchlebt. Erst die Sache mit dem Altarbild am Gründonnerstag. Die Aktion war auch eine Art Verrat gewesen, eine geplante Aktion, um Frieda Matzke endgültig ruhig zu stellen. Hatte die Gefangennahme Jesu nicht denselben Zweck gehabt? Und dann der schwere Bußgang am Karfreitag, zuerst zu Pastor Braun, dann nachmittags zu ihr. Natürlich hatte sie kein Verständnis. Aber auch der erwartete Wutausbruch war ausgeblieben. Sie war merkwürdig still gewesen und hatte ihn nur angesehen – mit einem Blick, in dem er Trauer und Verachtung sah. Und eine seltsame Leere. Eberhard Brammer seufzte; mit wüsten Beschimpfungen hätte er besser umgehen können. Er war unsicher, wie sie weiterhin einander begegnen würden. Aber vielleicht würde sich gar nichts ändern?

Er verscheuchte innerlich diese Gedanken. Jetzt war Ostern, und auch seine persönliche Geschichte war nicht bei Karfreitag stehen geblieben. Er sah zu den Musikern hinüber. Dieses ruhige Stück gefiel ihm unerwartet gut. Er lauschte. War der Klang gut ausgesteuert? Er verstand nichts davon, doch der Mitarbeiter des Musikladens dafür umso mehr. Und für ein Trinkgeld extra war er auch bereit gewesen, das Gerät noch am späten Samstagabend anzuschließen. Eberhard Brammer lächelte. Wie gern hätte er heute Morgen das Gesicht von Günter gesehen. So müssen die Frauen in der Ostergeschichte geschaut haben, als sie entdeckten, dass der Stein vor dem Grab beiseite gerollt war ...

Frieda Matzke hingegen saß mit verkniffenem Mund hinten in der letzten Bank, abseits von allen anderen. Bei der Ostergeschichte vom offenen Grab kamen ihr ganz andere Bilder vor Augen: Gestalten in weißen Overalls auf dem Friedhof. Und andere Bilder folgten: ein Kind, eine Kiste, ein Spaten. Markus.

Seit Jahrzehnten waren diese Erinnerungen in einem dunklen Raum tief in ihrer Seele eingeschlossen gewesen, zusammen mit ihren Gefühlen. Jetzt war dieser Raum voller Schmerz und Liebe plötzlich wieder aufgebrochen. In der Ostergeschichte erfüllte der Anblick des offenen Grabs die Frauen mit Furcht und Entsetzen. Das konnte sie gut nachempfinden.

Pastor Braun hatte ihr versprochen, dass ihr Sohn würdig beigesetzt werden würde, ohne dass andere von ihrem Geheimnis erfahren würden. In diesem Moment fasste sie einen Entschluss: Sobald das geschehen war, würde sie alles tun, um diesen dunklen Raum in ihrer Seele wieder fest zu verbarrikadieren.

Die Auferstehung war ihre Hoffnung – für das Ende aller Zeiten. Wenn nicht für sie, dann wenigstens für ihren Sohn. Bis dahin würde sie ihre Zähne zusammenbeißen und all' ihre quälenden Gefühle herunterschlucken.

Der Stein musste wieder vor den Eingang gerollt werden.

Mitten in den ruhigen Klangteppich der Band sprach Theo ein Gebet. Er legte alles, was an Gedanken, Gefühlen und Erinnerungen im Raum stand, in Gottes Hände. „Wir geben dir, was wir sind und haben", betete er. „Führe uns immer wieder in ein neues Leben mit dir. Amen." Dann nickte er zu Günter Neumann hinüber. Der zählte leise vor: „Eins, zwei, drei, vier ..."

Die E-Gitarre hallte jaulend durch das Gewölbe, das Schlagzeug setzte ein, und dann stürmte die ganze Band los: *„Oh, happy day, happy day ..."*

***

Teil 5

Eine Woche nach Ostern

Sonntag, 1. Mai, früh am Morgen

„Erde zu Erde, Asche zu Asche, Staub zu Staub." Die feuchte Erde fiel mit einem leisen Poltern auf den kleinen Sarg unten in der Grube. Theo faltete die Hände zum Vaterunser.

Zu dieser Zeit waren sie ungestört auf dem Friedhof. Über ihnen spannte sich ein wolkenloser blauer Himmel. Die Vögel zwitscherten; es würde ein wunderschöner Frühlingstag werden.

Der Kirchenvorstand hatte seinen Vorschlag unterstützt, den kleinen Jungen wieder hier in der Nähe der alten Pastorengräber beizusetzen, an einer Stelle, die weniger vom Wurzelwerk der Bäume durchsetzt war. Theo hatte Okko Behrens gebeten, das Grab vorzubereiten, aber an diesem Morgen nicht anwesend zu sein. Ein bestätigendes Brummen war sein einziger Kommentar dazu gewesen. Theo würde nachher selbst das Grab zuschaufeln; bis zum Gottesdienst blieb noch genügend Zeit.

Als Frau Matzke an das Grab trat, hielt sich Theo respektvoll im Hintergrund. Ein schwarzes Tuch verhüllte ihren Kopf. Er sah von hinten, wie ihre Schultern lautlos bebten. Ihre Hand zitterte, als sie sich bückte und einen Strauß Blumen niederlegte – Osterglocken. Dann griff sie in ihre Manteltasche und holte etwas heraus. Gleich darauf segelte ein kleines längliches Stück Stoff hinab in die Grube.

Sie stand noch eine ganze Weile dort, eine kleine ältere Frau in schwarzer Kleidung. Im Licht der Morgensonne, die durch die Bäume schien, sah er für einen Augenblick eine junge Mutter dort stehen, die voller Trauer von ihrem neugeborenen Kind Abschied nahm. Doch als sie dann energisch ihren Rücken straffte, war dort wieder die Frieda Matzke, die er kannte.

Jetzt wendete sie sich langsam um und kam mit festem Schritt auf ihn zu. Theo gab ihr die Hand und sah ihr in die Augen. Trauer spiegelte sich darin, aber auch eine aufkeimende Entschlusskraft.

„Danke, Pastor Braun", sagte sie leise, wendete sich ab und ging den Friedhofsweg entlang. Theo sah ihr nach. Es kam ihm so vor, als würde sie mit jedem Schritt ein Stück mehr in ihr altes Leben zurückkehren.

Er drehte sich um, ging zum Grab und blickte von oben auf den kleinen Kindersarg. Erde lag darauf, und ein Stück Leinen. Die gestickte Schrift leuchtete ihm rot entgegen. Selbst von hier oben konnte er erkennen, dass der fehlende Punkt ausgebessert war.

Er sah sich noch einmal um. Frieda Matzke war verschwunden. Er war nur noch umgeben von blühenden Gräbern und den Bäumen, an deren Zweigen das frische Grün der sprießenden Blätter leuchtete. Neues Leben, dachte Theo.

Jetzt wehte vom Kirchturm das Morgenläuten der Glocken herüber. In zwei Stunden würde der Gottesdienst beginnen. Ihm fiel ein, dass dieser Sonntag nach Ostern einen besonderen lateinischen Namen hatte: *Quasimodogeniti,* zu Deutsch: „Wie die neugeborenen Kindlein."

Theo atmete tief durch. Dann griff er nach der Schaufel.

Danke

Ich möchte allen danken, die dazu beigetragen haben, dass die Geschichten der Menschen in Pastor Brauns Gemeinde weitergehen:

Johanna Oehler, die als Lektorin geholfen hat, manche Ungereimtheiten im Manuskript zu beseitigen.

Norbert Ziegler, der den gesprochenen Sätzen von Josef Thoma in die bairische Mundart verholfen hat.

Dr. Olaf Cordes, Facharzt für gerichtliche Medizin in Bremen, der meine Fragen zum Leichenfund schnell, kurz und knapp beantwortet hat und durch sein Fachwissen manch schöner Handlungsidee den Garaus machte; sollte dennoch in diesem Buch medizinischer Unsinn enthalten sein, wäre das allein meine Schuld.

Susanne Delert, die das Manuskript als erste gelesen und korrigiert hat.

Christine, die mir oft die Zeit zum Schreiben ermöglicht und mich ermutigt hat; ohne sie wäre vieles in meinem Leben nicht möglich gewesen, auch dieses Buch nicht.

Lars Quittkat